Asylum
アサイラム

畑野智美

角川書店

アサイラム

この小説には、性暴力に関する描写があります。

壁も床も天井も、全てが白い。

窓はあるけれど、ブラインドが閉められていて、外の光は入ってこない。

蛍光灯に照らされ、朝か昼か夜か、わからなくなってくる。

先月まで、わたしの正面にはピンクや黄色のカーディガンを着た女性が座っていた。今日から担当者が替わり、白い半袖のワイシャツを着た男性になった。銀縁の眼鏡をかけている。夏の終わりが近づいているのに、顔も首筋も腕も白い人だ。

わたしは、ドアを背にして座っている。

閉め切らないことがルールなので、ドアは常に足を挟みこめるぐらい開いている。そこから、女性の話し声や電話の鳴る音が聞こえてきた。話す内容まで、はっきりわかるほどではない。ここでの会話も、同じように聞こえているのだろう。

危ない目に遭うことはない。

そう思っても、呼吸が浅くなり、息苦しさを覚える。深く吸おうとしても、喉の辺りで詰まって、押し返されてしまう。視界が狭くなっていき、部屋の広さが摑めなくなる。目の前にあるテーブルの輪郭がぼやける。

「真野スミレさんですね？」男性が聞いてくる。

「はい」

「はじめまして。今日から真野さんの担当になりました、新川といいます」

「……よろしくお願いします」

「よろしくお願いします」新川さんは、小さく頭を下げる。

眼鏡がずれたみたいで、顔を上げるのに合わせ、中指で軽く上げた。

肌の白さのせいか、年齢のわかりにくい人だ。わたしよりも十歳くらい上で、三十代後半というところではないかと思う。ここの職員は、できるだけ利用者に合わせられるように、あらゆる年代の人がいる。今までは、面談以外に手続きの受付とかも、同世代の女性に担当してもらうことが多かった。いない場合でも、年配の女性が担当してくれた。

「加害行為に遭われたのは、大学生の時ですね？」

資料が入っていると思われるタブレット端末を確認しながら、新川さんが聞いてくる。

抑揚のない話し方で、感情が伝わってこない。

「はい」

「その時のこと、改めて話してもらえますか？」

「えっ？」

「いつ、何があったのか」

「急すぎませんか？」

「どういうことですか？」タブレットから顔を上げる。

「もう少しコミュニケーションを取ってからでも」

「真野さんがここに来て、もうすぐ半年が経ちます」

「はい」

紹介を受け、この街に引っ越してきたのは、まだ冬の寒さが残るころだった。桜が咲き、花壇に色とりどりの花が並び、春になっていくのに合わせ、街に慣れていった。

「半年間、前担当者とコミュニケーションを取ることに、使ってしまった」

「……そうです」

前担当者の女性とは、普段の生活や仕事のことを話していた。最初は相談だったが、いつからか見ているドラマやおいしかったお菓子の話ばかりになっていった。

「全く前進していない」

「それは、そうなんですけど」

この街には、多額の税金が使われている。批判の声も、聞いたことがあった。引っ越してくる前、自分がここに来るなんて思いもしなかったころは、マイナスの意見しかない場所だと考えていた。長く暮らしている人もいるけれど、わたし程度で何年もいていいわけではない。

「ひとつひとつ、話していきましょう」

「……はい」

「どうしても無理ならば、やめます。選択権は、常に真野さんにあります」

話したくないと感じたが、ずっと黙っていたら迷惑をかけてしまう。

「……話します」

「辛くなったら、言ってください」

「わかりました」

「少しずつ進めます」

新川さんは、確かめるようにわたしを見てから、タブレットに視線を戻す。

「加害行為に遭ったのは二十一歳の時、今から七年前、大学三年生の夏休みですね」

「はい」

「何月何日でしたか？」

「八月二十三日です。二十二日から日付が変わって、二時を過ぎたころでした」

「場所は、その時に真野さんがひとり暮らしをしていた東京都内のアパート」

「そうです」

視界がさらに狭くなっていき、眩暈(めまい)を覚える。

新川さんが質問をつづけようとしたのを手でさえぎり、隣の椅子に置いたリュックから水筒を出し、冷たいお茶を少しだけ飲む。

「すみません」水筒は、テーブルの端に置いておく。

「相手は、同じアウトドアサークルに所属する同い年の男性」

「サークルも学部も一緒でした」

「彼は、どのようにして真野さんの部屋に入ったのですか？　ふたりきりになったんですよね？　それ以前にも、同じことはありましたか？」

表情を変えず、新川さんはタブレットに指を滑らせる。どういう状況だったのか、この街に住む資格があるか面接を受けた時にも話したから、そこに書いてあるはずだ。

「その日は、サークルの飲み会でした。彼が八月の終わりにイギリスへ留学するので、送別会だったんです。三次会まで参加して、帰るころには終電もなくなっていました。わたしと彼は、アパートが近かったから、ふたりで歩いて帰ることにしました。お店から二駅ありましたが、歩ける距離です。わたしの住んでいたアパートの前に着いた時、彼はトイレに行きたいと言い出しました」

そこまで話し、また水筒のお茶を飲む。

氷が溶けたせいか、冷たいばかりで、味がしない。

「やめておきましょうか」

「大丈夫です。つづけてください」

「つづけられますか？」

「はい」

「では、もう少し話してください」

「わたしも悪かったんです。ひとり暮らしをする時、恋人ではない男性とふたりきりになってはいけないと、しつこいくらいに母や兄から言われました。同じようなことは、よくあるのでしょう。大学でも、注意喚起されていました。だから、それまでは、似た状況になっても、彼氏以外の男性を部屋に入れたことはありませんでした。あの日も最初は断ったのですが、友達だからと思い、はっきり拒否できなかった」

「真野さん」新川さんは、タブレットを裏返してテーブルに置き、まっすぐにわたしを見る。

「はい」

「起きたこと、事実だけを話すようにしてください」

「……事実」

ブラインドの隙間から微かに光が漏れる。

外は、まだ明るいはずだ。

けれど、わたしの頭の中には、あの夜の暗さが広がっていく。

雪下くんは、スニーカーと靴下を脱ぎ、ベージュのカーゴパンツを膝まで捲り上げる。靴下は丸めて、スニーカーに突っこむ。丸い石の転がる上を歩いていき、躊躇わずに足を水につける。そのまま何も言わないで、せっかく捲り上げたパンツが濡れてしまう辺りまで、進んでいく。

同じように、わたしもスニーカーと靴下を脱ぐ。デニムは生地がかたくて、ふくらはぎまでしか捲れなかった。靴下を畳んでスニーカーの上に置き、つま先からそっと水につける。

九月も終わりに近いが、夏と変わらない暑さだ。

ぬるくなっているだろうと思ったのに、叫び声を上げそうになるくらい、水は冷たかった。

両足首をつけ、足が冷えていくのを感じながら、ぼんやりと景色を眺める。

空は晴れ渡り、森は青々としている。

湖は透明で、周りの景色が逆さまに映る。

ボートに乗って、釣りをしている留美（るみ）ちゃんと香坂（こうさか）さんの旦那さんが手を振ってきたので、振り返す。

魚か何かいるのか、雪下くんはしゃがみこんで、水の中をのぞきこむ。

動くたびに、波紋が広がっていく。

森に囲まれた湖は、夏休み中や土日祝日はキャンプやバーベキューに来る人がたくさんいるらしいのだけれど、今日は平日だからわたしたちの他には誰もいない。わたしと留美ちゃんと香坂さんと雪下くんの働くショッピングモールが設備点検のために全館休みで、どこか遊びにいきたいと話していたら、香坂さんの旦那さんが有休を取って車で連れてきてくれた。

街からは山ひとつ越える距離があり、駐車場からも森の中に作られた遊歩道を十分くらい歩いてきたので、車の通るような音も聞こえない。

鳥の鳴き声が山の上から響き渡る。

「足、冷たくない？」

わたしが声をかけると、雪下くんは立ち上がって振り返り、小さくうなずく。

「何かいる？」

「いません」雪下くんは、首を横に振る。

ストレートの髪が首の動きに合わせて広がり、揺れる。

陽に透けると、茶色く見えた。

染めているわけではなくて、地毛が少し茶色いのだろう。

もっと何か話した方がいいかと思ったが、話題が思い浮かばなかった。雪下くんは物流の仕事をしていて、わたしたちの働く雑貨屋に荷物の配達や集荷に来る。留美ちゃんや香坂さんとはよく話しているけれど、わたしとはあいさつをする程度だ。若く見えるから留美ちゃんと同じ二十歳くらいだろうと思っていたのに、わたしと同い年らしい。小柄で子供みたいな顔をしていて、あと二年で三十歳になるようには、とても見えない。

どうしたらいいか迷っているうちに、雪下くんはまたしゃがみこむ。

何もいないのに、何を見ているのか気になったが、邪魔しない方がいい気がした。

冷えてしまったので、わたしは湖から出て、テントに置いたリュックからタオルを出して足を拭き、靴下を履く。温まり、足に血が巡っているのか、軽く痺れる。その感覚が落ち着いてからスニーカーを履いて、バーベキューの準備をしている香坂さんのところに行く。駐車場の横に受付があり、テントとバーベキューや釣りの道具は一式借りられた。食材は、昨日の夜のうちにショッピングモール内のスーパーにみんなで買いにいった。

「手伝います」香坂さんの横に立ち、声をかける。

「いいのよ、遊んでいて」

「車を出してもらって、料理も全部してもらったら、悪いんで」

「じゃあ、この野菜を切って。洗ってあるから」

「はい」

焼きそばに入れるキャベツやニンジンを切っていく。

お洒落(しゃれ)なキャンプごはんを作ることも考えたのだけれど、わたしはバーベキューは大学生の時以来だし、留美ちゃんは三年ぶりで雪下くんは初めてと話していた。香坂さんには、お子さんどころかお孫さんまでいる。キャンプやバーベキューに慣れているが、子供の好きなものしか作ったことがないということだった。簡単なものにしようとなり、普通の焼きそばに決まった。あとは、お肉や野菜を焼く。食べられる魚が釣れたら、一緒に焼く予定だ。でも、ボートに乗るふたりに動きはないので、期待しない方がよさそうだ。

雪下くんも、湖から出てスニーカーを履き、わたしと香坂さんのところに来る。

「手伝う?」

香坂さんが聞くと、雪下くんは小さくうなずく。

「包丁、使える?」

「使えません」首を横に振る。

「炒めることはできる?」

「できます」

「じゃあ、スミレちゃんが切った野菜をもらって、鉄板で炒めて。お箸とかトングとか使いやすいものを使っていいから」

「わかりました」

トングを持ち、雪下くんは待ち構えるように、わたしの真横に立つ。

小柄といっても、男性の中では小さい方という程度であり、わたしよりも五センチくらい大きい。ずっと物流で働いていて、重い荷物を運んだりしているからか、身体が細いというわけでもない。子供みたいに見えるのは、童顔だからというばかりではなくて、目だと思う。

濁りがなく澄んでいて、髪と同じように少し茶色い、赤ちゃんみたいな目だ。

切った野菜をざるに盛り、雪下くんに渡す。

「はい、お願い」

「ありがとうございます」

鉄板に一気にぶちまけ、炒めていく。

ニンジンやキャベツの芯から先に火を通すとかしないことに驚いてしまったが、香坂さんは何も言わずに優しく微笑(ほほえ)んで、雪下くんを見ている。

ここは、香坂さんに任せた方がいい。

流し台に行き、包丁やまな板やざるを洗う。帽子を持ってくればよかった。日差しに目が痛くなってくる。テントに戻ると、香坂さんの旦那さんと留美ちゃんも釣りから戻ってきたところだった。

金髪ギャルの留美ちゃんには、夏がよく似合う。おへその出たシャツも健康的で、強い日差しの下で輝いて見えた。

「釣れた?」留美ちゃんに聞く。

「釣れませんでした」笑いながら言う。

「そっか」

「でも、ボートに乗るのは、楽しかったです。夏休み中だったら、カヌーに乗ったりもできたみたいですよ」

「ふうん」

「乗ったことあります？」カヌーを漕ぐマネをしながら、留美ちゃんはわたしの顔をのぞきこんでくる。

「ない」

「いつか、一緒に乗りましょう！」

「……そうだね」

「お腹、すきました」走っていき、焼きそばを炒める雪下くんの隣に立つ。

何を話しているのか、ふたりで笑い合う。

森の奥から風が吹き抜ける。

抜けていった先の空が急に高くなったように見えた。


片づけをして、駐車場まで森の中の遊歩道を抜けるうちに、空が赤く染まっていった。

暑さは残っていても、日が暮れる時間は早くなってきている。

車に乗り、山道を走る間に夜が来た。

香坂さんの旦那さんが運転してくれて、香坂さんは助手席に座っている。後部座席に三人で並び、じゃんけんで負けたわたしが真ん中に座ることになった。留美ちゃんはわたしに寄りかかり、雪下くんは窓にもたれ、眠っている。暑い中に一日いたからか、もともとの体温が高いのか、ふたりの身体から熱が伝わってくる。その温かさに、実家で飼っているミニチュア・ダックスフンドのみるくのことを思い出した。

「スミレちゃんも寝ていいからね」香坂さんがわたしの方を向き、ふたりを起こしてしまわないように、小さな声で言う。

「大丈夫です」

「運転は、できるの？」

「はい。あっ、帰りはわたしが運転するべきでしたね」

当たり前のように、旦那さんに運転してもらってしまったが、免許を持っているのだから、往復のどちらか交替すればよかった。学生のころに免許を取ったものの、自分の車は持っていない。日常的に運転しているわけではないけれど、この辺りであれば車も少なくて道もわかりやすいし、大丈夫だっただろう。

留美ちゃんも雪下くんも免許は持っていなくて、車に乗ること自体が久しぶりだと話していた。

どこに行くか相談して、湖でバーベキューしようと香坂さんに誘われた時、留美ちゃんは「バスは大丈夫でも、車はちょっと苦手なんですよ」と悩んでいた。朝、会った時は「薬飲んできました」と言い、緊張しているみたいだった。

「いいの、いいの。後部座席の狭い中に、わたしたちは座れないから」笑いながら、香坂さんは旦那さんの肩を叩く。

「あっ、えっと」肯定するのも失礼な気がしたから、わたしも軽く笑っておく。

車は、娘さんが家を出てから新しくしたものらしい。普段の買い物や駅への送り迎えに使いやすそうなサイズだ。後部座席は狭いというわけではないのだけれど、大人三人が並ぶのに余裕があると言えるほどでもない。留美ちゃんが細いから、窮屈に感じないで済んでいる。

「どこか行きたかったら、いつでも貸すからね」

「はい、ありがとうございます」

「今日、楽しかったね。疲れてない？」

「楽しかったです。ちょっと疲れてはいます」

「そうよね。またみんなで遊びにいきましょう」

「……はい」

窓の外は、山道がつづいている。

暗い中、ヘッドライトに照らされて、木々が流れていく。

前にも後ろにも、車は走っていないようだ。

もしも、わたし以外の四人が悪い人で、ここで身ぐるみ剝がされて置いていかれたりしたら、帰れなくなる。助けてくれる人が通らなければ、死んでしまうかもしれない。

つまらない妄想だと思いつつも、胸の奥がつかえるような感じがしてくる。

目をつぶり、ゆっくりと息を吸い、呼吸を整える。

盗られるほどの財産は持っていないし、四人がそんなことをするはずがない。

まだ知り合って半年ぐらいしか経っていないけれど、優しい人たちだとわかっている。

大丈夫と言い聞かせてから、目を開ける。

留美ちゃんが顔を顰(しか)めて、わたしの手を握ってくる。車に乗る前にも、薬を飲んでいた。

それでも、気持ち悪くなってしまったのかと思ったが、目を覚ますことはなかった。怖い夢でも見ているのかもしれない。握り返したら、起こしてしまいそうだから、手を添えるだけにしておく。雪下くんは、たまに身体を揺らし、窓に頭を何度も打つ。白くてなめらかな肌は白玉みたいで、指で突(つつ)きたくなった。

「雪下くんは、帰りも団地の前で降ろせばいいの?」旦那さんが香坂さんに聞く。

「そう」

「ご両親と一緒に住んでるのか?　結婚はしてないよな?」

「ひとり」

「あの辺りは、単身世帯向けじゃないだろ」

「ショッピングモールやバスターミナルの辺りの開発を進めていたころから、住んでるみたい」

「何年前だ？」

「うちよりは後だけど、十年くらい経つんじゃないかな。そのころは、単身向けのマンションやアパートは少なかったでしょ」

「申請して、引っ越せばいいのに」

「それぞれ事情はあるのよ」

夫婦の会話を聞くうちに、わたしも眠くなってきてしまう。

雪下くん、ひとり暮らしなのに、包丁も使えないし、あの野菜の炒め方で、何を食べて生きているのだろう。ショッピングモールの休憩室で見かけた時は、おにぎりか何か自分で作ってきたものを食べていたはずだ。でも、カップラーメンとかハンバーガーとかを食べていたこともあった気がする。適当な食生活で、もち肌をキープできるなんて、羨ましい。

眠らないように、窓の外を見ながら考えていると、団地の明かりが見えてくる。

山沿いに、大きさも形も揃った白い長方形の建物が何棟も並んでいる。

この辺りがニュータウンと呼ばれていたころに建ち、一時期は住人が減ったのだけれど、今はほとんどの部屋が埋まっている。外観を塗り直し、中もリノベーションしたことで、住みやすくなったらしい。建物の間に小さな公園がいくつかあり、小学校や中学校まで近いので、家族で住んでいる人が多い。

「雪下くん」

もうすぐ着くので、雪下くんの肩を軽く叩く。

しかし、起きない。

大きな声を出すと、留美ちゃんも起こしてしまうから、叩く力を強くする。

目を覚まし、雪下くんは驚いたのか、威嚇(いかく)する猫のような表情でわたしを見る。状況が把握できないみたいで、車の中を見回す。

「バーベキューの帰り。あと少しで団地に着く」

「あっ、はい、ありがとうございます」前髪をかき上げ、半分眠っているような声で言う。

おでこに三センチくらいの縫った痕(あと)があるのが見えた。

前髪を下ろすと、隠れる。

子供のころにぶつけた傷とかだろう。

「大丈夫?」

「はい」小さくうなずく。

「お水、まだある?」

「えっと」

「少し飲めば。喉渇いてない?」

「あっ、はい」

雪下くんは、膝に置いていたショルダーバッグからペットボトルを出し、ミネラルウォーターを少しずつ飲む。

「これ、持って帰りなさい」香坂さんがあまった焼きそばや焼いたお肉と野菜の入った使い捨てお弁当箱を雪下くんに渡す。

「ありがとうございます」受け取り、胸の前で抱くように持つ。

「温めて、食べるのよ。すぐに食べないんだったら、別の容器に移して冷凍庫に入れて」

「はい」

「朝と同じ、バス停のところでいい？」

「お願いします」

バス停から少し先に進んだところで、車が停まる。

ドアを開け、雪下くんは「ありがとうございます」と小さく頭を下げ、お弁当箱を抱いたまま、降りていく。

子供がハムスターや子猫を抱いているように見えた。

街灯の少ない道を帰っていく後ろ姿を見送る。

ふたりになったから、余裕を持って座れると思ったが、留美ちゃんが寄りかかってきていて、動けなかった。


わたしと留美ちゃんは、ショッピングモールから歩いて五分のところにある同じマンションに住んでいる。ひとり暮らしの女性限定で、男性がエントランスより先に入るためには、家族や友達でも事前の申請が必要になる。築三年くらいしか経っていなくて、最新の防犯カメラやスマートロックといったセキュリティ対策が完備されている。留美ちゃんは、建ったばかりのころから住んでいる。

香坂さんの家は、団地とマンションの間、建売住宅の並ぶ住宅街に建つ一軒家だ。昔は、団地に住んでいたが、街の開発が進んで引っ越した。遠回りになるので、どこかのバス停の近くで降ろしてもらえればいいと言ったのだけれど、マンションの前まで送ってくれた。朝も迎えにきてもらったし、一日甘えてしまった。

「ありがとうございました」

車を降り、香坂さんと旦那さんに頭を下げる。

送ってもらったばかりではなくて、お肉や野菜や果物ももらった。雪下くんに渡したものとは違い、調理前のものだ。みんなで買ったあまりもあるけれど、香坂さんが団地の先にある果樹園の販売所で買ってきた梨も入っていた。その辺りには、自給自足に近い暮らしをしている人たちがいて、ショッピングモール内のスーパーよりも、安く買えるらしい。傷のついたものや形の歪(ゆが)んでいるものもあるが、味には問題ない。車が使えない場合、バスで梨狩りに行くという話も出ていた。

留美ちゃんは、薬が効きすぎてしまったのか、どうにか起きたものの、まだ眠そうにしている。

「ありがとうございます」頭を下げ、そのままわたしに寄りかかってくる。

「気を付けてね」香坂さんが心配そうに言う。

「部屋まで、送ります」肩に手を添え、留美ちゃんの身体を支える。

「じゃあ、また明日」

「また明日」

去っていく車に手を振り、見えなくなってから、ロックを解除してマンションのエントランスに入る。

エレベーターで三階に上がり、留美ちゃんの部屋の前まで行く。

大丈夫そうだったから手をはなし、鍵を開けるところは見ないように後ろを向く。

ドアの開く音が聞こえてから振り返る。

「お茶でも、飲んでいきますか？」留美ちゃんは玄関に上がり、蹴り飛ばすようにスニーカーを脱ぐ。

「気を遣わないでいいから、ちゃんとベッドで寝てね」

「はい、おやすみなさい」

「おやすみ」

ドアを閉めて、鍵がかかるのを確認してから、階段で四階に上がる。

四階の一番奥がわたしの部屋だ。

スマホで鍵を開けて部屋に入り、鍵とドアガードをかける。

帰りが夜になるとわかっていたので、電気はつけたままで出かけたが、部屋の中を一通り確認していく。

1LDKあり、ひとりで暮らすには広い。

それでも、家賃はここに来る前に住んでいた東京のワンルームアパートより、ずっと安い。

電車の駅まで遠くて、どこに行くにもバスや車が必要になることを考えても、破格と言える。この街には、多額の税金が使われているとは聞いていたけれど、いいのか不安になるような額だ。

希望すれば、一通りの家具や家電も無料で用意してもらえる。留美ちゃんは、最低限の荷物だけ持って引っ越してきて、最初はレンタルのものを使っていたらしい。生活するうちに、少しずつ買い揃えたようだ。わたしは、東京で使っていた家具と家電を捨てるのはもったいなかったので、そのまま持ってきた。ワンルームの部屋で使っていたものだから、1LDKに並べるには足りていない。寝室にはシングルサイズのベッドと小さな本棚しかない。もう少し生活に慣れて、ここにどれくらい住むのか先が見えてから、買い足すかどうするか考えるつもりだ。面談がうまく進めば、それほど長く住まないで、東京に戻れるだろう。

もらったお肉は一食分にわけてラップで包んで冷凍庫に入れ、野菜と果物は冷蔵庫の野菜室に入れておく。

部屋の中が蒸していたから、窓を開ける。

タオルが一枚だけ、干しっぱなしになっていたので、ベランダに出る。朝、コーヒーをこぼしてしまい、拭いたものだ。すぐに洗ったのに、シミが残っている。

夜になり、風が冷たくなってきた。

マンションの裏には、広い公園がある。

子供向けの遊具が並ぶ公園ではなくて、緑が溢れ、ピクニックや犬の散歩に適しているような公園だ。春には桜が咲き、お花見ができる。今年の春は、引っ越してきたばかりで、桜が咲いているのをベランダから見ただけで、近くまで行く余裕はなかった。手続きをして、新しい生活に慣れようと慌ただしくするうちに、散っていった。街灯が木々に隠れるため、夜は街の中に真っ暗な穴があいているみたいに見える。

街は、山を切り開いて作られた。ショッピングモールやマンションは、山の高い辺りに建っていて、坂を下りた先に香坂さんの住む住宅街が広がっている。住宅街を抜けて、向こう側の山沿いに団地が並んでいる。

公園の先に、住宅街から団地まで、見渡すことができる。

部屋の中に戻り、香坂さんからもらった梨を剝く。傷んでいる部分があったため、切り落とす。

スマホが鳴ったので、手を洗って見てみると、役所からメールが届いていた。

次の面談の予約を入れるようにというお知らせだ。

スケジュール帳を見て、専用のアプリから予約を済ませる。

紫のぶどうのイヤリング、三日月からいくつもの星がこぼれ落ちるネックレス、音符の躍るグランドピアノのブローチ、小さな袋からひとつひとつ出し、レジカウンターの作業台に並べていく。

傷や汚れがないか、パーツが足りているか、値札は正しく貼られているか、裏側まで見て検品する。問題のあるものは店長が出勤したら確認してもらうためによけておき、大丈夫なものは売場の棚に並べる。

デザインの似たものが近くなるようにして、お客さんが手に取りやすくすることも考え、レイアウトを変える。売れ残っているものは、台紙が折れ曲がったりしていないか確かめて、目に留まりやすいところに置く。それでも、スイカやひまわりの飾られた麦わら帽子といった夏のデザインのものは、もう売れないだろう。

「留美ちゃん」

店頭で、うさぎのイラストが描かれたマグカップやお皿を並べていた留美ちゃんに声をかける。留美ちゃんの方が年は下でも、ここで一年以上働く先輩だ。仕事でわからないことがあった時には教えてもらう。

「どうしました?」

「夏のデザインのものって、並べたままでいいのかな?」

「もう少しそのままでいいです。秋冬のものがもっと増えたら、店長に聞いて倉庫に持っていきます」

「わかった。ありがとう」

「多分、来週くらいには、全部片づけるか値下げするように本社から指示も来ると思うんで」

「そうなんだ」

わたしの方が後輩だから、仕事の時は敬語を使うべきだ。ここの雑貨屋でパートとして働きはじめたころは、お互いに敬語を使っていた。しかし、留美ちゃんから「年上の人に敬語で話されると、気まずい。みんな、タメ口だから気にしない」と言われたのもあり、徐々に崩れていった。

アクセサリーの入っていた段ボール箱をつぶし、レジ裏の倉庫の隅に立てかけておく。ここは二畳もなくて、すぐに店に出す在庫と包装に使うための梱包材とゴミ箱ぐらいしか置けない。従業員の私物は、大きなカゴにまとめて入っている。留美ちゃんのバッグだけは、床に転がっていた。商品は、アクセサリーや食器の他に、文房具や洋服や傘も扱う。置ききれない在庫は、ショッピングモールのバックヤードにも倉庫があり、そこに持っていく。

在庫を軽く整理してから、レジカウンターに戻る。

平日の午前中は、営業していけるのか心配になるくらいお客さんが来ない。店に問題があるわけではなくて、ショッピングモール全体が閑散としている。一階のスーパーに買い物に来た人や二階の奥のシネコンに映画を観にきた人が暇つぶしという感じで、のぞきにくるだけだ。広い敷地に、数えるほどしか人がいなくて、館内放送の高い声だけが響き渡る。ここは、系列店に比べてテナント料が安いから、売上はそれほど気にしなくていいらしい。無理せず、楽しく働くことがモットーになっている。

「お昼、行きますか?」留美ちゃんも、レジカウンターに入ってくる。

カウンターの中は、ふたりがどうにか並べるくらいのスペースしかない。狭い中に作業台や備品を入れる棚や取り置きの商品をまとめておくカゴが置いてあるため、ピッタリくっついて立つことになる。

店長もパートもアルバイトも女性しかいない。男性がいたら窮屈さを覚えただろう。

「まだお腹すいてないな」

「朝ごはん、しっかり食べるタイプですか?」

「うん」

「何、食べるんですか?」

「納豆ごはんと味噌汁と果物」

「ちゃんとしてますね」

「味噌汁はインスタントだし、果物もバナナとかだよ」

「そっかあ」

語尾の伸びた返事に、興味があるわけでもないし、すぐに忘れてしまうのだろうと感じたけれど、それが気楽でもあった。

「留美ちゃん、先に休憩に行ってもいいよ」

「今日は四時間だから、休憩なしです」

「あっ、そっか」

わたしは、八時間勤務の週五日出勤のパートタイマーとして、ここで働いている。留美ちゃんは、勤務時間も勤務日数も決まりはないアルバイトだ。上限はあるみたいだけれど、それを気にするほど働くことはなかった。身体や気持ちの調子が悪くて、急に休むこともある。

「昨日、大丈夫だった？」わたしから聞く。

「すっごい眠かったけど、ちゃんとメイク落として、シャワー浴びて、ベッドで寝ました」

「偉いねえ」

褒めながら、おでこの辺りを軽く撫(な)でるような仕草をすると、留美ちゃんは嬉しそうにする。

「一日でも、ケアを怠ると、髪も肌も傷むんで」ひとつに結んだ金色の髪を引っ張る。

腰まであるから、日々のケアも染めるのも、大変だろう。

「それだけ伸ばせるのは、髪が健康な証拠だよ」

「スミレさんだって、髪キレイだし、伸ばせるんじゃないですか？」

「これ以上、伸ばすと、なんか重くなるから」

肩にかかる長さの黒髪で、仕事の時はひとつに結んでいる。量も多くて丈夫すぎるのか、今以上の長さになると、重そうな印象が強くなる。中学生の時は、もう少し長かったけれど、何年もずっと同じ髪型のままだ。メイクも、流行りや季節に合わせて、色を変えるだけでしかない。

その日の予定や気分によって、留美ちゃんは髪型やメイクばかりではなくて、カラコンの色も変える。昨日はブルーグレーだったけれど、今日はハニーベージュの目をしている。

店では、お客様に商品を渡す時に引っかいてしまうかもしれないため、爪を長くすることは禁止されている。他に、見た目に関する決まりはない。制服は青いエプロンだけだ。荷物を運ぶ時に汚れても目立たないように、色や柄付きのシャツに黒のパンツを穿いている。でも、本当は何を着てもいい。

「前回から、面談の担当者が変わったんだよね」話題を変える。

「えっ、早くないですか？」留美ちゃんは驚いたような声を上げ、わたしを見る。

「やっぱり、そうなの？」

「だって、まだ半年ですよね？」

「うん」

「早いですよ」

「そうなんだ」

この街に、知り合いと言えるほどの相手は、ほんの数人しかいない。店で一緒に働く人たちぐらいだ。あとは、同じマンションに住む人やショッピングモール内の他のお店で働く人とあいさつをする程度だ。それも、相手次第で、マンションのエントランスや廊下ですれ違っても、目を合わそうとしない人もいる。わからないことや困ったことがあった時には、役所に聞きにいくしかなくて、身近な誰かに相談することはできなかった。

そして、本来は、住人同士の相談は推奨されていない。

あくまでも「禁止」ではないのだけれど、できるだけやめた方がいいと引っ越しの手続きの時に役所で言われた。お互いがなぜこの街にいるのか、どういう経緯でこの街に来たのか、どうしてこの街に住みつづけるのか、そういったことは相手から話さない限り、聞いてはいけないことになっている。これは、違反が発覚した場合には罰則を受ける可能性もある禁止行為だ。相談する中で、意識せずに聞いてしまったとしても、相手が役所に訴えれば、罰則の対象になる。

ただ、役所の担当者や職員としか話せないのは、あまりにも不便だ。

禁止行為に気を付けつつ、留美ちゃんや香坂さんとは、この街について話すことはある。

「何か問題でも、起きたんですか？」

「いや、そんなことはないと思う」

前の担当者とのやり取りを思い出してみるが、特に問題視されることはなかったはずだ。新川さんが言うように、コミュニケーションに時間を使いすぎたとは思う。でも、それが担当者を変更するほど問題のあることだったのだろうか。長く時間がかかってはいけないならば、前の担当者がどうにかしてくれたらよかったのだ。

「ごめんなさい。聞いちゃいけないことでしたね」

わたしが考えこんで黙ったせいか、留美ちゃんが謝ってくる。

ハニーベージュの目からは、感情がいまいち伝わってこないけれど、気を遣わせてしまったのだろう。

「あっ、ごめん、気にしないで」

「前の人の方がいいとかだったら、戻してもらうこともできると思いますよ」

「うーん」

前の担当者さんに、こだわりがあるわけではない。男性が相手だと、話しにくいというだけだ。でも、不安を覚えないように配慮してもらえているのだから、女の人の方がいいというのは、わがままでしかない気がする。新川さんは冷たい感じはしても、苦手とは思わなかった。「男の人は、嫌」と一括りにしてしまうのは、偏見でしかない。

「お疲れさまです」雪下くんが台車を押し、荷物を持ってくる。

大きめの段ボール箱がひとつだけだったので、レジカウンターの横に置いてもらう。

「ありがとうございます」留美ちゃんが伝票を受け取る。「昨日、いつの間にか、いなかったね」

「留美ちゃん、寝てたから」

「また、どこか遊びにいこう」

「うん」雪下くんは、大きくうなずく。

ふたりは仲がいいのだけれど、男女という雰囲気ではない。まだお互いの性別を意識するよりも前、小さな子供同士が話しているみたいに見える。

「失礼します」軽く頭を下げ、雪下くんは店から出ていく。

わたしも留美ちゃんもレジカウンターから出て、段ボール箱を開ける。

大きさから考えて、秋物のシャツやスカートだと思ったのに、青や白のTシャツが大量に入っていた。

「他店舗の売れ残りですね」留美ちゃんは一緒に入っていた封筒を開けて、移動伝票を出す。

「これ、どうするの?」

「セール価格で売り切れっていうことだと思います」

「売れないでしょ」

「いります?」白地に、水面が描かれたTシャツを一枚広げる。

海なのかプールなのか、光を浴びた水面はきらめいている。

「いらない」首を横に振る。

わたしも留美ちゃんも、Tシャツの入った段ボール箱を見下ろし、大きめの溜め息をつく。

長い廊下の奥まで進んでいく。

壁はコンクリートが剝き出しで、天井には配線が丸出しになっている。各店舗の倉庫が並んでいて、廊下に物を置くことは禁止されているが、台車が一台放置されていた。節電のため、電灯はひとつおきにしかついていなくて、窓もない。二階だとわかっていても、地下にいる気分になってくる。

角を曲がって、休憩室に入る。

ショッピングモールは三階までで、各フロアの南と北にひとつずつ休憩室がある。南の方が広くて、小さな売店もあるのだけれど、店の場所が近い北の休憩室をいつも使っている。狭いというほどではないし、飲み物とアイスの自動販売機が並んでいて、電子レンジと流しも使える。ウォーターサーバーもあり、お湯も出る。小さな窓からは、光が射しこむ。

窓に向かって座るように、会議に使うような折り畳みテーブルと椅子が三列並んでいる。一番前の端の席にリュックを置き、お弁当箱と水筒を出す。

お昼休憩には早い時間だから、あまり人がいない。ごはんを食べながら、スマホで動画を見ている人ばかりで、喋っている人はいなかった。どの店も、ふたり以上で休憩に行くことは滅多にないので、一番混むような時間帯でも、ここは常に静かだ。

レンジでお弁当を温めてから席に戻り、イヤホンをして、わたしもスマホで動画を見る。

東京では、新卒で入社した旅行代理店にずっと勤めていた。

お客様の対応、手続き、ツアーの確認、書類の整理、残業することも多かった。ランチは仕事のことを考えながら慌ただしく食べるか、同僚と食べにいくかだった。仕事の一環と言い、都内の有名店に行くこともあったのだけれど、何を食べたのかは、よく憶えていない。食べたもの自体は思い出せても、おいしかったのかどうか考えると、記憶がぼやけていく。

ここでは、休憩中に店が混んで呼び戻されたり、ごはんを食べている横で上司が用事を頼んできたり、いつもよりも少し贅沢なランチを食べながら同僚と仕事の相談をしたりすることはない。

そこまで店が混むことがないからでもあるが、休憩時間を守ることが当たり前になっている。

ひとりでゆっくり食べることに、最初は違和感や寂しさを覚えたけれど、慣れてきた。お昼に四十五分と夕方に十五分の休憩が取れる。四十五分あれば、三十分のドラマやアニメが余裕を持って見られる。前は、旅番組の他は、話題のバラエティやドラマをたまに見るくらいだった。お客様とのコミュニケーションのために見ていただけだ。会話が盛り上がり、契約してもらえるきっかけにできた。ここに引っ越してきてからは、特に考えずに色々と見るようになった。今は、留美ちゃんと香坂さんに勧められた十年くらい前の深夜ドラマを見ている。

そのころには、ベタとされていたような恋愛ものだ。

お金持ちの男性と貧しい女性が一緒に住むことになる。決められた相手と結婚するように言われた男が家に背くために、自分が経営する会社のアルバイトの女性と「結婚する」と宣言し、偽装結婚したからだ。最初は、反発し合ったふたりだが、生活していくうちに、男は女の優しさをかわいく思うようになり、女は男の強さにときめきを覚える。本気でお互いを愛するようになったものの、素直になれない。そして、ふたりが本当の結婚をするためには、乗り越えなくてはいけない過去が男にはある。かつて、男には本気で愛した女がいたのだ。

　今どき、こんな話はドラマでもないと思うけれど、その古さと大袈裟（おおげさ）な描写に、はまっていく。

　三話ぐらいまでは、男の強引さや偉そうな態度に、これはキツイかもしれないと感じた。でも、四話を過ぎた辺りから、男の態度は柔らかくなっていき、弱さも見せるようになる。終盤が近づいてきて、かなり弱りつつある。最後には、また強気に戻るのだろうけれど、そうではない時も知ったからか、安心して見られた。

　古いとは思うが、男性の方が女性よりも強くて権力があるということは、今もそれほど変わっていない。

　旅行代理店に勤めていた時は、上司も本社から来る人たちも、男性ばかりだった。昔よりも、女性で出世できる人は増えたと言われていたが、半々にはなっていない。同期は、日本語の他に英語とスペイン語と中国語が話せて、添乗員になるための勉強をしていると夢を語っていたのに、結婚して夫の海外赴任についていくことになり、あっさり会社を辞めてしまった。ロンドンに行き、専業主婦兼夫専属の通訳になった。

男が本気で愛した女はすでに亡くなっているとわかったところで、ドラマが終わった。

水筒のお茶を飲み、お弁当箱を片づける。

動画サイトを閉じると、大学生のころにゼミで一緒だった友達からメッセージが届いていた。

久しぶりにゼミ仲間で集まろうという誘いだった。

この街から都内まで、バスと電車を乗り継いで一時間から一時間半くらいで出られる。香坂さんの旦那さんは、都内の会社に勤めている。五月の連休のころに別の友達から誘われた時は、新しい生活に疲れていて、東京まで出る気になれなかった。生活に慣れてきたし、店長に頼めば、次の日の出勤を遅番にしてもらえる。ショッピングモールには、スーパーやシネコンの他に、ドラッグストアや百円均一、レストランやカフェ、ファストファッションのブランドや書店や家電量販店、一通りのお店が入っていて、生活に必要なものが全て揃うため、街の外に出ていない。

湖に行って、半年ぶりに遠出をしたと思ったが、街の端というところだ。

たまには、出た方がいいだろう。

行こうと思っても、迷う気持ちもあった。

返信はあとですることにして、リュックを背負って、休憩室を出る。

廊下を歩いていると、雪下くんが向こうから来た。

手にコンビニの袋を提げている。

中には、菓子パンが三個くらい入っているようだ。

「お疲れさまです」ふたりでほぼ同時に言い、軽く頭を下げる。

そのまま、それ以上は何も話さず、すれ違う。


店に戻ると、香坂さんと店長が出勤してきていた。

店長はレジカウンターに入ってパソコンで作業をしていて、留美ちゃんと香坂さんが大きな段ボール箱をガムテープで留めている。

「戻りました」

「おかえりなさい」三人は作業していた手を止めて、顔を上げる。

「何それ?」留美ちゃんと香坂さんに聞く。

「他店に送るんです」

「ふうん」

「さっきのTシャツにうちの売れ残りの小物も合わせて、詰めこみました」

「引き取ってくれる店舗、あったんだ」

「違います」留美ちゃんは、首を横に振る。

「どういうこと?」

「勝手に送ってきたんだから、勝手に送る」

そう言いながら、店長はカウンターから出てきて、印刷した移動伝票を留美ちゃんに渡す。

段ボール箱はすでに閉じてしまったので、封筒に伝票を入れて外側に貼り付ける。送り先は、福岡にある系列店だ。南の方だからって、さすがに夏物は、もう売れないだろう。だが、その店は、前に何度か、無断でうちの店に在庫を送り付けてきたことがある。たまには、受け取ってもらってもいい。

「黙って、言うこと聞いてると思うなよっ！」店長が言い、留美ちゃんと香坂さんとわたしは、笑う。

店長はレジに戻り、わたしたちは棚のあいたところのレイアウトを変えていく。

午後になっても、お客さんはあまりいない。

天井からネットを吊るしたままで、営業していない店舗もあった。

ここで働きはじめたころは「それで、いいのか！」と驚いてしまったが、今は気にならなくなった。

お客さんの少ない時間帯は、ショッピングモールに申請すれば、休んでいいことになっている。従業員がお昼休憩に行く間だけ休みにする店舗もある。人が足りなくて、土日に休む店舗もあった。尊重するべきは、従業員が心身共に健康に働けることで、売上を伸ばすことばかり考えたり、体調が悪い時に無理に出勤したりしなくていい。いつでも風邪を引けると考えると、ストレスがひとつ減るのか、意外と体調を崩さなくなるものだ。

旅行代理店に勤めていたころは、窓口にいる間は何時間も緊張状態がつづき、なんだか常に体調が悪かった。好きな時に休憩を取れないどころか、お手洗いに行けない日もあった。生理不順や膀胱炎(ぼうこうえん)になる同僚もいた。肩こりや腰痛ばかりではなくて、頭痛がつづいても、努力している証のように考え、放置した。

うちの店は、ショッピングモールの営業時間に合わせ、十時から二十時まで営業している。けれど、早番の留美ちゃんが遅刻して、店が開かないことがたまにある。店長は、笑いながら「いいよ、休みたい時だけは、一文字でもいいから連絡ちょうだい」と許してくれる。

ショッピングモールで働く人のほとんどは、この街の住人だ。だが、外部から通勤してきている人もいる。うちの店では、店長だけが外部に住んでいる。前は、都内の売上一位の店舗にいた。三十歳になり、本社勤務の希望を出したところ、ここに異動になった。一年ぐらい前のことらしい。来た当初は、左遷されたと落ちこみ、大変だったようだ。

「店長、来月後半のシフトって、もうできてますか?」レジに入り、店長の横に立つ。

休み希望を出した後どころか、シフトができた後でも、変更してほしい時には言っていいことになっている。今までしてきた仕事は、旅行代理店以外にも、学生のころのカフェや催事でのバイトも、シフトの変更は聞いてもらえなかった。どうしてもという場合、細かく理由を述べさせせられた。

「ほとんどできてるけど」店長は、パソコンで作りかけのシフト表を開く。

友達から誘いのあった日も翌日も、早番になっていた。

早番で働いてから東京に行くのでは、待ち合わせに間に合わない。

「金曜日、休みにして、次の日を遅番にしてもらうことって、難しいですか？」

駄目なことではないとわかっていても、言いにくさを覚える。

「ここね」そう言って、店長はシフト表をすぐに変更してくれる。「遅番でいいの？　二連休取ってもいいからね」

「遅番で大丈夫です」

集まりに行っても、遅くならないうちに帰ってくるつもりだった。仕事という理由があれば、抜けやすくなる。

「了解」

「ありがとうございます」

「真野さん、来月から有休使えるよ。ここ、有休にする？　公休でいい？」

「あっ、じゃあ、有休にしてください」

「いいよ、それで、出勤日数の調整しておくね」

「はい、お願いします」

頭を下げて、レイアウトの変更作業に戻る。

留美ちゃんと香坂さんは、来月はハロウィンだから、店内全体の装飾を変更する相談をしていた。

パートやアルバイトでも、任せてもらえる仕事は多くて、みんなで好きなように店の装飾をしていいことになっている。わたしも相談に入れてもらい、どうするのがいいのか考える。

涼しくなってきて、日差しも和らいできたからか、今日はブラインドが少しだけ開いている。

新川さんは、前回の面談の時と同じように、半袖の白いワイシャツを着ていた。胸ポケットのついているもので、ボールペンが二本差してある。タブレットを指でタップして何か書きこみ、裏返しにしてテーブルの端に置く。

「今日は、この街での生活について確認させてもらいます」顔を上げ、わたしを見る。

視線が鼻の辺りに向いていて、正面に座っているのに、目が合わなかった。

「はい」

前回みたいに、過去については聞かれないということだろう。呼吸が楽になり、緊張していた気持ちが緩んでいく。

「仕事には、慣れましたか?」新川さんは、テーブルの上で手を組む。

「まだわからないことはありますが、慣れてきました」

「不満を感じることや不安を覚えることは、起きてないですか?」

「問題ないです。店長も信頼できるし、同僚ともうまく付き合えています。給料も生活するのに困らないだけもらえているので、不安はありません」

　ここに引っ越してくる前の面接で、仕事についての希望を聞かれた。街の外へ働きに出ることもできるし、街の中で仕事を探すこともできる。体調や精神的な状態の問題で、働かないで給付金をもらって生活をしている人も少なくないようだ。留美ちゃんも、給料で足りない分は給付金をもらっている。

　わたしは、部屋にずっといると気分が落ちこんでしまいそうだから、できるだけ外に出たかった。だが、外部で働ける気はしなかった。街の中であれば、様子を見つつ仕事ができるし、働き方や職場に関する相談にも乗ってもらえると聞き、ショッピングモールの雑貨屋のパートを紹介してもらった。

「体調に変わりはありませんか？」

「特に」

「精神的なことは、どうですか？」

「たまに不安を覚えることはありますが、前よりは良くなったように感じています」

　そう話しながら、嘘をついた気分になった。

　言ったことに間違いはない。

　旅行代理店で接客中に言葉が出てこなくなり、それからの数ヵ月は、人間としてまともな生活が送れなかった。眠れなくなり、食べられなくなり、起き上がれなくなった。這(は)うようにして心療内科へ通い、しばらくこの街で暮らすことを勧められた。最初は、拒否する気持ちしかなかった。自分はすぐに良くなって、前みたいに働けるようになる。しかし、焦れば焦るほど何もできなくなり、身体がフローリングの床に沈みこんでいった。この街に来る以外に生きていく手段が見つからなくなった。何も考えず、引っ越しの準備や手続きに集中することで、少しずつ生活を取り戻していった。

今は、朝起きて、ごはんを食べて働き、夜は眠れている。

確実に、良くなってきているのに、違和感が残る。

「街には、各病院もあって、住人は無料で利用できるので、好きに使ってください」

「はい」

「ここにいる間に、虫歯を全て治したいとか花粉症の舌下免疫療法がしたいとか、そういうことでもいいんですよ。美容整形はできませんけど」

「そうなんですか？」

「美容整形、したかったんですか？」

「エラを軽く削ったり」自分の耳の下辺りを触る。

「……エラ？」眉間に皺を寄せ、新川さんはわたしが触った辺りを見る。

「冗談です」手を下ろし、膝の上で揃える。

「そうですか」

「大丈夫です。特に興味ないです」

見た目に、自信があるわけではないけれど、不満があるというほどでもない。それでも、自分の顔やスタイルを変えたいと思ったことはあった。

「心療内科もあるので、必要であれば通ってください」

「はい」

「この面談では、薬の処方とかはできないので」

「はい」

「今、薬は何も飲んでないんですよね？」

「鉄分やビタミンのサプリは、たまに飲んでいます」

心療内科に通っていた時、睡眠導入剤を処方された。これで眠れると期待したけれど、頭がぼうっとするばかりで効かなかった。薬の副作用だったのか、眩暈がして、常に船酔いしているみたいだった。

「他に、何か変わったことは、起こっていませんか？」

「うーん」

前回の面談から、今日までのことを思い出す。

仕事をする以外は、部屋で料理をしたりテレビを見たりするだけで、特別なことは何も起きていない。湖でバーベキューをしたけれど、報告するほどのことでもないだろう。

「あっ、今度の金曜日、久しぶりに街の外へ出ます」

「金曜日ですね」新川さんはタブレットを表に返して、記録していく。

「大学のゼミ仲間の集まりがあるので、参加します」

「大学のお友達ですか？」タブレットから顔を上げる。

「はい」

「大丈夫ですか？」

「同じ学部だったから、彼のことを知っている友達もいますが、サークルは関係のない別のグループなので、問題ないと思います。英語で『あしながおじさん』や『若草物語』を読む、女子ばかりのゼミでした」

「英語、喋れるんですか？」

「喋れると胸を張れるレベルではありません。でも、子供向けの小説を原文で読むぐらいはできます。旅行するだけだったら、困ることはほとんどないです。前の仕事では、海外のホテルに予約や問い合わせもしてました」

「そうであれば、違う仕事も紹介できますよ」またタブレットを見て、何かを探すように指を何度も滑らせる。

「今の職場、好きなので、大丈夫です。あと、なんていうか、前を思い出す場所は、難しい気がします」

　ここに来る前の仕事や生活について、平気で思い出せることもある。でも、息苦しさを覚えるようなこともあった。

　その境目は、自分でもよくわからない。

雑貨屋の仕事は、接客業という点では旅行代理店と同じでも、使う能力が違うと感じる。旅行関係の仕事がしたいと考え、勉強してきたことの多くが役に立たない。そういう場所に、身を置くことが今のわたしには必要なのだと思う。

「今のままが良さそうですね」新川さんは、タブレットをテーブルの端に置く。

「はい」

「外に出て、何かあった場合、できれば報告してください。もちろん、義務ではないので、絶対に報告が必要なわけではないです」

「わかりました」

「緊急で、どうしてもすぐに誰かと話したいという時は、アプリから電話をかけてくださ い。深夜や早朝で、僕がいなくても、必ず誰かが対応します」

「はい」リュックのポケットからスマホを出し、アプリを開く。

面談の予約以外に、仕事や生活で困った時にはメールで問い合わせができるし、街全体の案内も載っている。他にも、機能があることは、引っ越してきた時に説明を受けたけれど、使いこなせていない。

「この街に来る前、加害行為に遭った方の集まりに参加したことはありますか?」

「ないです」首を横に振り、スマホをリュックに戻す。

そういう集まりがあることは知っていたけれど、参加しようと考えたことはなかった。

「この街にも、いくつかの集まりがあります」

「はい」

「一度、参加してみませんか?」

「……えっと」

「強制ではないです」変わらず、新川さんの視線はわたしの鼻の辺りに向きつづけている。

今日は、前回よりも気軽に話せたように感じたが、どういう感情で話しているのかは、よくわからないままだ。

「参加します」

返事をした声は、とても遠いところから聞こえた気がした。

山に囲まれた街と比べたら、都内の方が暖かいだろうと思っていたのに、そうでもなかった。

高いビルの間から、強い風が吹く。

先週までは、夏の暑さが残っていたのに、急に寒くなった。秋は短くて、すぐに冬が来るのだろう。長袖のシャツにカーディガンを羽織ってきたけれど、充分ではなかった。どこかで、マフラーかストールを買いたくても、時間がない。

久しぶりに東京に出るため、バスや電車の乗り継ぎと時間を事前に調べておいた。しかし、都内に入ってから、乗り換えでミスをしてしまった。何度も利用したことのある駅だから大丈夫だと思っていたら、駅の改良工事で出口の場所が大きく変わっていた。人の流れにもうまく乗れず、電車を二本も逃した。

高校を卒業して、進学のために新潟から東京に出てきた。大学生の時に一度、社会人になってからも一度引っ越しをしているが、都内の中心部と言える辺りに、ずっと住んでいた。上京してきたばかりのころは、右も左もわからなくて、アパートと大学の往復で精一杯だった。暮らしていけないと母親に泣きながら電話したこともある。けれど、そのうちに慣れていった。就職してからは、よく行く駅だったら、迷わないで歩けるようになった。旅行代理店で案内することもあり、新幹線の停まる大きな駅でも、出口や乗り換えについて説明できた。

前に、この辺りに来てから、一年くらいしか経っていない。工事のことは知っていたが、対応できると思っていた。しかし、スマホを持って呆然とするばかりで、駅の表示を追っても、間違えたところへ出てしまった。

そして、街全体も、前と変わっている。

目印と考えていたビルがなくなって更地になり、開発予定の看板が立てられている。前よりも、高いビルが建つようだ。よく行ったパスタ屋さんは、カラフルなカフェになった。サイネージ広告が増えて、街中に映像や音楽が流れている。空は暗くなってきているのに、とても明るい。子供のころに見たＳＦ映画の世界にいるような気分になった。

人の歩くスピードも、こんなに速かったのだろうか。ぼんやりしていたつもりはないのに、急いで歩く男性に肩がぶつかった。謝る隙もなく、男性は去っていく。駅から約束しているお店まで、十分もかからない。その距離を歩くだけで、疲れてしまった。ここまで一時間以上かけて移動してきたからでもある。けれど、そういうことではないと感じた。身体の問題ではないのだ。友達には、適当に言い訳をして、帰った方がいいのかもしれない。思い出さないようにしていた出来事が頭の中に広がっていく。去年の夏、一番暑かったころのことだ。久しぶりに会った友達から言われたことによって、それまで守れてきた全てが失われてしまった。

これから会う友達の中に、あの時のメンバーはいない。ゼミで一緒だった穏やかな性格の子ばかりだ。お店は、居酒屋やワインバーではなくて、かわいらしい雰囲気のカフェだ。お酒を飲むとしても、軽くだろう。いつまでも、街で暮らせるわけではないのだから、少しずつ前の生活を取り戻し、勘を鈍らせないようにしなくてはいけない。

お店の入っているビルの前に立ち、大きく息を吐く。

看板を見て、五階に店名が書いてあることを確認する。

取り残されたような古くて小さな雑居ビルで、狭いエレベーターが一基しかない。別の階にある居酒屋に行くのか、スーツ姿の男性のグループが来て、わたしを囲んで立つ。エレベーターが来て、彼らはずっと待っていたわたしよりも先に乗る。誰も「開」ボタンを押していなくて扉が閉まってしまい、そのまま上がっていく。エレベーターガールみたいになり、わたしが外から扉を押さえているべきだったのだろうか。次を待たないで、階段で上がっていくことにした。

まだ全員集まっていなくて、仁美(ひとみ)とレナだけが先に来ていた。

大学生の時、特に仲の良かったふたりだ。

顔を見たら、緊張していた気持ちが一気に楽になった。

「久しぶり」

手を振り合い、わたしは仁美の隣に座り、席の横のカゴにバッグを置く。正面には、レナがいる。

三人とも、カーディガンの色が違うだけで、似たような格好をしていた。

内装の凝ったお店で、デザインが全て異なるアンティーク風のテーブルやソファが並び、棚にはパリの蚤(のみ)の市で買い集めてきたという骨董品(こっとうひん)が飾られ、各テーブルにはキャンドルやステンドグラスランプが置かれている。窓はすりガラスで閉じられているため、外の喧騒は伝わってこない。お客さんは、わたしたち以外も、女性ばかりだ。

「みんな、遅れるって」レナが言う。

「あっ、そうなんだ」

慌てる必要はなかった。

でも、みんなが集まるよりも前に、ふたりと会えて良かったのかもしれない。

「それぞれ、忙しいからね」そう言いながら、仁美はメニューをテーブルの上に開く。

お店のコンセプトに合わせたような、かわいい名前の料理やスイーツもあるが、アルコールやおつまみも一通り揃っている。

「仕事?」

「仕事とか、子育てとか」

「そっか」

まだ独身の友達の方が多いけれど、結婚して子供を産んだ友達も何人かいる。

「飲み物だけ、先に頼む？」仁美は、ドリンクのメニューを見る。

「わたし、ビール」レナが言う。

「わたしも、そうしようかな。スミレは？」

「わたし、最初はノンアルコールにしておく」

「飲まないの？」

「ちょっと控えてる」

メニューを見て、ノンアルコールのモヒートを選び、三人分の飲み物を店員さんに注文する。

お酒も一年以上飲んでいない。もともと強い方で、酔っぱらっても陽気になる程度だ。飲んで記憶をなくしたり、酔いつぶれたりしたことはない。せっかく久しぶりに会ったのだから、飲みたい気持ちはあるし大丈夫だとは思うけれど、気を付けた方がいい。みんなが揃ってから、軽く飲むぐらいにしておきたい。

「ダイエットとか？」レナが聞いてくる。

「違う、違う」首を横に振る。

「じゃあ、飲めばいいのに」

「引っ越して、家まで遠くなったんだよね。飲みすぎると、帰るの大変になっちゃうから」

「うち、泊まってもいいよ」

「明日、お昼から仕事」

遅番で、シフトを入れてもらっておいてよかった。店長に頼めば「休んでもいい」と言ってくれるだろうけれど、朝まで遊ぶ気にはなれない。

飲み物が運ばれてきたので、お喋りをやめる。

それぞれグラスを持ち、乾杯する。

モヒートを飲んでひと息つく。ノンアルコールという時点で、モヒートと呼んでいいのかわからないが、大量のミントとライムがしっかり利いて、爽やかな香りがした。

「転勤とか?」仁美は、ビールを一気に半分まで飲んで、グラスを置く。「それとも、前の仕事は辞めたってこと?」

「辞めた」

「いつ?」

「去年の終わり」

何もできなくなって、三ヵ月が経ったころ、仕事に戻ることをプレッシャーにしか感じられなくなり、退職することを決めた。五年勤めたのに、上司からは「がんばりすぎたのかもね」と言われただけだった。

「そんなに、連絡取ってなかった?」

「ああ、そうかも」

グループでやり取りする中に、一応参加していたが、スタンプを送るだけで会話には入らなかった。

会社を辞めたことも引っ越したことも、言いにくいと思い、友達には報告していない。今日みたいに、みんなで会う時にサラッと言って済ませたかった。

何かあった時のために、両親と兄には連絡した。母親から「しばらく帰ってくれば。こっちでも、仕事はないわけじゃないよ」と言われ、少しだけ迷った。縦に長い新潟県でも北の方、山形との県境に近い街だ。交通の便がいいとは言えなくても、市内には観光地として栄えているようなところもある。勉強してきたことや旅行代理店での経験が活かせるかもしれない。両親と暮らし、みるくの散歩に行ったりするうちに、健康になっていける気もした。けれど、それは幻想でしかないだろう。お盆や年末年始に、三日間ぐらい帰省するのとはわけが違う。

「遠くって、どこに引っ越したの?」話しながら、レナはスマホを見る。

遅れてくる人たちとやり取りをしている。そのうちのひとりは、夫が子供を見てくれる約束だったのに飲みに行ってしまい、来られなくなったようだ。

「新幹線や飛行機で来たわけじゃないよね」焦ったように、仁美が言う。

「大丈夫。電車とバスで一時間半くらいだから」

「遠いじゃん」ふたりとも、驚いた顔をする。

「だから、帰りも早めに出る」

「何時に出ないといけないとか、ある？」レナは、スマホを置く。

「八時前ぐらいには出たいな」

もっとゆっくりできるかと思っていたのだけれど、最終のバスに乗ることを考えると、それくらいには出ないと間に合わない。できるだけ、タクシーは使いたくなかった。

「そんなにかかるって、都内じゃないっていうこと？」

「そう。でも、そんなに離れてるわけでもないよ」

街のだいたいの場所を説明する。

自分に何があったのか、どうしてあの街に引っ越すことになったのか、あの街で何をしているのか、話してはいけないなんてルールはない。正直に話してしまった方が楽になれる気もする。

でも、話そうとすると、声を奪われたように、喉が締め付けられた。

話したら、彼女たちとの関係は変わってしまう。

あの時も、わたしはそう考えて友達には話さなかったし、警察や大学に訴えたりもしなかった。誰にも言わないで、何も起きなかったフリをして生きていくことを選んだ。それでも、住んでいたアパートにはいられなくなり、自分のバイト代を貯めたお金だけでは引っ越せなかったから、家族には話した。父は「大学を辞めて、帰ってこい！」と怒鳴り、母は泣き、兄は引っ越しの手伝いをしてくれながらも「お前、バカじゃないの」と言ってきた。すごく仲のいい家族というわけではないけれど、仲が悪いわけでもなかった。もっと違う受け止め方をしてくれることを期待していた。

「遠いね」仁美がスマホで場所を調べ、レナはそれをのぞきこむ。

高校生や大学生のころ、都市伝説のようなものと合わせて、街のことが話題になった。ふたりも、聞いたことがないわけではないだろう。だいたいの場所しか言わなくても、知っている人にはわかってしまう。でも、仁美もレナも、気づいていないようだった。

「彼氏がこの辺りにマンション買ったとか？」スマホを置き、仁美はビールを飲む。

「今、彼氏いないから」

「じゃあ、別れて、気分転換とか？」

「それも、ない」首を横に振る。

「彼氏、ずっといなくない？　本当は、いるの？」

「ああ、いや、うーん」

「ひとりなのに、なんでここにしたの？　ファミリー向けの住宅街っていう辺りだよね」

「ファミリー向けではあるけど、ひとり暮らしの人も結構いるみたい。わたしが住んでいるところも、単身向けのマンション。自然に囲まれてるし、都内みたいに人が多くないから、落ち着いて生活できる。リモートワークができる人には、いいんじゃないかな」

用意しておいた説明みたいで、嘘はついていないけれど、本当のことを言っているわけでもないと感じた。

「そこで、スミレは、何してるの？」

「ショッピングモールの雑貨屋で働いてる」

「社員っていうこと？」

「ううん、パート」

「えっ？　何それ？」困惑した顔で、仁美はわたしを見る。「雑貨屋のパートが悪いわけじゃないよ。でも、今まで勉強してきたことやキャリアを活かせる仕事じゃないよね？」

「……キャリアっていうほどのことは」

「だって、大学生の時から旅行関係の仕事がしたいって、がんばってたでしょ。旅行代理店の仕事だって、楽しそうだったのに。いつか海外で暮らしたいって言ってたじゃん。その準備のために辞めたとかでもないんだよね？」

「うん、そういうわけではないね」

「この辺りだったら、キャンプ場とかあるし、少し先まで行けば、ホテルとかもあるよね。せめて、そういう仕事じゃないの？」

「そういうことと旅行の仕事は、ちょっと違うかな」

「雑貨屋の仕事ほど、違わないでしょ」

「それは、そうだけど」ストローでミントの葉をつぶし、モヒートを飲む。

「出会いだって、なさそうだし。再来年には三十歳になるのに、時間を無駄にする気？」

「えっと、その……」

仁美は、特にキツイことを言っているわけではない。

大学生のころ、彼女たちとは、恋愛のことも将来のこともなんでも話していた。わたしは成績も良かったし、将来の目標に向けて努力もできたし、大学三年生の夏までは恋愛で悩むようなこともほとんどなくて、自分を信じられていた。彼女たちに厳しいことを言い、けんかみたいになったこともあった。それでも、すぐに仲直りをする。言いたいことを言い合える友達だった。

「まあ、まあ、それぞれ事情もあるから」レナが仁美を宥める。

「そうだけど……」

「気分転換で、ちょっと休んでるみたいなこと?」わたしの方を見て、レナが聞いてくる。

「うん、そう。大学卒業してから、ずっと都内で旅行代理店に勤めてたから、他のところに住んだり、違う仕事もしてみたかった。別に、海外に行くっていう夢も諦めたわけじゃないよ」

わたしが話し、ふたりが大きくうなずいてくれるのを見たら、それが「真実」なのだと思えた。

実際、街への引っ越しを決めた時は「気分転換になればいい」と考えていた。アパートで寝ていても良くならず、実家に帰る気にもなれなくて、どこか知らない場所へ行きたかった。

でも、「事実」ではない。

前の面談の時に、新川さんから「事実だけを話すようにしてください」と言われた。

その言葉が頭の中に響く。

金曜日の夜だから、電車が混むことはわかっていた。

最終バスの時間も考え、早めに出た。それでも、仕事帰りの人ばかりではなくて、酔っ払いもいる。スーツ姿の男性の集団が大きな声を上げ、彼らと一緒にいる女性たちは媚びたように笑う。何時から、どれだけ飲んだのか、足元のおぼつかない男性もいる。大学生にしか見えないような恋人同士は、混雑しているからって、そんなにくっつかなくてもいいと思えるほど密着する。

電車の動きに合わせ、右へ左へと揺れる。

揺れるたびに、隣に立つ男性が身体を押し付けてくる。

夏ではなくて、よかった。

汗をかいた素肌が触れ合うようなことはない。でも、だから大丈夫というわけでもなくて、できるだけ近寄らないでほしい。身動きできないほどの混雑で、それは難しいと思うが、もう少し配慮してくれてもいいのではないだろうか。わざとかもしれないと思ったけれど、判断の難しいところだ。

都内で働いていたころは、朝も夜も、満員電車に揺られて通勤していた。十五分ぐらいの中で、嫌だなと感じることは、毎日のように起きた。知らない人たちと狭い空間に押しこめられるのだから、快適に思う人なんていない。でも、それだけの問題ではなかった。

朝から痴漢に遭ったり、終電に近い時間に下半身を露出している人を見てしまったりしたこともある。たくさんの人がいる中でも、スーツのズボンのファスナーを開け、性器を向けてくる男性はいた。スカートに精液をかけられたなんていう事件は、珍しいことではない。捕まえようと思っても、相手から攻撃されるかもしれないという恐怖で、声は出なくなる。同僚は、駅のホームで知らない男性にいきなり抱きつかれてキスされそうになったと話し、泣きながら出勤してきた。

ただただ、がまんして、慣れていくしかなかった。

それが東京で暮らしていくということで、女として生きていくということだった。

混んでいることに対する窮屈は、男性も感じている。それくらいは想像できるが、女性と同等の息苦しさを男性が覚えることは少ないのではないかと思う。痴漢冤罪の恐怖みたいな話も聞いたことはあるけれど、それは痴漢する男がいるから悪いのであり、女性が起こした問題ではない。

電車は広い川を越えて、東京から離れる。

徐々に人が降りていき、座れるほどになる。あと数駅だから、立ったままでもいいのだが、カバンを抱えこんで眠っている女性とずっとスマホを見ている女の子の間があいたので、座る。誰もが疲れた顔で、ぼんやりした目をしている。

どこに視線を向けたらいいかわからなくなり、バッグからスマホを出す。

特に誰からも連絡はない。ＳＮＳは、自分と同じような人がいないかと思い、異常なほど見ていた時期がある。情報が溢れているわりに、自分の必要としているものは見つからなくて、疲れてしまうばかりだった。街に対するネガティブな意見も多くて、引っ越してきた時を境に、見なくなった。

街のアプリを開く。

友達と久しぶりに会ったのに、あまり楽しくなかった。前と同じようにお喋りを楽しもうと思っても、うまく話せなかった。忙しく仕事をする友達、結婚して子供のいる友達、彼女たちと自分の違いを考えてしまった。今のわたしは、気軽にかわいいカフェに行くこともできない。

そういったことを誰かと話したくても、アプリから電話をかけるほどのことではないだろう。これは、精神的に苦しい時にかけるものだ。

日常的な悩みを話せる相手が街にいればいいのかもしれない。

留美ちゃんや香坂さんとは話しているけれど、ルールを守った上でのことで、気軽に話せるわけではない。わたしがどうして街で暮らすことになったのか、ふたりは知らない。同じように、ふたりに何があって街に住んでいるのか、わたしは知らない。親しくしていても、何も知らないのだ。

新川さんに「加害行為に遭った人の集まり」に参加するように勧められて、「参加します」と返事をしたものの、まだ申し込んでいない。

どういう集まりかわからなくて、怖いという気持ちが強かった。

面談の時に聞けば、何をするのか教えてもらえたのだろうけれど、新川さんは印象が悪くなるようなことをわざわざ言わないと思う。ネットで調べたら、外部の集まりであれば、情報はあるかもしれない。でも、街の集まりとは、雰囲気が違いそうだ。本当のことは、参加してみなくては、わからない。そこに参加したからって、悩みを話せる相手が必ず見つかるわけではないし、嫌な思いをする可能性もある。そう考え、今まで避けてきた。でも、このままでは、何も変わらない。

アプリから、そういった集まりの一覧を開き、スクロールしていく。

駅前のバス停には、会社帰りの人や塾帰りの中学生や高校生ぐらいの子が並んでいた。結構多いと思ったけれど、街まで行かず、その手前に住んでいる人たちだろう。ほとんどの人がスマホを見ながら、バスを待っている。

大きな駅ではないけれど、周りにはファストフード店やコンビニがある。レストランや居酒屋もまだ開いているので、都内ほどではなくても、明るく感じた。

もともとは、街や団地の辺りまで、線路が延びる計画だったらしい。

その予定で、ショッピングモールや香坂さんが住んでいる辺りの住宅街の開発が進められた。しかし、昔からの商店街の人たちが反対運動をした。電車が走るようになったら、住人は外へ買い物に出てしまい、地元を利用しなくなる。駅ができる計画だった地域に住んでいた人は、なんと言われても、土地を売らなかった。何年も揉めた末、地元住人が勝利した。

だが、地元住人の思い描いていた未来は訪れなかった。

建売住宅は売れ残り、以前からある団地や昔からの住宅街の住人も出ていってしまい、急激に寂れていった。作ってしまったショッピングモールは、今以上に閑散としていたらしい。そのうちに、反対運動をしていた人たちも年老いて、商店街の多くの店はシャッターが閉まったままになった。街は、ゴーストタウン化していき、団地に落書きをしたり、空き家に勝手に住み着く人が出てきた。そのままにしておけないということで、再開発が進んだ。

「……真野さん」

後ろに並んだ人に声をかけられて振り返ると、雪下くんが立っていた。

「こんばんは」雪下くんは、小さく頭を下げる。

グレーのパーカーにキャンプの時にも穿いていたカーゴパンツで、カバンは持っていない。ちょっとコンビニに行くような格好で、どこかに出かけた帰りには見えなかった。

「こんばんは」わたしも、小さく頭を下げる。

声をかけてきたのだから、何か話すのかと思ったが、何も話さないで、雪下くんはバスが来る方を見る。

黙って後ろにいるのも気まずいと思い、一応あいさつをしただけなのだろう。

団地行きの最終バスが来る。

ここで折り返すので、全員が降りるのを待ち、バスの扉が一旦閉まる。

降りてきた人たちの中に、役所で対応してもらったことのある女性がいた。他にも、何人か職員がいる。彼女たちや彼らは、わたしたちとは違い、街に住んでいるわけではないのだということに、今さら気が付いた。

行き先の表示を変えて、バスの扉が開き、順番に乗っていく。

ほとんどの席が埋まっていたから、立っていようかと思ったが、一番後ろがあいていた。奥に入り、窓側の席に座る。

「隣、いいですか？」雪下くんが聞いてくる。

「どうぞ」

他にあいている席もないのだから、「やめてください」とは言えない。

「失礼します」ゆっくりと座り、両手を膝の上に置く。

背中が丸まっていて、なんとなく「猫っぽい」と感じた。

駅から走ってきた人たちを少しだけ待ち、バスは出発する。

進むうちに店がなくなり、外の暗さが増していく。

「バーベキュー、楽しかったですね」喋る気はないのだろうと思っていたのに、雪下くんが話しかけてくる。

「そうだね」

「僕、今まで、バーベキューってしたことがなくて、自分には縁のないことだって思ってました。小説や映画の中だけで行われている特別なことでしかない。だから、誘ってもらえて、すごく嬉しかったんです」

「そうなんだ」

さっきまで、仁美やレナと話していた時のノリで「バーベキューなんて、そんな特別じゃないでしょ」とか「なんで、そこまで特別に考えてたの?」とか言いそうになってしまったが、彼の過去に触れるかもしれないという気がした。それは、ここではルール違反になる。バスは、まだ街の外部を走っているけれど、だから許されるという問題ではない。

「贅沢だとは思いますけど、またみんなでどこかに行きたいです」

「うん、香坂さんや留美ちゃんとどこか行けるといいね」

「今日は、電車を見てきました」

「ああ、そうなんだ」

「線路の先に陸橋があって、そこから夜の中を走る電車を見るんです」

「電車、好きなの?」

これくらいの質問は、日常会話の範囲と考えて、大丈夫だろう。

「見るのが好きです」

「新幹線とかも、見にいったりする?」

「新幹線は、テレビでしか見たことないです」雪下くんは、首を横に振る。「いつか、見てみたいです」

「……そっか」

街には、日本全国から人が集まってくる。

雪下くんは、新幹線の駅のない地域から来たのだろう。

ここから電車で三十分くらいのところにも新幹線の駅があるのだから、そこへ見にいけばいい。でも、きっと、そんな簡単な問題ではないのだ。

「電車も、ここに来る時に初めて見ました」

「……えっ？」

「初めて乗れて、すごく嬉しかった」

「ふうん」

香坂さんがバーベキューの帰りに旦那さんと話していたことによると、雪下くんは十年くらい前、十八歳前後で街に来たはずだ。日本に住んでいて、十代の後半になるまで電車を見ないで生きていくことは、難しい。わたしの実家は駅から離れていたので、交通手段は車やバスがメインだった。それでも、電車や新幹線に乗る機会はあった。

旅行代理店で働いていた知識を使わずとも、それで生活できるような地域は、沖縄しか思い浮かばない。あとは、離島や北海道の端の村とかも考えられるけれど、進学や他の用事で電車の走る辺りに出ることはあると思う。

だが、真っ白なもち肌の雪下くんが南の方の生まれとも思えなかった。

「ごめんなさい」雪下くんが急に謝ってくる。

「えっ？　どうしたの？」

「僕、変ですよね」

「ああ、違う、違う。そんなことないよ」

留美ちゃんと話している時にも、似たようなことがあった。

相手の表情や数秒の間に、不安になってしまうのだろう。

正直、変わった子だとは思っているけれど、不快なわけではなかった。

「人とうまく話せないんです。でも、隣に座ったから、何か話した方がいいんだろうと思って」

「ごめんね、気を遣わせたね」

「すみません」膝の上に揃えていた手に力が入り、握りしめる。

「いいよ、気にしないで」背中を擦ってあげたくなったが、それは駄目だ。「電車、わたしも好きだよ。ここに引っ越してくる前、旅行関係の仕事をしていたから、詳しい。新幹線にも、たくさん乗ったことがある」

「……すごい」目を輝かせて、わたしを見る。

「ありがとう」まっすぐに見られて恥ずかしくなり、おかしな返事になった。

「一番遠くで、どこに行ったことがありますか？」

「新幹線で？」

「飛行機でも、いいです」

「国内だと、北海道も沖縄も行ったことある」

「うん、うん」

沖縄に特別な反応をしないから、やはり出身は別のどこかなのだろう。

「海外だと、ロンドンが一番遠いかな」

「うわーっ！　すごいです」

「……ありがとう」どう返したらいいかわからず、また同じことを言ってしまう。

謙遜するように「そんなことないよ」とか言えば、雪下くんは「否定された」と考えるかもしれない。

ショッピングモールの物流で、ずっと同じ仕事をしているみたいだし、あちらこちらの店舗で頼りにされている。荷物の発送について困ったことがあったら、みんな雪下くんに聞く。コミュニケーション能力がすごく低いわけではなくても、個人的に誰かと話すことは苦手なのだろう。

「夜、電車を見ていると、遠くに行ける気がします」雪下くんが言う。「日本も海外も飛び越えて、宇宙まで行けそうに思えてくるんです」

「銀河鉄道みたいだよね」

「……銀河鉄道？」眉間に皺を寄せて、首をかしげる。

「知らない？　宮沢賢治（みやざわけんじ）の小説」

「わかりません」首を横に振る。

「そっか」

当たり前にみんなが知っていることだと思っていたけれど、そうでもないのかもしれない。

「夜の電車が宇宙まで行けそうっていうのは、なんかわかるよ」

「ありがとうございます」照れた顔になり、雪下くんは少しだけ笑う。

笑うと、周りが明るくなったように見えた。

変わっているところも、幼さも、この子の純粋さから来るのだろう。

大人の男性とわかっていても、小さな子供と接している気分になってくる。

「ごめん、わたしだけ、タメ口で話しちゃった」

「いいですよ」

「同い年だから、雪下くんもタメ口でいいよ」

「年齢、言いました？」急に、目の輝きがなくなる。

「あっ、えっと、留美ちゃんと香坂さんから聞いた」

「そうですか」前を向き、黙ってしまう。

些細なことで、面倒くさいという気持ちもある。けれど、自分のいないところで、話題に出されることは、決して気分のいいことではない。年齢ぐらいと軽く考えてしまった。

誰に何を話すか、決定権は彼にある。

「ごめんね、でも、わたしが自分の年齢を話した時に、雪下くんと同じだねって言われただけで、それ以上は何も聞いてないから」

「……はい」

「これからは、気を付けるね」

街の住人は、女性の方が多い。

小学生や中学生は、男女半々ぐらいだけれど、二十代になると男性の割合が減る。多くが進学や就職を機会に、街から出ていく。二十代や三十代になってから街に来る男性もいるのだが、就業まではしないで、数ヵ月の滞在で外へ戻る人が多いようだ。もしくは、何もできないまま、給付金をもらって生活をしている。

雪下くんみたいに働きながら、十代の終わりから十年もいる男性は、とても少ない。


マンションに帰り、お風呂に入ってから、スマホを見る。

アプリを開き、集まりの一覧を調べる。

迷うほど数が多いわけでもないが、なかなか決められない。どういう人を対象としているのか、細かく説明が書かれている。わたしと同じような加害行為に遭った人の集まりの他にも、いじめやＤＶやハラスメントに遭った人を対象とした集まりがある。

申し込みまで進められないまま、他のページを見ていく。街の案内を開き、イラストでわかりやすく描かれた地図を指先で拡大したり、縮小したりする。

再開発の最初の一歩として、団地全体のリノベーションが進められた。しかし、それだけでは、住人は増えない。そこで、いじめに遭って、不登校になってしまった小中学生を受け入れるようになった。山村留学みたいなイメージだ。遠くの村や島に子供だけが行くのとは違って、この街であれば、家族で引っ越してくることもできる。県内や都内の会社に勤めている親は、転職の必要もない。はじめは、県内に住む子供だけが対象だった。そのうち、全国から集まってくるようになっていった。

数年が経ち、いじめに遭う中には、家族に問題を抱えている子供もいることがわかってきた。父親がいない、母親がいない、両親ともにいない、お金がない。そういったことが必ず子供に悪影響を及ぼすわけではない。それでも、差別する人はいる。差別して、いじめる側に問題があると思うが、解決することは難しい。街は、家族関係に悩んで居場所がない人や貧困家庭の支援もするようになった。単身で、生活保護で暮らすような住人も増えていった。

街に、批判的な声が増えていったのは、この時期だ。

子供だけを主な対象としているうちは、ボランティアのようなものだと思われていた。

しかし、大人も対象になると、税金の無駄遣いという声が一気に広がった。

だが、同時に「住みたい」と希望する人も増えた。

街にいれば、税金により、最低限の暮らしは保障される。

住む資格を得るために、虚偽の申告をする人もいた。

このままでは収拾がつかなくなってしまう。そのため、街は一時的に住人の募集をやめた。寂れたままだったショッピングモールを全面改装して、バスターミナルや公園も整備して、単身者向けのマンションを増やし、住人のいない建売住宅も団地同様にリノベーションを進め、商店街は以前の雰囲気を残しつつ補修していった。そして、住むためのルールを明確に決めた。

ここは、被害者のための街だ。

いじめやDVや犯罪やハラスメントに遭って生活が困難になり、学校や会社や心療内科で紹介を受け、役所での面接を通過した者だけが住める。

ショッピングモールの並びには、この街の住人だけが利用できる役所がある。住人は、それぞれの決められた間隔で、役所で面談を受ける。その人の状況によって、リモートでの面談も選択できた。長く住む人は、書類の提出だけでもいいらしい。特に期限は決められていないので、本人が希望すれば、死ぬまでここに住むことができる。

以前からの住人の中には、何があっても離れないと言い張る人もいたらしい。しかし、変わっていく街での生活が難しくなり、最終的に土地を売った。国や様々な企業の関わるプロジェクトであり、かなりの額が支払われたと噂されている。年老いた人たちが遠くの知らない街へ行くのは大変で、多くの人は土地を売ったお金で近隣の街へ引っ越したようだ。強制はできないため、商店街の先や住宅街に住みつづけている人もいるが、住人の八割ぐらいが制度を利用して、引っ越してきた人だと聞いた。

住人同士が傷つけ合うことのないように、街独自のルールが定められている。街中の防犯カメラの数も多くて、セキュリティも厳しい。安全な環境で、安心して暮らすことが何よりも重視される。そのため、外部では「宗教みたい」とも、言われていた。

わたしも、テレビやネットでしか知らなかったころは、そう感じていた。

実際に住んでからも、これでいいのだろうかと疑問を覚えるようなことはある。

けれど、久しぶりに友達と会い、どちらがいいのかわからなくなった。

集まりの一覧を開き、「性加害に遭った方が対象。未成年の参加はできません。二十代前半から三十代後半の方が多いです。身体的にも精神的にも、女性の方のみが参加可能。見学だけという気持ちでも大丈夫です」と説明のある集まりに、参加の申し込みをする。


集まりの会場は、役所の三階にある会議室だった。

役所は、再開発の時にできて、まだ十年も経っていないので、どこもキレイだ。外観は真っ白で、中も白が基調になっている。一階が各種手続きの受付で、二階には面談室が並んでいて、三階には会議室の他に中高生が利用できる自習室がある。屋上に出たことはないけれど、庭園になっているらしい。

見学だから、自己紹介もしないで何も喋らなくてもいいと連絡が来た。気遣いの感じられるメールで、和やかな集まりなのだろうと想像した。

しかし、全然違った。

はじまりは、和やかだった。参加者は、わたし以外に五人いる。前にも、参加したことがある人ばかりみたいだった。みんな、わたしと同世代か少し下だろう。円になるように椅子を並べて座り、ペットボトルのジュースやコーヒーショップで買ってきたコーヒーを飲み、それぞれが持ってきたお菓子を交換しながら、軽くお喋りをしていた。天気のこと、テレビのこと、最近買ったもののこと、当たり障りのない話題ばかりだ。黙って座っていただけのわたしにも、隣の人がチョコレートをくれた。秋限定の栗味のものだった。

そこに、場を仕切る役所の職員が入ってきても、雰囲気はすぐには変わらなかった。臨床心理士や公認心理師が同席することもあるが、今回は役所の職員だけということだった。三十代半ばくらいの女性で、手続きや面談の時に見かけたことのある人だ。気軽な雰囲気のまま、お喋りがつづき、それだけの会なのだろうと思った。緊張する必要はなかったと考えながら、チョコを食べていたのだけれど、参加者が自分の身に起きたことを語るうちに様子が変わっていった。

そして、「遅れました」と恥ずかしそうにしながら、金髪の女の子が入ってきたところで、わたしの気持ちも大きく変わった。

留美ちゃんだった。

椅子を出して、留美ちゃんはわたしの正面に座った。気づいていないはずがないけれど、何も言ってこなかったし、態度にも出さなかった。

ひとり目の話が終わり、前から順番が決まっていたようで、次は留美ちゃんが話す。聞かない方がいいのではないかと思ったけれど、出たいとは言い出せなかった。

職員に促されて、留美ちゃんは立ち上がる。

「わたしは、十代の時に何度か性被害に遭ってきました」前を向き、少し遠くを見て話し出す。「最初に、男性とセックスをしたのは、十四歳の時です。相手は、地元で有名だった人で、十歳上でした。みんなが憧れるような人に気に入られている自分に、酔っていただけなのだと思います。彼が何をしている人なのか、どういう人なのかは、未だによくわかりません。付き合っていたわけではなくて、いいおもちゃにされていただけです。けれど、そのことを大人として扱われている証拠のように考えていました。両親とも兄や弟とも仲が悪くて、家にいづらかったのもあり、彼のような男性の部屋を転々とするようになりました。お金をもらい、売春をしていた時期もあります。そのお金を、彼氏に渡したりもしていました」

淡々とつづく告白に、どうすればいいかわからなかったが、他の参加者は黙って聞いている。全員が前かがみになり、話しつづける留美ちゃんの顔を見上げていた。

「その中で、複数人の男性とのセックスを強要されたこともあります。今思えば、あれはレイプでした。でも、わたしの周りには、同じようなことをされた女の子がたくさんいたんです。だから、友達もしていること、よくあること、普通のことだと思いこんだ。性被害に遭ったなんて、大袈裟に騒ぐ方がダサくてみっともない。高校には進学しないで、家を出て、彼氏と同棲しはじめました。彼氏も中卒で、先輩の仕事を手伝うと話していましたが、何をしているのかはよくわかりませんでした。詐欺とか窃盗とか、犯罪に関わっていたようです。わたしは、年齢を誤魔化して、スナックやキャバクラで働き、売春もつづけました。ある日、妊娠していることがわかりました。子供は好きだし、産みたい気持ちはあったけれど、産めなかった。誰の子かもわからなくて、育てるお金もありませんでした」

声のトーンが下がっていくのに合わせ、参加者の空気も重くなっていく。

「決定的な性被害に遭ったのは、十七歳の夏です。夜、友達と遊んだ帰りに、ひとりで歩いていたら、知らない男に腕を引っ張られました。飲み屋やバーの並ぶ通りから、一本裏に入ったところで、周りに人はいませんでした。でも、表通りまで、走れば逃げられるぐらいの距離です。わたしは、ニヤニヤ笑っているばかりで、男は何も言いません。ナンパとは、雰囲気が違った。わたしは、男の手を振り払おうとしました。けれど、相手の方がずっと力が強い。お酒は飲んでいましたが、酔っぱらっていたというほどではなかった。薬を飲まされたりしたわけでもない。それでも、男性に腕を摑まれれば、逃げられません。助けを呼ぶために声を上げようとしたら、顔を何発も殴り飛ばされました。少し離れたところに、何人か待っているのが見えました。そのまま、その先に停めてあった車へと引きずられていき、目隠しをされたんです。そこからのことは、どこへ連れていかれたのか、何人に何をされたのか、よくわかりません。暴れようとするたびに、殴られた。痛さと苦しさ以上に、殺されるかもしれないという恐怖が強かった。また車に乗せられ、連れ去られた場所の近くまで戻されました。目隠しのタオルを外すと、広い駐車場の真ん中にいて、空は真っ赤でした。男たちの乗る車が遠ざかっていくのを、夢を見るような気持ちで、眺めるしかできなかった」

苦しくなるばかりの話なのに、参加者は留美ちゃんから目を逸らさないで、聞きつづける。

「車のナンバーを控え、警察に行くべきだったのだと思います。でも、わたし自身、法律として問題のあることをしていたから、行けませんでした。彼氏のいる家にも実家にも帰れないと思い、友達に連絡しました。すぐに来てくれて、何があったのかを話しました。過去に、彼女も同じような性被害に遭っています。治療してくれる病院を紹介してくれました。その病院の先生は、怪我の原因を何も聞いてこなかった。わたしや友達以外にも、その先生にお世話になった人はたくさんいる。友達にそう聞き、大したことではないと思いこもうとしたんです」

そこまで話し、留美ちゃんは涙をこぼして、両手で顔を覆う。

「大したことだよ！」わたしの隣にいた女性が急に声を上げる。

「そうだよ！」

「あなたは、悪くない！」

「悪いのは、加害行為をした男たちだ！」

胸の中に溜まっていたものを発散させるように、それぞれが大きな声を上げていく。

「そうなんです！」留美ちゃんは、顔を上げる。「悪いのは、男たちです！　なのに、自分が悪いと思いこんでしまった」

「悪くないよ！」

「わたしたちは、誰も悪くない！」

「男たちにも、同じ目に遭わせてやりたい！」

「痛みや苦しみを知れっていうんだよっ！」

「死ねばいいのにって、普通に思うよっ！」

「そうですよね！」声に励まされるように、留美ちゃんも声を大きくする。「あれが、みんなも同じというような、簡単に済ませていいことではなかったと気が付いたのは、半年ぐらい経ってからです。何もできなくなってしまいました。眠れない、食べられないばかりではなくて、動けない。彼氏と住む部屋に戻っても邪魔にされ、実家に帰りましたが、そこでも歓迎されません。近くに住むちゃんと高校に通う真面目な友達に、心療内科や婦人科に行くように言われました。身体の検査を受け、心療内科の先生と話し、この街に来ることになったんです」

「よく決意した！」

「えらい！」

「友達、大事！」

「グッジョブ！」

わたしも何か言った方がいいのだろうと思っても、圧倒されるばかりで、声が出なかった。歌舞伎の声かけみたいだが、そんな楽しいものと一緒にしてはいけない。

「ありがとうございます。うまく話せなくて、すみません」頭を下げ、留美ちゃんは座る。

バッグからハンドタオルを出して涙を拭き、ペットボトルの白ぶどうのジュースを飲む。

店で売っていたタオルと仕事の時にも飲んでいるジュースだった。

「そんなことないよ、大変なことを上手にまとめてた」

「すごいわかりやすかった」

「前よりも、話すのうまくなった」

「前の時は、途中までしか話せなかったものね」職員の女性が優しく言う。

「ちょっと練習してきました」照れたように、留美ちゃんは少しだけ笑う。

いつもと話し方が違ったし、ちょっとどころではないぐらい、繰り返し練習してきたのだろう。


全員が高揚感に包まれていて、このままつづくのかと思ったが、今日はここまでのようだ。


職員の女性が今後の予定を話し、みんなで椅子や端に寄せていた机を並べ直して、お菓子や飲み物のゴミを片づけ、静かに帰っていく。

「どうでした?」全員が出てから、職員の女性がわたしに声をかけてくる。

「……ビックリしました」どう言うべきか迷ったが、素直に伝えた方がいい。

「そうよね。いつも、こういう感じではないから。臨床心理士の先生が来て、もう少し穏やかに話す時もあります。勉強会みたいなこともしています。話したくない人に、みんなの前で話すことを強要したりはしません。他の集まりもあるから、自分に合うところを探してみても、いいです」

「ありがとうございます。また参加しようと思います」

圧倒されてしまうばかりだったし、聞かない方がよかったとも思っている。けれど、ここで声を上げられるようになれれば、何かが変わる気がした。


廊下に出ると、奥のお手洗いから留美ちゃんが出てきた。目が合い、どう声をかけたらいいか迷ってしまう。

「一緒に帰りましょう」駆け寄ってきて、留美ちゃんはわたしの横に立つ。「どこか寄ったりしますか?」

「ううん」首を横に振る。「一緒に帰ろう」

エレベーターで一階まで下りて、役所から出る。ショッピングモールの横の通りを歩いていく。銀杏(いちょう)並木になっていて、葉が黄色く染まりはじめていた。

「驚きました?」留美ちゃんが聞いてくる。

「うん。なんか、ごめんね」

「なんで、謝るんですか?」

「知られたくない話だっただろうから」

「うーん」考えこんでいるような顔をして、上を向く。

いつもとどこか違う気がしていたのだけれど、カラコンを入れていないみたいで、目に表情があった。

「誰にでも、知られていい話ではないんです」言葉を選びながら、留美ちゃんは話していく。「でも、それは、さっき話したようなことが特別ではなくて、他のどんなことも、同じだと思います。自分に関することの何を誰に話すのか、決定権はわたしにある」

「そうだね」

「わたしは、スミレさんに聞かれても嫌ではなかったから、大丈夫です」

「ありがとう」

「でも、こういうふうに考えられるようになったのは、本当に最近なんです。わたし、この街に来てからも、しばらくは何もできなくて、一年くらい前から、やっと働けるようになりました。それも、気持ちや体調次第で、迷惑かけてしまってるんですが……」

「大丈夫だよ。誰も、迷惑なんて思ってないから」

東京で旅行代理店に勤めていたころは、誰かが急に休むことを困ると感じてしまったこともあった。休む人は決まっていて、辞めてほしいと同僚と言い合っていた。この街では、そういった時のサポート体制が整っているから、わたしたちが自分の予定を変更してまで、フォローしなくてもいい。

「集まりに参加したり、心療内科の先生と話したり、面談で役所の人と話すうちに、過去のことを客観的に考えられるようになって、考え方も変わっていきました。まだ、調子を崩す日は多いけれど、少しずつ良くなっていける気がしてます」

「そっか」

「わたしの方こそ、なんか、ごめんなさい」

「なんで?」

「スミレさん、集まりにわたしがいて、嫌でしたよね?」

「うーん、驚いたし、留美ちゃんは嫌じゃないかなって不安にはなったけど、心強いとも思った。知らない人ばかりの場所は、やっぱり緊張するから」

「良かったです」安心したのか、大きく息を吐く。

この素直で優しい子がさっき聞いたような性被害に遭ったのだと思うと、泣きたくなってくる。けれど、本人の前で、涙を流してはいけない。同情されたと思われたら、昨日までと関係性が変わってしまう。

「この街の難しさみたいなことも、ちょっと感じた」

「どういうことですか?」留美ちゃんは、わたしを見る。

「何があってここに来たのか、聞いてはいけないことになってるけど、ああいう場所で会ったら、知ってしまう」

「まあ、そうですね」

「うん」

「ただ、ああいう場所で会わなくても、話してる中で、なんとなくわかっちゃいますけどね。本人と話す以外でも、駄目とされてるのに、噂する人もいたりしますから」

「違反行為じゃないの？」

「外部から働きに来てる人もいるし、ルールとは関係ない昔からの住人もいたり、絶対的な法律ではないので」

「そっか」

「商店街の裏のスナックやバーは、行かない方がいいですよ」誰かに聞かれたら困ることなのか、留美ちゃんは声を潜める。

「なんで？」わたしも、声を小さくする。

「昔からの住人が集まって、噂話をしてるらしいです。知らない誰かの不幸は、おもしろいのでしょう。制度を利用して街に来て、給付金をもらって飲み歩いてる人もいます。お酒を飲むことは、違反ではありませんから」

「……そうなんだ」

東京に住んでいた時だって、スナックやバーにひとりで入ることなんてなかったし、行くことはない。

「香坂さんや雪下くんがこの街に住んでる理由も、知ってます」

「そうなの？」

「はい」留美ちゃんは、小さくうなずく。

「そうか」

「わたしからは、話しませんよ」口を手で覆い、首を横に振る。

「大丈夫、聞かないから」

留美ちゃんから、雪下くんの年齢を聞いたのは、わたしが働きはじめたばかりのころだった。半年以上前だ。今は、たとえ年齢だけのことでも、言ってはいけなかったとわかっているだろう。雪下くんを傷つけてしまったから、留美ちゃんに報告した方がいいかと思っていたのだけれど、話さないことにした。

風が吹き、黄色く染まった銀杏の葉が飛ばされていく。

暗くなる時間も、早くなってきている。

遠くの空には、もう夜が来ていた。

秋は、ほんの数日と思える早さで過ぎていき、冬が来た。

だが、面談室はブラインドが閉まっていて、エアコンが効いているため、いつもと変わらない。

ここは役所の二階で、窓の外は銀杏並木になっているはずだ。のぞかれることなんてないのだから、ブラインドを開けてもいいのではないだろうか。夏場は日差しが強いためだと思っていたが、違う理由があるのかもしれない。前の時に少し開いていただけで、春から梅雨の間も、ずっと閉まっていた気がする。考えてみたけれど、この街に来たばかりのころのことは記憶がはっきりしなくて、思い出せなかった。

新川さんは濃いグレーのジャケットを羽織っていて、わたしはネイビーのニットを着ている。同じように感じても、部屋の気温もそれに合わせたエアコンの設定も変わった。

「集まりに参加されたんですね？」タブレットを見ながら、新川さんが話す。

アプリから予約したし、集まりの会場は役所だった。情報は共有されていて、わたしが申告しなくても、記録が残るようになっている。

ありません」
「もっと穏やかな集まりを想像していたので、驚きました。でも、不快に感じたわけでは
「どうでしたか?」
「はい」

「そうですか」

「あと、知り合いがいました。同じ店で働く先輩です。年齢は彼女の方が下で、同じマンションに住んでいます。この街では、一番親しくしていると言える相手です」

わざわざ話さなくても、それも記録されているのだろう。

新川さんは、表情を変えずに小さくうなずき、タブレットを裏返してテーブルに置く。

「そのことを、どのように感じましたか?」

「わたし自身のことよりも、彼女がどう思ったのか、心配になりました。その日は、彼女が自分自身のことを話したので。この街で暮らす難しさを感じ、そのことは彼女にも伝えました。彼女は大丈夫そうにしていましたが、本当はどう考えているのかは、わかりません」

集まりで会った後も、留美ちゃんとは前と変わらず一緒に働いている。お互いの触れないでいたことを知り、これからは今までよりもたくさんのことを話せるようになる気がした。しかし、留美ちゃんは急にバイトを休むことが増えた。前の日までは元気にしていても、次の日には調子を崩してしまう。気持ちの波がコントロールできなくて、辛そうに見

えた。出勤してきた時でも、レジ裏の倉庫でぼんやりしていることがある。

誰かが声をかけてあげたところで、無理させるだけだ。

店長も香坂さんもわたしも、留美ちゃんが倒れたり、ひとりでどこかへ行ってしまわないように見張る気持ちで見ている。

「少し違う話をしてもいいですか?」わたしから聞く。

「どうぞ」新川さんは眉を軽く上げ、少しだけ驚いたような顔をした。

「集まりの少し前、東京に行きました」

「前回の面談で話していた、大学のお友達との集まりですね」

「そうです」

「何かありましたか?」

「……すごく疲れました」思い出しただけで実感がこもり、溜め息を吐くように、言葉がこぼれ落ちた。

「なぜ?」

「久しぶりの東京自体にも、疲れたんです。駅は迷路だし、似たようなビルばかり増えていくし、人が多すぎる。あの街で十年くらい暮らしていたことが信じられません。憧れを持って新潟から出てきて、住んでいた時は楽しかったんです。でも、もともと自分には合ってなかったのだと感じました」

東京で暮らすことを気楽だと考える人がいることもわかる。全てが揃っていて、便利であることは確かだ。よく言われるほど、そこに住む人たちを「冷たい」と思ったこともない。

　ただ、わたしには合わなかった。

　わたしにとっては、刺激が強すぎたのだ。辛いものを食べつづけると、そのうちに慣れてしまい、辛さを感じにくくなる。そういうことだったのだと思う。最初はひとつひとつに驚いたのに、次第に鈍感になっていった。

「そうですか」

「あっ、それで、話したいことは、違うんです」

「つづけてください」

「友達と話すことにも、疲れるというか、引っ掛かりを覚えました」

「どういうことですか？」

「穏やかな性格の子ばかりだと思っていました。でも、そうでもなかった。みんな、結構キツイことを言うんです。わたしの仕事であったり、住んでいる場所であったり、恋人がいるかどうかであったり。わたしのことだから、いい悪いを決めるのは、わたし自身のはずです。けれど、それを勝手に決めつけられ、意見されます。誰かに迷惑をかけるようなことはしていないし、犯罪を犯したわけでもないのに、それでは駄目だと言われたりもする」

「はい」

「あと、そこにいない誰かのことを平気で話してしまう。結婚したとか子供が産まれたとかばかりではなくて、仕事で悩んでいることや旦那さんの愚痴まで。この街では、ルールとして、禁じられているようなことです」

「はい」

「でも、考えてみれば、それって当たり前ですよね。わたしの知らないところで、誰かがわたしのことを話していたら、気分は良くないです」

大学三年生の夏に起きたことは、わたしの知らないところで、話題になっていた。わたしは家族にしか話さなかった。でも、相手が喋ったようだ。そして、それは、人から人へと広まっていった。去年の夏、そのことを聞かされた。

「東京からの帰り、ショッピングモールの物流で働く男の子とバスで会いました。わたしは、同僚から聞いて、彼がわたしと同い年であることを知っていました。彼は、そのことに気分を害してしまった」

「真野さん、少し落ち着きましょう」わたしの目を見て、新川さんが言う。

「えっ?」

「お水、いりますか?」

「……大丈夫です、水筒を持ってきているので」リュックから水筒を出して、お茶を飲む。

温かい紅茶を持ってきたから、まだ冷めていなくて、すぐには飲めなかった。

少しずつ飲むうちに、自分がいつの間にか、怒りをこめて無理に同意を求めるように喋っていたことに気がつく。途中から、真っ白で明るいはずの部屋を妙に暗く感じていた。目の前にいる新川さんのことも見えなくなった。あのまま喋りつづけたら、パニックを起こしていたかもしれない。

「まだ話しますか?」新川さんは心配そうに聞いてくる。「また後日に改めても、いいですよ」

「もう少し話していいですか?」水筒のフタを閉めて、テーブルに置いておく。

「どうぞ」

「物流で働く男の子のこと、忘れてください」

「ん?」首をかしげる。

「いくら面談でも、彼について、わたしが話すべきではありませんでした」

「わかりました。記録は残さないので、気にしないでください。僕も、忘れます」

「お願いします」膝に両手をつき、頭を下げる。

まだ話したいことはあったが、やめておいた方がいい。

考えていることが整理しきれていないし、思い出したくないことを思い出してしまった。

夏のとても暑い日、彼女たちはおもしろいことのように笑いながら、彼から聞いたことをわたしに話した。

彼女たちにも、東京で会った友達にも、悪気はない。

それは、普通のことだった。大学生の時、旅行代理店に勤めていた時、わたしも彼女たちと同じようにしていた。自分が傷つけられることもあったのに、平然と誰かを傷つけた。深く考える必要もない、日常的なコミュニケーションでしかなかった。

興奮した状態がおさまらず、暑いのか寒いのかわからなくなってくる。

水筒を開けてゆっくりと紅茶を飲み、夏はもう遠ざかったことを思い出す。

窓の外で、赤や黄に染まった葉が舞い落ちていく。

すぐ裏の山から風に飛ばされてきたようだ。

「どれにする?」香坂さんがテーブルにメニューを広げる。

ランチメニューには、ハンバーグやビーフシチューの他に、シーフードグラタンやカニクリームコロッケ、地元で採れた野菜とハーブを使ったサラダボウルもある。

「どれも、おいしいから」

「ハンバーグを食べたいのですが、サラダも気になります」

「ハンバーグに小さなサラダを付ければ」

「うーん」

セットはドリンクの他に、スープかサラダかスイーツから選べるようになっている。食後にアップルパイが食べたいのだけれど、それは追加することにして、セットはサラダにしておくのがいいだろうか。季節の野菜を使ったポタージュも気になる。

香坂さんは、もう決まっているみたいで、レモンの薄切りの浮かんだ水を飲む。

「すいません、時間がかかって」

「気にしないでいいから、ゆっくり考えて」

「香坂さんは、どうするんですか?」

「わたしは、ビーフシチュー」

「ビーフシチューもおいしそうですよね」

さらに、迷ってしまう。

ホワイトソースも、ひとりでは面倒くさくて作らないから、グラタンやカニクリームコロッケも食べたい。

香坂さんと留美ちゃんとわたしの休みが重なり、「団地の奥にあるレストランに、ランチに行こう!」と香坂さんが誘ってくれた。留美ちゃんも楽しみにしているようだった。でも、出かける直前に〈やっぱり、やめておきます〉とだけ、メッセージが届いた。日を改めるか迷ったが、香坂さんが車で迎えにきてくれたので、ふたりだけでも行くことにした。

団地が並ぶ中を通り過ぎると、畑や果樹園が広がっている。

以前は団地や建売住宅に住んでいた人たちが昔からある家を改築して土地を耕し、農業をはじめた。お米や野菜を直売所で売ったり、果物狩りができるようにしたりして、役所の支援から離れて暮らしている。

レストランは、さらに先へ進んで山の方まで行き、森の中の道を抜けたところにある。

かつては、どこかの会社の保養所だったみたいで、レンガ造りの洋館のような古い建物だ。

ずっと使われていなくて寂れていたのだけれど、オーナー夫妻が何年もかけて、レストランにリフォームしたらしい。今は夫妻と息子さんで営業している。客席数は三十もなくて、隣の席と適度な距離があいている。ゆとりがあり、八割ぐらい埋まっていても、混み合った印象にはならない。テーブルに白いテーブルクロスがかけられていて高級レストランみたいだが、値段はリーズナブルだ。

「ハンバーグにして、サラダを付けます」

「食後にスイーツも食べるでしょ？」

「はい」

「たまには、ちょっと贅沢しないとね」

楽しそうに言い、香坂さんは店員さんを呼ぶ。

わたしよりも少し年上に見える男性だ。彼がオーナー夫妻の息子さんなのだろう。背は高いが、身体が細くて、動きや表情も柔らかい。声も穏やかだ。わたしは、身体の大きな男性が苦手なのだけれど、彼からは圧迫感を覚えなかった。

香坂さんもわたしも、それぞれ注文をする。

「元気そうね」香坂さんが店員さんに言う。

「おかげさまで。なっちゃんは、どうしてますか？」

「たまに電話してくるけど、仕事と子育てで忙しいみたいで、いつもバタバタしてる」

「また帰ってきた時には、みんなで遊びにきてください」

「伝えておく」

「失礼します」

男性は軽く頭を下げ、厨房の方へ行く。

彼は、香坂さんの娘さんと高校の同級生だったらしい。

お店のリフォームをする時、香坂さんと旦那さんも手伝ったということを、来る途中の車の中で聞いた。

レストランをはじめる前は建売住宅に住んでいて、家も近所だった。

息子さんがいじめに遭っていて、この街に引っ越してきた。それが一番多いパターンだ。でも、ご両親に何かがあったということもある。どちらにしても、もう外には戻らず、家族でここに暮らしつづけることを選んだのだろう。

「いいところですね」水を飲み、窓の外を眺める。

大きな窓からは、広い庭が見える。

菜園になっていて、野菜やハーブを育てているようだ。

何か喋った方がいいかと思いながらも、ぼんやりしてしまう。

街には、同じようなレストランやカフェがいくつかある。商店街にも、洋食屋や喫茶店があるみたいだ。香坂さんにランチに誘われた後、アプリの街案内で調べた。ショッピングモールや役所の辺りのことしか知らないのに、何もないと決めつけてしまっていた。

「うちもね、お店をやるか考えたことがあるの」香坂さんが言う。

「ご主人とですか？」

「商店街の辺りに、今も空き物件がいくつかあるけど、前はもっと多かったから。喫茶店でもはじめるのもいいんじゃないかって考えてた」

「いいですね、喫茶店」

「でもね、うちは、どうしていくか決められなかったから。娘が大学を卒業して出ていって、その時にわたしと夫も出るつもりだったんだけど、結局は夫婦で残っちゃった。あと数年で夫が定年退職するから、そしたらまた考えようかな」

「喫茶店はじめたら、遊びにいきますよ」

本当は「手伝いますよ」と言いたかったけれど、それは無責任だという気がした。

わたし自身、先のことをまだ決められない状況だ。

ここに引っ越してきた時には、できるだけ早く東京に戻ろうと考えていた。仕事から離れることに対する焦りも強かったし、長く暮らしてはいけない場所だと思っていた。多額の税金が使われているからというばかりではなくて、「宗教」と揶揄（やゆ）するような偏見がわたしの中にもあったのだ。

でも、今は、迷っている。

東京に戻ることは、もうない。新潟の実家に帰ろうとも考えていない。だからといって、いつまでもここで暮らしたいというほどでもないのだ。

先ほどの男性がセットのサラダを運んでくる。サイコロ状のサツマイモやカボチャ、ニンジンや大根といった根菜の入った彩り豊かなサラダだった。

サラダもハンバーグもボリュームがあり、もうお腹いっぱいと思ったのだけれど、アップルパイを前にしたら、一瞬で食欲が戻ってきた。

パイが網目になったオーソドックスなタイプのもので、ホイップクリームが添えられている。一緒にお願いした紅茶はフレーバーティーで、微かにりんごの香りがした。

「うちは、スイーツも店で作ってるんです」店員の男性が言う。

「そうなんですね」

「お父さんがね、もともとお菓子作りが上手だから」香坂さんは、厨房の方を見る。

料理やスイーツの準備は厨房で夫妻ふたりがしていて、給仕とドリンクの準備は息子さんひとりで担当しているようだ。座席数を増やし、もっとお客さんを呼ぶことはできそうだけれど、家族三人で営業していける範囲を守っているのだろう。営業日も週四日だけで、夜は金曜と土曜しか開いていない。

「なっちゃんに、ホワイトデーにクッキーをあげたら、驚かれたことがありました」

「えっ！　そんなことがあったの？」知らなかったみたいで、香坂さんは驚いた声を上げる。「じゃあ、うちの子がバレンタインにあげたっていうこと？」

「深い意味はないやつですよ。クラスのみんなに配ったうちのひとつです。それなのに、手作りクッキーなんて返したから。僕が作ったんじゃなくて、父親の作ったものだって話すと、安心してました」

「そういう時、あの子、平然と嫌な顔するでしょ」

「そうですね」男性は笑う。

「気遣いができないから」

「素直さがなっちゃんのいいところです」

「そう言ってもらえると、助かる」

「ゆっくりしていってください」軽く頭を下げ、男性はテーブルから離れる。

「ごめんなさいね、スミレちゃんのわからない話をして」香坂さんが言う。

「大丈夫です、気にしないでください」

フォークを取り、わたしはアップルパイを食べて、香坂さんはチーズケーキを食べる。

りんごは柔らかすぎないで、適度にシャリッとした食感が残っている。甘さやスパイスの加減も、ちょうどいい。温かいアップルパイに冷たいホイップクリームがよく合う。一気に食べてしまいそうになったけれど、紅茶を飲んで少し休む。

「チーズケーキも、食べる？」

「あっ、はい」ひと口だけもらう。

食後に食べるには、重いと感じるタイプのベイクドチーズケーキだ。それでも、これは、食べたくなる。レモンかライムが多めに入っているのか、後味は爽やかだった。

「おいしいでしょ?」嬉しそうに、香坂さんはわたしを見る。

「はい。あっ、アップルパイ食べますか?」

「いい、いい。わたしは、何度も食べたことあるから」

「そうですよね」

そのまま、しばらく何も喋らないで、アップルパイやチーズケーキを食べて、紅茶を飲む。

ハンバーグとビーフシチューを食べている間も、あまり喋らなかった。留美ちゃんや雪下くんは、少しでも沈黙すると、不安になるようだった。香坂さんは、そういうことはないみたいだったので、わたしも気にならなかった。

何よりも、このお店の雰囲気がそう思わせてくれた。

他のお客さんは、女性のグループの他に恋人と思われるふたり連れもいる。平日だから、小学生や中学生ぐらいの子はいないが、まだ小学校に入る前の小さな子供を連れた家族はいた。誰もが静かに食事を楽しんでいる。

街にいる時も、充分に穏やかに暮らせていると考えていた。しかし、ルールを守らないといけないということに、自分が思った以上の緊張感を覚えていたのだ。防犯のためとはいえ、街中が厳しいセキュリティで守られていることは、ストレスにも繋がった。東京に出たりしなくても、たまにはこの辺りに来たり湖の方へ行ってみたりするといいのかもしれない。

「留美ちゃんにアップルパイとチーズケーキ、買っていってあげようか。違うケーキの方がいいかな」

チーズケーキを食べ終え、香坂さんはテーブルの端に置いてあったデザートのメニューを見る。モンブランやチョコレートケーキなど、馴染みのあるスイーツが並んでいる。流行りを気にしないで、ずっと同じメニューを出しているのだろう。

「食べますかね？」

「食べない？」

「すぐに食べないといけないものは、プレッシャーになることもある気がします」

何もできなくなってしまったころ、同僚が食べ物を持ってきてくれたことがあった。会うこともできず、玄関の前に置いていってもらった。ヨーグルトやゼリーなど、飲むようにして胃に流しこむこともできるものだった。それでも、わたしは食べられなくて、その親切心も鬱陶(うっとう)しく感じてしまい、全てを捨てた。

「クッキーとかであれば、賞味期限が長そうだから、大丈夫かな」香坂さんは、入口の方を見る。

「そうですね」

入口横のレジでは、クッキーの他にフィナンシェやドライフルーツの入ったパウンドケーキなどの焼き菓子も売っている。

それも、食べられないかもしれない。

けれど、何かを持っていくことで、どうしているのか確かめたかった。

街では、数年にひとりではあるが、自ら命を絶ってしまう人もいる。死ぬことしか考えられなくなる日々を乗り越えて、生きるために引っ越してきた。生きたいと強く願いながらも、その道を見つけることは、難しい。セキュリティの厳しさは、予防策でもある。

留美ちゃんのアップダウンの激しさは、どうにかして生きていこうとしている証拠だ。でも、誰も見ていない隙に、滑り落ちるように向こう側へいってしまうのではないかと感じることがあった。

「いらないって言われたら、お店に持っていって、みんなで食べればいいし」

「そうしましょう」

「スミレちゃんは、たくさん食べられたから、良かった」わたしを見て、香坂さんは笑顔になる。

「えっ?」

「最近、スミレちゃんも、苦しそうだったから」

「……そうですか?」

「こんなことを言われたら、気にしちゃうか」

「いえ、大丈夫です。あっ、いや、うーん」

香坂さんは、わたしに無理させないように、気遣ってくれている。でも、気遣われると、わたしは無理してしまう。集まりで留美ちゃんと会ってから、わたしは留美ちゃんに気遣われないように気を付けていた。その気遣われないようにしている態度は、香坂さんから見たら「苦しそう」と見えたのだろう。

「街に来て、半年以上経つんですね」わたしはパニックを起こさないように、ゆっくりと喋る。「最初のころは、生活に慣れることに気持ちが向いていました。この街独自のルールがあるし、気を付けようと心掛けていました。自分も話したくないことがあって、他の人も同じように話せないことを抱えているから、大丈夫と思っていたんです。でも、難しいと感じています。何を言っていいか、何を言ってはいけないか、人によって少しずつ違う。徹底的にルールを守っていたら、誰とも親しく付き合えない」

「そこまで考えられているのであれば、大丈夫じゃないかな」香坂さんも、いつもより落ち着いたトーンで話す。「ルールを破って、街から出される人って、本当に問題がある人なの。長く住んでいるから、色々な人を見てきたけど、罰則を受けた人って、周りに気を配れない人なのよ。悪いと考えもせず、人の大事なことを喋ってまわってしまうような人。悪いとわかっていながら、喋ってしまう人もいる。スミレちゃんは、過剰なほどに気遣える人だから、そんなに難しく考えないでいいのよ」

「そうですかねえ」

「面談ぐらいでしか、なんでも話せる人っていないだろうから、何かあれば話してね。わたしでよければ、聞くから。聞くしかできないかもしれないけれど、自分の中に溜めこんでしまわないようにして」

「はい」

「ごめんなさい」口調にいつもの明るさが戻る。「おせっかいでしかないわよね」

「そんなことないです」首を横に振る。

「わたしではなくても、店長とかでもいいから、話すようにしてね」

「ありがとうございます」

「そろそろ、出ましょうか」立ち上がり、香坂さんはコートと伝票を持つ。

「帰り、運転しますね」わたしも立ち上がり、コートを持つ。

「運転、いつ以来？」

「……二年ぶりぐらいです」

　去年のお正月に実家に帰り、その時に車で十分のところにあるショッピングモールに母親と一緒に行った。その往復で運転したのが最後だ。それより前は、レンタカーで友達と旅行に行き、海外でも自分で運転した。よく運転している方だと思っていたが、いつの間にか時間があいていた。

「今日は、わたしが運転するから」香坂さんは、わたしの目を見る。

「……そうですね」

「どこか行きたい時は車貸すから、言ってね」

「ずっと運転してないけど、いいんですか？」

「弁償で済む程度であれば」

喋りながらレジへ行き、焼き菓子の詰め合わせの一番小さなセットを選び、会計を済ませる。

ガラス扉を開けて外へ出ると、乾いた冷たい空気に包まれる。

外まで見送ってくれた店員の男性に香坂さんは手を振り、わたしは小さく頭を下げる。

開いたままになっている門を出たところに、重そうな鉄の看板が置いてあり、黒地に白い文字で店名が書かれていた。

「……Ａｓｙｌｕｍ（アサイラム）」思わず、声に出して読む。

「どうかした？」隣にある駐車場に向かって、先に歩いていた香坂さんが振り返る。

「アサイさん？」入口の方を指さす。

「違う、違う、横山（よこやま）さん」首を横に振り、笑う。「お店の名前は、なんていう意味だったかな。前に聞いたけど、忘れちゃった」

「英語ですかね？」

「多分」

枯れ葉を踏みながら、歩く。

森と山に囲まれているので、見上げると、赤や黄の葉が降ってきた。

焼き菓子の詰め合わせを持って、香坂さんと一緒に留美ちゃんの部屋の前まで行き、インターフォンを押してみたものの、返答はなかった。

少し待ってみたけれど、出てきそうになかったので、焼き菓子はとりあえずわたしが預かり、香坂さんは帰っていった。

部屋に行ったと留美ちゃんにメッセージを送ろうか迷ったが、何がプレッシャーになるかわからないので、やめておいた。明日は、留美ちゃんもわたしも香坂さんもシフトに入っている。出勤してこないようであれば、また考えればいい。

ルールはあっても、実際に罰せられることは少ないのだろう。それでも、相手が閉じてしまっている中に、無理に入りこもうとしてはいけない。わたし自身、留美ちゃんを受け止めきれる状態ではなかった。

自分の部屋で、ひとりになると、思い出さない方がいいことが心の中に広がっていく。

止めようと思っても、無理なのだ。


去年の夏、八月のお盆休みが終わるころだった。

旅行代理店は、土日も営業していて、もともとカレンダー通りの休みではない。夏休み期間中は問い合わせも多くなり、残業も増える。秋の行楽シーズンに向けたキャンペーンも始まる時期で、慌ただしくしていた。

大学で同じサークルだった友達から〈今度の土曜日、みんなで集まるから、スミレも来なよ〉と連絡が来た時、最初は断った。

忙しかったし、わたしは三年生の夏でサークルをやめている。正式にやめますと伝えないで、勉強や就職のための準備に集中したいと話し、徐々に参加しなくなった。アウトドアサークルで、夏休みなどの長期休みにキャンプに行く以外、土日にバーベキューや釣りに行っていた。わたしは、バイトもあったため、もともと積極的に活動していたわけではない。フェードアウトしていっても、特に誰からも何も言われなかった。サークルのOGとしても認識されていなくて、卒業後の集まりに呼ばれたこともない。なぜ急に呼ばれたのかもわからなかったので、出席するという選択肢を考えもしなかった。

送られてきた誘っている人のリストを見たら、仲良くしていた友達も参加するみたいだったけれど、会いたいとは思わなかった。卒業してから一度も会っていないのだから、その程度の親しさだったのだ。リストに彼の名前がないことに、安心したのかどうかは、自分でもよくわからなかった。胸の辺りで、いつもはおとなしくしている黒い塊が蠢いたのだけ感じた。

すぐに返信しないで、翌日の昼休みに〈ごめん、仕事が忙しい時期だから、無理〉とメッセージを送った。その日の夜に〈そっか、残念。また誘う〉と返ってきたけれど、〈また〉はないだろうなと考えていた。

大学三年生の夏休み、あの夜のことがなければ、わたしはサークルに参加しつづけて、卒業後もOGとして、みんなと会ったりしていたのかもしれない。そう考えることの意味のなさは、理解していた。どれだけ考え、後悔しても、起きてしまったことをなかったことにはできない。

　人間の記憶は、とても曖昧なもので、どんなに衝撃的な出来事であっても一年も経てば、正確には憶えていられなくなるらしい。他の出来事やテレビやネットで見たことと混ざり合い、全く違う記憶になってしまうこともある。そのため、事件に遭った場合は、できるだけ早いうちに、何が起きたのか細部までを繰り返し人に話した方がいい。何度も話すことで記憶が定着して、数ヵ月から数年が経った後でも、正確に思い出せるようになる。第三者の手で、記録しておいてもらうこともできる。

　ＳＮＳで、事件に遭ったことがあるという人がそう話している動画を見た時には、あの夜から二年近く経っていた。わたしは、忘れると決めていたから、家族に大まかなことを話しただけだった。それでも、記憶が曖昧になったとは思えなかった。

　彼に「トイレに行きたい」と言われて断ったこと、しつこく言われて嫌だなと感じながら鍵を開けたこと、鍵を開けるわたしの手元を彼が見ていたこと、その視線は素面に戻ったように見えた。ひとつひとつ思い出せるが、これもどこかで正確ではない記憶に、捻じ曲がっているのだろうか。

　引っ掛かることはありながらも、連絡がきたことも忘れると決めて、仕事や日々の家事に集中していた。

　土曜日、すっかり忘れていたわけではないが、自分には関係ない遠い出来事として、どこかで飲み会をしているのだと考える程度にはなっていた。不参加の連絡をしたので、お店の場所は聞いていなかった。

その日、わたしは早番で、お盆休みも終盤だったからか問い合わせも少なくて、久しぶりに定時で帰れた。熱帯夜がつづいていて、空は暗くなっても、外はとても暑い。早めに帰り、家で素麺か何かを軽く食べ、ゆっくり休もうと駅に向かった。ネットで見たトマトやツナを入れる素麺にしようと決め、家の冷蔵庫に何があるか考えながら歩いていたため、周りがちゃんと見えていなかった。駅前の信号を渡ろうと一歩踏み出したところで、後ろから「スミレ」と肩を叩かれた。そこには、集まりの連絡をくれた友達がいた。お店に向かっているところだった。

適当に嘘をつくこともできた。だが、急なことで、頭がまわらなかった。正直に「予定よりも、仕事が早く終わった」と言ってしまった。彼女は、嬉しそうに「ひとりくらい増えても大丈夫だから、来なよ」と言ってくれた。その顔を見て、「嫌です」と言えるわけがない。

お店は、駅から十分も歩いたところにあった。

東京での徒歩十分は遠い。その十分間、何を話したかは、よく憶えていない。憶えるほどのことではなかった。彼女も、近くにある会社に勤めているということだった。近くだからって、偶然会うこともなかなかないのが東京だ。ランチに行く洋食屋とか、仕事帰りに寄るカフェとか、同じお店に行っていることがわかり、「すれ違ってたかもね」と言い合った。他には、大学の友達の近況を話していたが、ちゃんと聞いていなかった。

万が一、わたしが予定外に参加することになったように、彼も来たとしたら、再会してしまう。そう考えると、眩暈と吐き気を覚えた。「体調が悪い」と帰ることもできたはずだが、うまく言葉が出なかった。彼女の話に、適当に相槌を打つうちに、お店に着いた。埋立地にあるイタリアンレストランで、海と運河に囲まれていた。海の向こうには、高層ビルの並ぶ夜景が見える。お盆でも、夜でも、ビルにはたくさんの明かりが灯っていた。

窓側の広い席に、八人か十人ぐらいが集まっていた。

頭がぼうっとしていたため、正確な人数は思い出せない。来るつもりではなかったので、服もメイクも仕事帰りの疲労が丸出しだったのだけれども、そんなことも考えられないほど、緊張していた。女の子しかいなくて、男は何人か遅れてくるということだ。誰が来るのか聞いたが、やはり彼は来ないようだった。

コースではなかったけれど、食べ物は誰かがまとめて注文したみたいで、飲み物だけ選べばよかった。アルコールの弱そうなものがいいと考え、リモンチェッロのソーダ割を頼んだ。ビールやワインを飲む人が多かったが、ノンアルコールの人もいたので、飲み物に関しては何も突っ込まれなかった。乾杯をして、黄色い液体を少しずつ飲み、白身魚のカルパッチョやトマトの冷たいカッペリーニを食べて、家で作る予定だったものとあまり変わらないと思いながら、みんなの話を聞いていた。お店まで来た時と同じように、誰かの近況や噂話ばかりだった。来なければ、ここで好き勝手に噂のネタにされていたかもしれない。そう考えたら、来てよかったのだ。だが、参加していても、話はわたしの方へと向かってきた。

最初は、彼の話だった。

その名前が聞こえた瞬間、トイレに立とうと考えた。スマホを持って、仕事の電話が入ったとか言って十分も席を離れれば、話題が終わるだろう。けれど、立ち上がれなかった。今、彼がどこで、何をしているのか、知りたかったのだ。心の奥底で、彼が不幸になることを願いつづけていた。

彼は、あの後に会うことはなくて、予定通りにイギリスへ留学していった。夏休みが終わり、大学に行くと、彼はどこにもいなかった。だから、わたしが忘れてしまえば、何もなかったことになると考えたのだ。もう六年も経っているのだから、日本に帰ってきているだろう。

残念ながら、彼は不幸になっていなかった。

一流と言える会社に勤め、留学先で知り合った同い年の韓国人と結婚して、すでに子供もひとりいる。今は、海外赴任になり、家族とロスで暮らしている。妻は、ふたり目を妊娠中だ。インフルエンサーというほどではないが、妻のＳＮＳはフォロワーが多くて、更新もマメらしい。誰かがスマホで妻のＳＮＳを開き、それをみんなが見ていた。回ってこないうちに逃げようと思い、席を立とうと背中に置いていたバッグを取ったところで、誰かがわたしの名前を呼んだ。

「そういえば、スミレと付き合ってたよね？」遠い席から、そう言われた。

「付き合ってたんじゃないでしょ」笑いながら言う声が聞こえた。

「えっ？　そうなんだっけ？」

「向こうがスミレに片思いしてただけだよ」

「それで、最後は付き合ってなかった？」

「夏休み中だけ、付き合ったって聞いたけど」

「違うよ、だって、スミレは彼氏いたよね」

「でも、留学前の送別会の後、スミレの部屋に行ったって自慢してまわってたじゃん」

「最後に抱けて良かったとか、話してたよ」

「スミレも、いいなとは思ってたんでしょ？」

「その後、彼氏ともすぐ別れたし」

「なんかさ、スミレがどうだったって話して、嬉しそうにしてたよね。受け入れてくれた喜びとか」

「うん、うん。思い出すと、青春だったなって感じる」

「今は、そんな熱烈に誰かを好きになるとかないもんね」

「その時だって、なかったよ」

「わたし、ちょっといいなって思ってたから、スミレが羨ましかったんだよね」

「遊んでる感じに見えて、スミレのことすごく好きだって言いつづけてたからね。それなのに、本人には言えなくて、やっと気持ちが通じ合ったたって」

「あの送別会の時も、スミレとふたりで帰りたいからって、みんなにお願いしてまわってたもんね」

「スミレには彼氏がいるって止めたのに、それでも気持ちを伝えたいって必死だったから、わたしも協力したんだ。帰る方向一緒だったけど、ふたりきりになれるように、わたしは始発までカラオケ行く人たちに合流したんだから」

「それで、うまくいったって聞いたから、こっちもなんか感動したんだよね」

「そのまま、スミレの部屋でしたって言うから、性被害に遭ったとか訴えられちゃうんじゃないのって、誰かがからかったりしてなかった?」

「そうそう。そしたら、意地になったのか、全部話しちゃって」

「スミレが恥ずかしそうにしていて、かわいかったとか。でも、受け入れてくれた後は、向こうも積極的だったとか。そこまで話すなよっていうこと、サークルのみんなに喋って、飛び立っていったよね」

記憶は曖昧で、誰が話したことかは、思い出せない。

その場にいた時だって、眩暈を覚えるばかりで、誰が何を話したのかはわからなかったのだ。

みんなの話を否定したかったし、協力したという友達を殴り飛ばしたいぐらいだったのに、わたしは笑っていた。なぜか、遠いところから自分の姿を自分で見ているような気がした。黙って、照れながら間抜けに笑い、その笑いを顔に貼り付けたままで「お手洗いに行ってくる」と言って、席を立った。トイレで、リモンチェッロもトマトの冷たいカッペリーニも白身魚のカルパッチョも、全てを吐き出した。鏡の前に色々なものが並んでいて、青いマウスウォッシュを使ったことだけは、鮮明に憶えている。席に戻り、また笑顔で「仕事に戻らないといけなくなった」と棒読みな嘘をつき、お金をいくらか置いて、お店を出た。

次の日、いつも通りに起きて出勤したが、お昼前には言葉が出なくなり、何もできなくなった。

留美ちゃんは、また休むかと思ったが、ちゃんと時間通りに出勤してきた。

ただ、見た目が変わっていた。

腰まであった金髪を黒く染めて、肩にかかる程度の長さに切っていた。前髪も眉毛の下で切り揃えられている。目にはカラコンが入っているのだけれど、今までのブルーグレーやハニーベージュみたいな色ではなくて、自然に見える濃いめのブラウンだ。メイクも肌の白さを活かしたナチュラル系になり、スッピンに近い。

店に入ってきた瞬間、誰かわからなくて「いらっしゃいませ」と声をかけそうになった。名札など、名前のわかるものはもともと身につけていない。いつも履いているピンクのラインの入った白いスニーカーを見て、留美ちゃんであることを確かめた。仕事中に派手な格好をすることはなかったから、服装は前と同じままだ。

「あら、イメチェン？」香坂さんは、棚の整理をしていた手を止めて、留美ちゃんに駆け寄る。

「そうなんです」嬉しそうに言い、モデルのように一回転する。

「昨日、ランチキャンセルして、美容院に行ったの？」

「ごめんなさい。どうしても、行きたくなって」

「いい、いい。今度、行こうね」

「はい！」元気に返事をして、留美ちゃんはレジ横のパソコンで出勤の登録をする。

わたしも何か言いたかったが、うまく言葉が出なかった。

棚にアクセサリーを並べながら、ふたりのやり取りを黙って見ていた。

前から「若い」とは思っていたけれど、留美ちゃんは急激に幼くなったように見えた。年齢としては、大学二年生や三年生でしかない。子供ではないが、大人とは言えない年齢だ。十八歳で成人して、二十歳を過ぎれば、だいたいのことは自分の好きにできるようになる。でも、社会を理解できているわけではない。

あの時、わたしは今の留美ちゃんと同じくらいの年齢だった。

ひとりで暮らして大学に通い、アルバイトをしてお金を稼ぎ、将来のことを決めて、お酒を飲み、彼氏がいて、自分は大人になったつもりだった。だから、全ては自分の責任であり、自分だけで解決しなくてはいけないと考えた。

お腹の奥の方から、ぼんやりと「嫌だな」という感情が湧いてくる。

他の住人を見て、自分の受けた行為を客観的に考えることは、この街の目的でもあるのだと思う。はっきり説明されたわけではないけれど、ここで暮らし、人と関わる以上、そういう思考になっていく。留美ちゃんや香坂さんや雪下くんに何があったのか、聞かないようにしながらも考え、気遣い合い、彼女たちや彼の受けた行為に憤りを覚えるようになる。自分に関しては、内に秘めるしかできなかった怒りを誰かに向ける。集まりの時、参加者が歌舞伎の声かけのように、声を上げたのも、同じことを目的としているのだろう。

あの集まり自体の印象は悪くない。自分も声を出せるようになったら、何かが変わる気がした。知らない人ばかりであれば、気にならなかったかもしれない。

でも、留美ちゃんがいたから、引っ掛かってしまう。

集まりの後から、わたしは留美ちゃんと自分を比較しつづけている。

「スミレさん、倉庫にクリスマスの装飾を取りにいきましょう」留美ちゃんは、わたしの横に立つ。

「クリスマスの装飾?」

ハロウィンが終わると、マフラーや手袋の冬小物が増えて、クリスマスツリーやリースをモチーフにしたアクセサリーも入ってきた。プレゼント用の包装紙も、クリスマス限定の赤と緑のものが本社から送られてきた。

「倉庫の奥にツリーと電飾があるんです」

「そうなんだ」

「そろそろ本格的にクリスマスの準備をしましょう!」

カラコンが入っていても、今日の留美ちゃんの目には、表情があった。強さが宿り、輝いている。

「ツリーって、大きいの?」

「大きくはないんですけど、奥にあるから、ひとりでは取りにくいです」

「そっか、じゃあ、行こう」

レジ裏から台車を出し、店長と香坂さんに「倉庫に行ってきます」と伝える。

店を出てバックヤードに行き、長い廊下の奥まで歩いていく。

エアコンが入っているはずだが、コンクリートが剝き出しだからか、空気が冷えきっている。

「普段の服装も、変えていこうと思っています」留美ちゃんは、黒くなった髪に触る。

染めていた時も、マメにケアしていたから傷んでいなくて、ツヤがある。薄暗い廊下にいても、蛍光灯の光が当たると、黒髪に天使の輪が浮かぶ。

喋り方は変わっていないし、同じ人だとわかっていても、違和感を覚えてしまう。

「服は、どういうふうにするの?」できるだけ、いつも通りにすることを心がけて話す。

「お嬢様系にします」

「ロリータみたいなこと?」

古い少女漫画に出てくるお嬢様のような、リボンとフリルのついた赤やピンクのワンピースが頭に浮かんだ。

「そうではなくて、普通の育ちの良さそうなお嬢さんみたいな服を着ようと思っています。もうへそ出したりしません」

「へそ出し、似合ってたけどな」

「わたし、ここに来る前は、ギャルってほどのギャルではなかったんです」

「そうなの?」

「本気のギャルになるのって、お金かかるんですよ」

「ああ、そうかもね」

髪を染めて、メイクをして、ネイルやカラコンもして、服を揃える。

十代の子が気軽に用意できる金額ではないだろう。

安く揃えることもできなくはないが、髪や肌や爪、場合によっては目まで傷(いた)める。

「だから、地元にいた時は、中途半端な格好をしていました。あと、本気のギャルになると、もてなくなるんで」

「どういうこと?」

「なんか、境目があるんですよ。その境目を越えると、ちょっと怖くなるんだと思います。読者モデルやタレント目指してるんだったら、ギャルを極めた方がいいけど、男の人にもてたかったら、中途半端でいた方がいい気がしました」

わたしからしたら、ギャルはみんな怖い。

働きはじめて、留美ちゃんと接するまで、ギャルと呼ばれる女の子たちとは話したこともなかった。大学にはいなかったが、地元にはいた。ただ、彼女たちは、ギャルというか、昔のヤンキーや不良に近かった。学校をサボって誰かの家に集まり、お酒を飲んだり、煙草(たばこ)を喫(す)ったりしていたらしい。同じ中学校だった子も何人かいたのだけれども、関わらないようにした。

「もてたかったの？」

「彼氏がいないと生きていけなかったし、自分の身体で稼がないといけなかったんで」

「うーん」どう返していいか迷い、唸り声を上げてしまう。

「……ごめんなさい」

「いいよ、話して」

自分のことで悩んではいるけれど、留美ちゃんに話したいことがあるならば、聞いてあげたかった。なんでも話せる友達は、この街にいないだろう。雪下くんとは仲良くしていても、仕事中に会った時に話す程度だと思うし、男性には話せないこともある。

「女の人って、どうしても見た目で左右されますよね」

「……そうだね」

見た目が全てではないが、やはり見た目で判断されることは多い。女同士でも、相手の髪型や服装や持ち物で、友達になれるかどうか判断している。

自分の中に、思っていた以上の見た目に対する偏見があることを実感する。「嫌だな」

という感情が強くなっていくが、容易に「気にしないようにする」と切り替えられることではない。

「地元では、お金が入った時でも、もてたいから中途半端なままでいました。こっちに来た時は、なめられないように金髪にして、それを通してきたんです」

「なめられないように?」

「知らない街にひとりで来たから、気が張ってたんです。金髪にすれば、からまれにくくなるって、SNSに書いてあったんで」

「境目を越えて、ちょっと怖くなったんだね」

「そういうことです」満足そうに、留美ちゃんはうなずく。

同じような話は、わたしもSNSやネットニュースで読んだことがあった。

痴漢以外にも、女性は街を歩くだけで、加害行為を受けることがある。男性が不自然にぶつかってきたり、急に怒鳴られたりする。妊娠中や小さな子供を連れた人は、身の危険を感じることも多いらしい。

明らかな加害行為の他にも、知らない男性からしつこく話しかけられたりもする。ナンパとも違い、親切心のような顔で近づいてきて、自分の知識を押し付けてくる人もいた。

わたしも、旅先で六十代くらいの男性に「この先に、おもしろいものがあるから、見にいった方がいい。一緒にいってあげるよ」と言われたことがある。誰かのお墓が残っていると言われ、山道の奥の方へ連れていかれそうになった。相手の機嫌を損ねないように「急いでいるので」と嘘をつき、断った。それも、一度や二度ではない。女性が知らない男性に、そんなふうに声をかけることなんて、滅多にないだろう。男性が男性に声をかけることだって、少ないと思う。

金髪にしていると、そういうことが防げるという話だった。

そのために、わたしも金髪にしてみようか、美容師さんに話したことがあった。坊主にすることを真剣に悩みもした。自分から「女らしい」と思われるものを削り落としていけば、二度と同じ目に遭わないで済むと考えていたのだ。どちらも、似合わないだろうし、仕事でも禁止されていたので、やらなかった。

「でも、こっちが男の人に合わせる必要って、ないですよね」留美ちゃんが言う。

「そうだね」

「中途半端でいるのも、金髪にするのも、方向性は違うけれど、どちらも男性を意識したことでした」

「うん」

「今の髪型もメイクも、世間的には男受けのいい感じかもしれません。女子アナのコスプレみたいで。でも、こういう普通の女子大生と思われる格好がしてみたかったんです」

「いいと思うよ」

黒髪もスッピンに近いメイクも、まだ慣れないけれど、留美ちゃんに似合っていないわけではない。

似合うや似合わないだって関係なくて、自分の好きな髪型やメイクをして、好きな服を着るべきだ。

店としても、何を着てもいいとされているのだから、問題ない。

廊下の角を曲がり、エレベーターの先にある鉄の扉を開ける。

中には、金網で仕切られた倉庫が並んでいて、そのうちの一番手前が雑貨屋の倉庫になっている。

何を入れたのかマジックで書かれた段ボール箱がいくつも積み重なっている。時間のある時に整理しようと言い合うが、適当に積まれているだけだ。店で使う棚やマネキンも置いてあり、奥のものは取り出しにくい。

巨大なジェンガを眺める気分で、どうするか迷っていたら、倉庫の奥から物音が聞こえた。

他の店の人も荷物の出し入れをしているのだろうと思い、音のした方を見ると、雪下くんがいた。

大きな荷物だから、倉庫に直接入れているようだ。

雪下くんも、わたしと留美ちゃんがいることに気が付く。

そして、留美ちゃんを見て、声は上げずに驚いた顔をする。

夜道で、急に車が飛び出してきた時の猫のようだった。

クリスマスツリーを出して、軽く倉庫の整理をしてから店に戻り、飾りつけをする前に、休憩に行くことにした。

お昼時だから、休憩室は混んでいた。

窓の方に向いて、並んで座り、それぞれの用意したお昼ごはんを食べている。

自分で作ってきたお弁当かモール内で買ったものを食べている人が多い。ダイエット中なのか根菜のサラダと春雨スープだけの人もいれば、そんな大きなものもあるのだと驚くようなカップ焼きそばを食べている人もいれば、お箸でポテトチップを食べている人もいる。

奥の方の席があいていたので、そこにする。

隣には、雪下くんがいて、窓の外を見ながらコンビニの菓子パンを食べていた。

今日は、わたしもパンなのだけれど、モール内のパン屋さんで買ってきたものだ。

「お疲れさまです。隣、いいですか？」いつもは何も言わずに座るのだけれど、知り合いだから、一応声をかけた。

「……お疲れさまです」雪下くんはパンを飲みこんでから言い、小さくうなずく。

座っていいということだろう。

知り合いが隣にいるのに、動画を見るのも失礼な気がしたから、スマホは出さないでおく。机の上に、クロワッサンサンドとスイートポテトパイと水筒を並べる。

「留美ちゃん、ビックリしました」パンの袋を開けながら、雪下くんが言う。

コロッケパンとチョコレートドーナツといちごデニッシュ、飲み物はペットボトルのミルクティー、カロリーと糖質と脂質のかたまりだ。物流は一日中動きまわり、荷物を運びつづけているから、消費されるのだろう。

「似合ってるよね」

「かわいかったですね」照れもしないで、はっきり言う。

倉庫で会った時には、留美ちゃんに「髪、切ったんだね」と言っただけだった。驚いた顔をした割には、そう話す声には特別な感情は含まれていないように見えた。街で知り合って恋人になり、結婚する人もいる。留美ちゃんと雪下くんも、そういうことにならないのかと考えるのは、おせっかいでしかない。でも、そうなれば、お互いのためにいい気がする。

「雪下くんの髪は、地毛?」余計なことを言わないように、話を逸らす。

「そうです」

「少しだけ茶色いよね」

「子供のころからです」

「そうなんだ」

「母親に似たんだと思います」

「ふうん」

逸らしたものの、会話がつづきそうになかった。

彼がどうして、この街に長くいるのか知らない。何がきっかけになり、バスで会った時みたいに、黙りこんでしまうのかがわからなかった。ここで、機嫌を損ねられても、困る。

「真野さんは、髪を染めたりしないんですか？」雪下くんから聞いてくる。

「しないな」

「金髪にしたりとか」

「しないよ」

否定したが、ここでは服装も髪型も自由なのだから、染めてもいいのだ。男性になめられないようにするためではなくて、自分自身の意思として、好きな色にすることを考えてもいいのかもしれない。

小学校の同級生には、親に茶髪や金髪にされている子もいたけれど、自分が染めることは考えたこともなかった。中学生から高校生の間は、校則に従っていた。大学生の時は、バイト先の規則を守れる範囲で、茶色くしてみたことはある。社会人になってからも、仕事先の規則に合わせていた。金髪ではなくても、毛先だけ赤やピンクにするとか、メッシュを入れるとか、その時の流行りに合わせて「派手な色にしてみたい」とは考えた。服装だって、自分のキャラクターと場に合わせたものが基本で、その中で好きな色を選ぶ程度だ。良くも悪くも目立たないような服ばかり選んできた。

わたしは、どういう髪型をして、どういう格好をしたいのだろう。

黙っていたら、また不安にさせてしまうかと思ったが、雪下くんは両手でチョコレートドーナツを持ち、嬉しそうに食べていた。

いつもは猫みたいと思うが、頬を膨らませて食べる姿はリスのようだ。

どこかから時計の秒針の音が聞こえる。

この部屋に、時計はない。

新川さんは腕時計をしているけれど、デジタルのものだ。

廊下の方から聞こえてきているのだろうか。

「身体や気持ちの調子は、どうですか?」新川さんが聞いてくる。

「ここでの生活に慣れて、気持ちに余裕ができたせいか、過去のことを思い出すことが増えました。そのため、気持ちが落ちこむことがたまにあります」

「前回は、話が中途半端なところで終わってしまいました。つづきを話しますか?」

タブレットはテーブルの端に伏せられていて、新川さんはまっすぐにわたしを見ている。

ただ、今日も視線は鼻の辺りに向いていて、目が合わない。

「この前の話は、もう大丈夫です」

「そうですか」タブレットに手を伸ばす。

「あっ、この前の話とは少し違うのですが、関係のあることを話してもいいですか?」

「どうぞ」伸ばした手を戻す。

「わたしの話ではなくて、ある男性の話です」

「はい」

「前回も話したように、自分のいないところで誰かに話をされたら、いい気分はしません。ただ、彼は、この街の住人ではなくて、新川さんと会うことのない人だと思うので、ご了承ください」

「わかりました」うなずき、テーブルの上で手を組む。

「彼には、大学二年生の夏ごろから、好きな女の子がいました。同じアウトドアサークルに所属していて、学部も一緒です。もともと気になる存在ではあったのだけれど、友達として親しくしていたので、それを恋だとは考えなかったようです」

そこまで話し、わたしはリュックから水筒を出し、テーブルに置く。前回のように、途中でやめないで、最後まで話そうと決めていた。

「きっかけは、些細なことでした。サークルの飲み会で、体調を崩した時に、彼女が優しく声をかけてくれた。尊敬する両親から言われた他に、大学からのしつこい注意喚起もあり、彼は二十歳になるまで一度もお酒を飲んだことがなかったのです。背が高くて、性格は明るくて、目立つタイプでした。みんなの中心で、ふざけているように見えて、真面目なところもある人です。二年生の夏休み前に二十歳の誕生日を迎え、お酒を飲むようになりました。自分が弱いのか強いのかわからず、飲みすぎてしまった。気分が悪く静かにしていたところ、住んでいたアパートの近かった彼女が気にかけてくれて、途中まで一緒に帰った」

「はい」新川さんは、小さくうなずく。

「その時、彼には別の大学に通う彼女がいました。相手の女の子には、バイト先で知り合った彼氏がいました。彼女と別れることは難しいし、彼女も彼氏と別れそうにない」

話すのをやめて、少し考える。

時計の秒針の音がまだ聞こえる。

電話の問い合わせや面談が少なくて、いつもよりも静かだからかもしれない。

「どうかしました?」新川さんが聞いてくる。

「彼女と彼女で、話がわかりにくいですね。彼女や彼氏のことは、恋人とします」

「わかりました」

「彼は彼女とは、友達のままでいて、恋人と付き合いつづけることを選びました。イギリスへ留学する準備を進めていた時で、迷いはあったみたいです。大学在学中に留学すると、高校生のころから決めていて、両親との約束でもあったので、変更はできません。その留学時期のことや期間のことで、恋人とけんかになり、結局は別れることになりました。彼女の方は、恋人と仲良く付き合いつづけています。もともと、彼女は、サークルの活動に積極的に参加していたわけではありませんでした。授業やアルバイト、恋人との付き合いを優先しています。三年生になってからは、ゼミや就活の準備も大変になったようです。

同じ授業の時に会えば話しますが、距離が開いていきます」

水筒を手に取り、紅茶を少しだけ飲んで、息を吐く。

冷静に話せないのではないかと思っていたが、話せば話すほど、気持ちが落ち着いていった。

自分には関係のない、興味も持てない話のようだ。

「つづけますね」

「どうぞ」

「夏休みに入ると、ほとんど会う機会はなくなります。サークルのバーベキューにもキャンプにも、彼女は参加しなかった。やめてはいないけれど、グループメッセージにも、反応しない状態です。そういう人は、他にもいました。人数の多いサークルだったため、特に誰も気にしていませんでした。参加したい人が参加できる時に参加すればいい。そのゆるさを大事にしたサークルでもあり、問い詰めることではない。彼は、父親の影響で、子供のころから釣りやキャンプによく行っていました。本格的なアウトドアサークルに入ることも考えましたが、留学のことがあったため、ゆるいところを選んだのです。一方の彼女は、とりあえずどこかに入ろうというだけでしかなくて、バーベキューやキャンプに強い興味があったわけではありません」

また、話を止めて、考えてしまう。

彼は、彼女のどこが好きだったのだろう。

友達ではあったけれども、大学三年生のころには、ほとんど関わらなくなっていた。趣味が合うわけでもない。彼女は、学費と最低限の生活費は仕送りをもらっていたが、それ以外のお金をアルバイトで稼いでいた。バイトをせず、勉強に専念するように両親から言われていた彼とは、育ちも違った。

すごく親しいわけでもなかった。何度か一緒に帰ったことはあった。しかし、サークルの活動の時に話した記憶は、あまりない。キャンプやバーベキューの思い出の中に、彼はいない。少しも話さなかったわけではなかったはずだけれど、印象に残るようなことは何もなかった。

彼に問いただし、攻撃したくなる気持ちが溢れそうになる。「死ねばいい」と、今でも願いつづけている。誰かひとりを殺していいと言われたら、迷わず彼を選ぶ。できるだけ苦しんで、死んでいってもらいたい。

「もう少し、話していいですか?」

「いいですよ」新川さんは、一瞬だけ腕時計を見る。

面談時間は、三十分と決まっている。

まだ十分ぐらいしか経っていないだろう。

余裕はあるが、年末年始の休みについてとか話さないといけないことがあるのかもしれない。

「夏休みの終わりから、彼はイギリスに留学することが決まりました。語学の勉強をした後、向こうの大学にも通うため、二年以上は行く予定です。戻ってくるころ、彼女は卒業しているでしょう。サークルのお別れ会に、彼女も来るように彼は友達に頼みました。女友達の協力もあり、無事に彼女も出席しました。居酒屋での飲み会からはじまり、二次会ではワインバーに行き、いつも以上にお酒を飲みました。苦手だったお酒を浴びるように飲めるぐらいに、彼は強くなっていた。終電の時間を過ぎ、朝までカラオケに行く人たちと別れ、彼は彼女と一緒に二駅分を歩いて帰ることになりました。主役が途中で帰っていいのかと思いますが、こうなるように彼はみんなに頼んでいたんです。そして、彼は、その帰り道で、彼女に告白しました。彼女は恋人がいるにもかかわらず、彼の気持ちを受け入れてくれた。以上です」

「……はい」急に話が終わって、新川さんは驚いたようで、声が少し高くなった。

「つまらないですね」思わず、溜め息がこぼれる。

「……そうですね」

「でも、これが彼から見えていたものなのだと思います。想像でしかないので、理解しきれないところはあるし、全然違うかもしれませんが、友達の話や彼女の記憶を合わせると、こういう話になります」

「その話の彼女は、真野さんではないですよ」新川さんは、表情を変えず、わたしの鼻の辺りを見たままで言う。「真野さんは、真野さんが見たことを信じればいいです。そして、それを話せるようになってください」

「……わかりました」

あの日から、ずっとひとりで考えつづけ、どうしても忘れられなかった出来事は、去年の夏に会った友達たちに荒らされ、原形を失ってしまった。

わたしは、忘れようと決めながら、自分の身に起きたことを繰り返し思い出し、信じようとしてきたのだ。

「あと、面談の時に、話していいのか、聞く必要はないです」

「えっ？」

「この面談では、こちらから質問することもあります。話すテーマを提示することもあります。でも、質問に答えるか、何を話すか、決める権利は、真野さんにしかありません。僕に、その権利はないので、全ては強制ではない」

「はい」

「時間に余裕があっても、真野さんは僕を気遣っている。気にしないで、なんでも話してください」

「……はい」

「なんでも話してくださいと言われても、話しにくいとは思いますが」

「そうですね」

「そうですよね」ほんの少しだけ笑い、新川さんは表情を戻す。「でも、気遣ってばかりいると、ここに来た意味がなくなってしまいます。実は、担当者を変更した理由は、そこにあるんです。同世代の女性だと、真野さんは相手のことを気にして、話せなくなってしまう人ではないかと思いました。親しくなるほど、先回りして相手の気持ちを考え、大事なことを話せなくなる。過去のことも、誰にも話さず、自己完結しようとしたのでしょう。でも、完結することはできなかった。そのため、前担当者の相談を受け、急ではあったけれど、担当者を変更させてもらいました」

「あっ、そういうことだったんですね」

安心したのと同時に、恥ずかしくなってくる。

ほんの数回の面談で、わたしのことを理解できるはずがないという気持ちもあるが、たしかにそうだと納得もできた。

「申し訳なかったです」新川さんは、両手を膝について、頭を下げる。

「大丈夫です。おっしゃる通り、前担当者さんだったら、何も話せないままだったと思います」

わたしも、頭を下げる。

顔を上げたら、ブラインドのかかった窓の上に、白地に黒い文字と針の時計がかかっていた。

時計がこの一瞬で現れるはずがない。

ここに来た冬の終わりから、そこにあったのだ。

台所に立ち、夕ごはんの準備をしようとしていたら、スマホが鳴った。

メッセージではなくて通話だったから、母親だろうと思ったが、雪下くんだった。

連絡先を教えたおぼえはなくて、驚いてしまったのだけれど、バーベキューに行った時にみんなで交換した。事前の買い物や当日の待ち合わせについて、グループでやり取りするためで、個人的に連絡を取り合ったことがなかっただけだ。

「もしもし」

「あっ、あの、雪下です。真野さんですか？」

「はい」

雪下くんは、外にいるみたいで、人の声が聞こえた。

子供たちが「バイバイ」とか「またね」とか言い合っている声が微かに聞き取れる。騒がしいわけではないので、ショッピングモールやバスターミナルの辺りではなくて、どこかの公園にでもいるのだろう。

「ちょっと助けてほしいんです」周りを気にしているのか、声が小さくなる。

「えっ?」

メッセージではなくて通話で、大して親しいわけでもないわたしにかけてきた時点で、何かあったのだろうとは思ったが、「助けてほしい」はダイレクトすぎて、詐欺みたいだ。

「助けて、ほしいんです」さっきよりも、はっきり言う。

「大丈夫、聞き取れてはいる」

「子供を預かっていまして」

「……えっ?」

「子供、女の子を、預かっていまして」

「ごめん、聞き取れてるから、大丈夫」

「留守番してたのに、母親が帰ってこないんです」

「ああ、うん、そうなんだ」

外は暗くなっているけれど、まだ五時を少し過ぎたところだ。親が帰ってこないからって、焦るような時間ではない。

だが、焦るような事情があるのだろう。

電話で、それを聞くのは難しい気がした。状況がわからないという以上に、わたしと雪下くんの会話が嚙み合わない。

「役所に連絡すれば」

「大ごとにしたくないんです」

「そう言われても……」

わたしよりも、留美ちゃんや香坂さんに相談すればいい。でも、今日はふたりとも遅番だから、閉店まで働いている。物流で雪下くんが一緒に働いているのは、男性ばかりだ。女性もいるけれど、彼女たちも仕事中なのだろう。女の子の相手をするのに、男性より女性の方がいいと考えたのかもしれない。しかし、わたしだって、子供の相手が得意なわけではない。

「団地前のバス停の近くの公園にいます。来てもらえませんか?」

「うーん、わたしにも、ここに住んでいるからには、色々と事情はあるんだよ。それで、雪下くんのことは知ってるし、悪い人だと思ってるわけじゃないんだけど、呼ばれたら軽く行くというわけにもいかないんだよ」

大学三年生の夏休みが終わってすぐに、彼氏と別れた。急な引っ越しをした事情も話せなかったし、それまで通りに付き合うということが難しかった。身体に触れられることは、恐怖でしかない。あのことで、好きだった気持ちまで、変わってしまった。

それから、男性とふたりで会ったことはない。

どうにか、前に進もうと決意して、仕事や友達の紹介で知り合った男性と会ってみようと思ったことはあった。グループで会うまでは問題がなかったから、ふたりでも会えると思った。けれど、直前になると気持ち悪くなってしまって、無理だった。男友達も、いなくなっていった。

雪下くんが嘘をつくとは考えられないし、子供がいるのであれば、ふたりきりではない。恋愛や性的なことを目的として、会うわけでもない。それでも、躊躇う気持ちがある。

「……そうですよね」明らかに、困った声で言う。

「場合によっては、すぐに帰るし、役所にも連絡する。それでいいのであれば、行く」

こうして気遣ってしまうのは、わたしの良くないところだ。

けれど、困っている雪下くんと子供を放っておいて、ひとり暖かい部屋で夕ごはんを食べるわけにもいかない。

「それで、いいです」安心した声に変わる。

「バスで行くから、ちょっと時間かかる。その間に状況が変わったら、メッセージで連絡ちょうだい」

「わかりました」

「じゃあね」

通話を切り、スマホをテーブルに置く。

どういう状況であっても、先に役所に連絡した方がいい気がしたが、確かめてからでも遅くないだろう。騒ぐほどのことではないかもしれない。

バッグにスマホと財布を入れて、コートを着てマフラーを巻き、エアコンを消し、窓に鍵がかかっていることを確かめ、電気はつけたままにして、部屋を出る。

子供というから、幼稚園から小学校低学年くらいまでの子を想像していたのに、雪下くんと一緒にいたのは、中学校の制服を着た女の子だった。

団地前のバス停から一番近い公園のベンチに、ふたりで並んで座っていた。知らない者同士のように、間にもうひとり座れそうなくらい間隔を開けて、黙っている。

女の子は、中学生の中では小柄な方かもしれないが、すごく小さいわけではない。平均よりも少しだけ背が低くて、細いという程度だ。これくらいの子であれば、母親がいなくても、ひとりで留守番できるのではないだろうか。

「どういうこと？」雪下くんに聞く。

「向かいの部屋に住む、ココアちゃんです」隣に座る女の子を手の平で指し示す。

「こんばんは」

ココアちゃんにあいさつをすると、どうにか聞こえる声で「こんばんは」と返してくれた。

あごのラインで切り揃えられたボブは、中学生らしく見えるけれど、わたしを見上げた視線に妙な色気を感じた。

犬みたいな名前だと思っても、それを口に出してはいけない。

漢字で「心愛」とか「湖々亜」とか、珍しいというほどの名前でもないのだろう。

「お母さんがずっと帰ってきてないんです」雪下くんが言う。

「ずっとって？」

「……」

「いつから？」ココアちゃんに聞く。

「……一週間くらい前」下を向き、怠そうに答える。

「お父さんは？」一応、聞いてみる。

「いません」

「……そうだよね」

何か事情があって、母親と娘のふたりで、この街に来た。それなのに、母親はどこかへ行ってしまった。

これは、留守番ではないし、わたしと雪下くんでどうにかできる問題ではない。

「真野さんに話してもいい？」雪下くんはココアちゃんに聞き、うなずいたのを確かめてから、わたしを見る。

「ちょっと待って」マフラーを取り、わたしはココアちゃんと雪下くんの間に座る。「少しだけ身体に触るからね」

相手が子供だからって、気安く触っていいわけではない。

許可をもらい、ココアちゃんの肩にマフラーをかける。

制服のブレザーの下はブラウス一枚で、セーターやベストは着ていない。スカートからは、かさついた膝が出ていた。いつからここに座っていたのか、身体は冷え切っていそうだ。雪下くんかココアちゃんの部屋に行った方がいいと思うけれど、三十歳近い男が人目につかないところで、中学生の女の子とふたりきりになってはいけないと判断したのだろう。しかし、ここも、日が暮れて、公園で遊ぶ子供たちが帰れば、バスを降りた人がたまに通るだけになる。

わたしが来たからって、どちらかの部屋に行っていいということでもない。

彼女にとっては、見知らぬ大人でしかないのだ。

「寒くない？」

「……寒い」そう言って、ココアちゃんは涙を落とす。

「温かいものでも飲もうか？　ココアがいい？　ミルクティーやコーヒーやお茶がいい？はちみつレモンみたいなのもあるかな」

「ミルクティー。ココア、嫌い」

「そうなんだ」

コートも脱いで、ココアちゃんに着させて、さっきのマフラーは膝にかける。

小さな子供ではないけれど、中身はまだ幼いのだ。母親がいなくて不安でも、誰にも言えないでがまんしていたのだろう。

ブレザーの袖で拭いても、一度落ちた涙は止まらずに流れつづける。

「コンビニか自動販売機、近くにある？」雪下くんに聞く。

「向こうにコンビニがあります」

「ミルクティー買ってきてあげて」

財布を渡そうかと思ったが、雪下くんは「大丈夫です」と言って立ち上がり、コンビニがあると思われる方へ走っていく。

思った以上に、足は速いようだった。

待つ間、ココアちゃんは泣きながらも、状況を説明しようとする。

「お母さん、ずっといなくて、ここに住むようになったら、一緒にいられると思っていて」

「うん、うん」

「それで、最初は一緒にいてくれたのに、お金が入ったら、またいなくなっちゃって」

「うん、うん」

断片的に話すので、どういうことなのか理解しきれない部分もあったが、好きなように話させた方がいい。

詳しいことは、雪下くんが戻ってきてから、ちゃんと聞く。

それで、やはり役所に連絡しなくてはいけない。

バッグからハンカチとティッシュを出し、ココアちゃんに渡す。涙を拭き、洟をかんでも、まだまだ溢れてくる。

コンビニの袋を抱え、雪下くんは走って戻ってくる。

「ありがとう」

「これ、ココアちゃんのミルクティーと真野さんにも。あと、これも」雪下くんは息を切らしながら、袋からペットボトルのミルクティーを二本出し、使い捨てカイロを出す。「他にも、防寒具がないかと思ったのですが、靴下や肌着しかなくて」

「大丈夫、充分」

先に、ココアちゃんにミルクティーを渡し、わたしはカイロを開ける。涙を拭いて、呼吸を整えてから、ココアちゃんはミルクティーを少しずつ飲んでいく。雪下くんは、わたしの隣に座り、ココアちゃんが気持ちを落ち着けていくのをジッと見ている。

「それで、どういうこと?」雪下くんに聞く。「もちろん、わたしに聞く権利はない。でも、見なかったことにもできないから、どちらにしても、役所に連絡する」

聞く必要はないとも思ったが、このまま役所に連絡しても、話が混乱しそうだ。電話で、雪下くんは「大ごとにしたくない」と言った。でも、ふたりが役所に連絡したくない理由はそれだけではないのだろう。

「ココアちゃんとお母さんは、三ヵ月前に僕の住む部屋の向かいに引っ越してきました」

団地は、古い建物で、最近では珍しい構造になっている。建物に階段が何箇所かある。階段を上がっていき、各階で玄関が向かい合っている。部屋は、鏡を合わせたみたいに、真逆になっているのだと思う。

「引っ越してきた日に、あいさつに来てくれたんです。前の住人は顔も見たことがなかったので、いい人だと安心しました。関わることはほとんどなくても、玄関が向かい合わせなので、できるだけ感じのいい人の方がいいです。向こうが僕をどう思うかという問題もありますが」

「うん、うん」

思わず、ココアちゃんに対するのと同じように、うなずく。

同い年で、いい大人だと思っても、雪下くんをどうしても子供か猫みたいに見てしまう。

「階段ですれ違った時も、あいさつをし合いました。お母さんは、僕や真野さんと、それほど年齢が変わらないみたいです」

「三十一」ココアちゃんが言う。

「ココアちゃんは、いくつ?」

「中一」

「そうか」

十代で子供を産んでいたら、わたしにも小学校高学年ぐらいになる子供がいるのだ。

あの夏のことがあってから、一度もセックスをしていない。

高校二年生になったばかりのころ、その時に付き合っていた彼氏の家で、お母さんがパートに行っているという間に初めてした。それから、大学三年生の夏までの四年と少しの間で回数がわからないぐらいには、してきた。相手は四人で、あの時も入れると五人になる。四人のうちのふたりとは、ちゃんと付き合っていたわけではない。ひとりは、高校三年生の時に同じクラスだった友達で、大学受験が終わってみんなで遊びにいった帰り、その時のノリと盛り上がりだけで地元のラブホテルに入ってしまった。もうひとりは、大学に入ったばかりのころで、付き合うかもしれないと思って何度か会ったものの、付き合わなかった。どんな状況でも、必ず避妊はした。あの時でさえ、避妊することを頼んだのだ。

子供ができたら困るのに、なんのためにしていたのだろう。

そんなに何回もするほど、好きな行為でもなかった。

「多分、給付金が入ったころから、お母さんの雰囲気が変わりました」雪下くんは、話しつづける。「夜遅くに出かけていく音や朝早くに帰ってくる音は、階段の下から上まで響いて、よく聞こえるんです。大きな声で電話で話しながら、明け方に帰ってきたこともあったので、誰かが役所に連絡をしたのだと思います。子供をひとりにしないように注意を受けたと言い、ココアちゃんを見ることを僕に頼んできました」

「お母さん、雪下さんのことをちょっと狙ってた」

「……狙う?」知らない言葉を聞いたみたいに、雪下くんは眉間に皺を寄せる。

「本気じゃなくて、適当に男と女の関係になれば、うまく利用できると考えてたみたい」

「……男と女の関係?」さらに皺を深くする。

コートとマフラーをココアちゃんに貸し、身体が冷えてきたのもあり、帰りたくなってきた。ミルクティーを飲んで、カイロで指先を温めても、あまり効果がない。

今、雪下くんは自分が考えている以上に、ややこしい問題に巻きこまれていると、わかっていない。

「見ることを頼まれても、ココアちゃんは中学生だし、ひとりで大丈夫と言います。何かあったら言ってとだけ伝え、僕は特に何もしませんでした。できることもない。僕が子供のころ、両親は常に家にいました。留守番をしたことがないので、よくわからなかったんです。それで、そのうちに、ココアちゃんのお母さんが家に帰ってこない日がつづくようになりました。

「それで、一週間が経ってしまった」わたしが言う。

「そういうことです」

「役所に連絡する」バッグからスマホを出す。「ココアちゃんの担当者さんは、誰？」

「……」下を向き、ココアちゃんは口をへの字にする。

「雪下くんの担当者さんは？」

「僕、もう面談してないので、決まった担当者さんはいません」

「そうか」

ココアちゃんも雪下くんも、この街から出されることを恐れているのではないかと思う。場合によっては、ココアちゃんはお母さんと引き離される。雪下くんは、問題のある行動をしたとは考えられないが、もっと早くに役所に連絡した方がよかった。この街で暮らして長い雪下くんは、何が罰則の対象になるのか、わたしよりもわかっている。状況を知っていたのに、子供を放置したと考えられる可能性がある。決まった担当者がいない中、知らない人相手にうまく話せなかったら、悪い方へ流されてしまいそうだ。

「とりあえず、わたしの担当者さんに連絡する。愛想がなくて、ちょっと怖く見える人だけど、公正な人だから」

今日だけであれば、わたしがココアちゃんを連れて帰り、一晩預かることもできる。でも、話を聞いた感じとして、すぐに解決できることではない。

「お願いします」雪下くんが言い、ココアちゃんもうなずく。

アプリから役所に電話をかけたら、まだ新川さんがいて、すぐに来てくれることになった。


バス停の先にある駐車場にいるように言われたので、待っていると、二十分もかからないで役所の白いワゴン車が来た。新川さんが運転していて、助手席には面談の時に見かけたことのある三十代前半くらいの女性の職員が座っていた。

「身体は大丈夫?」女性の職員が先に降りてきて、ココアちゃんに駆け寄る。「寒くない？痛いところはない?」

「大丈夫」ココアちゃんは、小さくうなずく。

「お母さんから、今日は何か連絡があった?」

「……ない」

「お父さんとは、会ってないよね?　連絡もないよね?」

「……うん」

「自分からも、連絡してない?」

「お母さんにはメッセージを送ったけど、返事がない。お父さんの連絡先は知らない」

「そうか、そうか」

女性の職員は、ココアちゃんとお母さんの担当者なのだろう。

ここに引っ越してきた理由も、家族の事情も、わかっているようだ。

その情報は、役所内で共有されていて、新川さんも全てを理解しているというほどではないけれど、知らないわけではないのだと思う。

車から降りてきた新川さんは、女性の職員とココアちゃんの横に立ち、ふたりの様子を見ている。ココアちゃんへの質問が一通り終わったところで、後部座席に乗って待っていてくださいと、ふたりに伝える。

ココアちゃんの身体には触らないように、女性の職員は後部座席に誘導していく。

ふたりが座って、話しているのを確かめてから、新川さんはわたしと雪下くんの方を向く。

「ありがとうございました」新川さんは、頭を下げる。

「いえ」

「どうしても把握しきれないことはあるので、ご連絡いただけて、助かりました」

「はい」

「後日、今回のことに関して、詳しく話を聞かせてもらうかもしれません。先ほどの電話での報告から、誠意ある対応をしてくださったことは、わかっています。おふたりを咎(とが)めるようなことはありませんので、安心してください」

「それは、良かったです」

安心して、わたしはそう言ったが、雪下くんは怯(おび)えた顔をして黙っていた。

「大丈夫だって」わたしから雪下くんに言う。

「……うん」子供みたいにうなずく。

新川さんは、雪下くんを見て、いつも以上に表情を硬くする。

「久しぶりだね」

「……お久しぶりです」雪下くんは、どうにか絞り出したように、声を小さくする。

「知り合いだったの?」

「この街に来たばかりのころの担当者さん」

「そうなんだ」

十年くらい前だから、まだ新川さんも「若手」とか言われていたころだろう。面談の担当者になるには、特別な講習や試験を受ける必要がある。合格後の研修もあり、一年や二年でなれるわけではないので、二十代前半の人はいない。

「また、改めて、連絡させてもらいます」

「お願いします」

「母親が帰ってきて、トラブルになりそうと感じた場合、雪下さんも役所へ連絡をしてください。正直、今日中に帰宅したら、怒鳴りこむなどの加害行為が考えられるので、雪下さんにも一緒に役所に来てもらいたいと思っています」

「……嫌です」

「そう言うとは思いましたが……」

「すみません」

「トラブルが起きた場合、必ず連絡してくださいね。真野さんを通さないで、僕に連絡をください」

「……はい」

「では、失礼します」

新川さんは運転席に乗り、ワゴン車はバス通りを役所の方へ走っていく。

わたしと雪下くんは、車が見えなくなるまで見送る。

たしかに、ココアちゃんのお母さんが帰ってきたら、トラブルが起きそうだ。

「香坂さんの家にでも、避難したら」雪下くんに言う。

「うーん」

「人の家、苦手?」

「誰かがいると、眠れない」

「そっか」

「疲れる」

「何かあって、役所に連絡しにくかったら、わたしにまた電話かけてくれてもいいから。

新川さんは、ああ言ってたけど、気にしないで」

「うん」

この街で、人のトラブルに巻きこまれている場合ではない。

わたしはわたしのことだけを考えていればいい。

それでも、子供っぽいとか猫みたいとかではなくて、本気で子供に戻ったような、雪下くんを放っておけなかった。

「あっ！」

急にわたしが声を上げてしまったため、雪下くんは驚いた顔をする。

「ごめん」

マフラーとコートをココアちゃんに貸したままだ。

とりあえず、早く帰ろう。

暖かい部屋で、ごはんを食べて、休みたい。


出勤して、マフラーや手袋を並べ直してクリスマスのポップを飾っていたら、店長に呼ばれた。

香坂さんに店を任せ、わたしと店長はレジ裏の倉庫に入り、折り畳み椅子を出し、向かい合って座る。

「どうかしました？」わたしから店長に聞く。

店長は、迷っているような顔をして、首の辺りを軽く擦る。

「年末年始、どうする?」

「いつも通りで大丈夫ですよ」

ショッピングモールは、十二月三十一日から一月二日まで休みになる。

もともと、今年は実家に帰る気はなかった。

家族にはここに住んでいることを話し、たまに連絡を取る。帰ってくるように言われることもあった。しかし、実際に帰れば、気まずさの方が強くなるとわかっている。わたしに起きたことは、両親にとっては「聞きたくなかった。忘れなさい」ということでしかない。はっきり言われたわけではないが、似たようなことは何度か言われていて、態度からも伝わってきた。もうすぐ三十歳になる娘として、結婚や出産を考え、普通に暮らすことを望んでいる。電話でも、母親は誰かのところに孫が産まれたと羨ましそうに話す。

ずっと帰らないわけではないけれど、今年はこの街に残るつもりだ。部屋の掃除をして、ゆっくり過ごす。誰とも会わないで、ひとりで過ごす時間も必要なのだと思う。

だが、店長が本当に話したいことは、別にあるのだろう。

年末年始のシフトは、すでに出ているし、帰らないことは前に伝えた。

「異動でもするんですか?」

「違う、違う」店長は、首を横に振る。「ここに来たばかりのころは、左遷されて腐っていたし、長くいるつもりはなかった。でも、今は、できるだけ長くここで働きたいと思ってる」

「はい」

「ただ、ちょっと特殊ではあるでしょ」

「まあ、そうですね」

東京に住んでいたころ、系列の他の店舗で買い物をしたことはあった。客から見えるものと働いていて見えるものは違うから、内情まではわからない。けれど、年末年始にショッピングモールが三日も休むというだけで、特殊であることは明らかだ。普段の働き方も違い、店長として悩むことは多いだろう。

「ごめん、特殊とか言うべきではないね」

「いや、わたしも特殊だと思ってるんで」

「本来、ここのあり方が普通になるべきとも思うけど」

「そうですか？」

「前にいた店舗だと、社員は休み希望を出せもしなかったから、子供がいる女性は正社員になるなんて考えられなかった。子供が熱を出して早退するんだったら、辞めろっていう空気だった。それを当たり前として、パートやアルバイトにも強要していた。採用案内には、主婦にも働きやすい職場とか書いていても、嘘でしかない。育児は女性だけがすることではないのに、男性社員で同じことに悩んでいる人は見たことがなかった」

「店長、子供いるんですか？」

「ううん」首を横に振る。「本社勤務になりたかったから、今は無理って考えるうちに、彼氏と別れた」

「そうだったんですね」

「店のレイアウトも、他の店舗は、ここみたいに好きにできない。本社の社員が来て、チェックされて、どうしたら売れるか考えるように言われる。こうした方が売れるからって、グチャグチャに荒らされることもあった」

この店舗に、本社の社員が来ることは、滅多にない。

だから、どういう感じなのかもわからないけれど、本社の社員は男性ばかり、店舗のパートやアルバイトは女性ばかりだからこその問題はありそうだ。

旅行代理店にいた時、男性社員に気に入られた方が得という空気はあった。困った時に声をかけてもらえたり、ささいなことで褒めてもらえたり、お客様の希望通りの予約が取れない時に無理を聞いてもらえたりした。無理を聞いてもらえる以外、何も利益がない。自分でちゃんと仕事ができていれば、特に必要にならない利益だ。気に入られているのは、あまり仕事ができなくて、媚びることがうまい人たちだった。彼女たちは「男の人の言うことを聞いて、気分良く仕事させてあげればいいの。それが女の賢さなんだから」と言っていた。仕事のできる女性は、なぜか嫌われ、本社の社員の中にはあいさつすら返さない人もいた。わたしは、好かれてもいなかったけれど、嫌われないようにしていた。

別に、嫌われてもよかったのだ。

大きなミスをしなければ、クビになることはない。万が一、理不尽にクビにされたら、しかるべきところへ訴えられる。

なぜ、あの時、嫌われることをあんなにも恐れていたのだろう。

「とにかく、わたしのことは大丈夫だから、気にしないで」店長が言う。

「はい」

「留美ちゃんのことなんだけど」声を潜める。

「どうかしました?」合わせて、わたしも声を小さくする。

「この街のルールは説明を受けているから、詳しくは言えないこともある。でも、店に関わることなので、話します」

「はい」

「週五日、フルタイムで働きたいって言ってる。真野さんや香坂さんと同じ働き方」

「……ん?」

「どう思う?」

「うーん」

最近の留美ちゃんは、ギャルをやめ、ファストファッションのブランドで揃えたカジュアルな服を着て、どこにでもよくいるような見た目になり、遅刻も早退もしないで、働いている。前は、四時間や五時間の勤務だったが、七時間や八時間働く日もある。もともと仕事はできたし、問題ないように見える。

集まりに参加して自分のことを話したり、自分の好きな服を着るようになったり、彼女の中で「自立心」みたいなものが芽生えてきているのではないだろうか。過去のことから、少しずつではあっても回復に向かっている。

だが、わたしは専門家ではないし、留美ちゃんのことを全て知っているわけではないので、判断ができない。

元気になってきたように見えても、身体の傷や病気とは違い、完全に癒えることはない。

「人件費のことがあるから、先に本社には確認して、許可をもらった。今は、役所の承認を待っているところ」

「はい」

「留美ちゃんがフルタイムで働くようになっても、他の人のシフトにも影響はない。ここら辺も、他の店舗とは違うところね」

「そうですよね」

働く時間を好きに短くしたり長くしたりできないのが普通だ。大学生の時に、アルバイトをしていたカフェでは、学生が夏休みは多めに入りたいと言っても、フリーターの人たちのシフトを削れないから、無理だった。そういう時、わたしは日雇いや短期の催事のバイトに行っていた。

「ただね、本当に働きつづけられるのか」

「不安な感じはありますね」

「そうよね」

「でも、やってみないと、わからないことですから」

「それも、そうなのよ。けど、やってみて、駄目だった場合は、状況によっては真野さんにも迷惑がかかるかもしれない。わたしが出勤の日だったらいいけど、休みの日は対応しきれない」

今までは、留美ちゃんが急に休んだり早退したりしても、短時間だったから対応できた。平日の午前中や夜は、ほとんどお客さんが来ないので、ひとりでもどうにかなる。忙しくなったとしても、品出しや棚の整理を後回しにすればいい。長時間だと、そうはいかなくなる。

「無理そうだったら、店閉めちゃいます」

ここでは、それが許されている。

それがつづいても、生活に困るほど給料が減ってしまうことはない。もしもの場合の保障もある。

「それで、大丈夫?」

「大丈夫ですよ」

「そういうことに対する不満って、自分でも意識しないうちに積み重なってしまうから、少しでも嫌だなと思うことがあれば、言ってね。わたしに言えなければ、面談の時に担当者さんに話して」

「わかりました」

役所とショッピングモールも繋がっている。

でも、全てが店長に伝わっているわけではなくて、仕事上に必要なことだけが伝えられているようだ。

折り畳み椅子を戻し、店に出る。

香坂さんは、先に話を聞いていたみたいで「どう？」と聞いてきたので、「わたしは、問題ないです」と答える。


昼休みにショッピングモールを出て、隣の役所まで行く。

階段を上がり、二階の面談室の受付に入る。

朝のうちに電話をして、ココアちゃんが着たままだったコートとマフラーを受付に置いておいてもらえるようにお願いした。面談に来たわけではないので、誰に声をかけたらいいのか迷っていたら、奥の面談室から新川さんが出てきた。

向こうもわたしに気が付き、軽く頭を下げた後で、棚に置いてあったコートとマフラーを持ってきてくれる。

「ありがとうございます」受付のカウンター越しに受け取る。

「昨日は、真野さんのことも、マンションまでお送りするべきでした。申し訳なかったです。帰りは、大丈夫でしたか？」

「バスの中、暖かかったので」

帰りのバスは、気持ち悪くなるくらいに暖房が効いていた。降りたら、温まった身体に冷たい風が刺さるようだったので、急いで帰った。

「風邪を引いたりせず、良かったです」

「大丈夫です」

「お話を聞かせてもらいたいのですが、お時間よろしいでしょうか？」

「はい」

店長と香坂さんには、休憩時間をオーバーするかもしれないと伝えてきた。留美ちゃんも、出勤してくるから、問題ない。

「こちらへ」

面談室に入るのかと思ったが、新川さんはカウンターから出て、そのまま廊下の方へと進む。

わたしは、その後ろについていく。

廊下の奥には、窓の外が見えるようにベンチが並んでいる。

新川さんがそこに座ったので、わたしは少し間を開けて、隣に座る。

窓の外を見ると、葉の落ちた銀杏の木が並んでいた。

「渡会(わたらい)さんは、こちらで保護しています」新川さんが言う。

誰のことかと思ったが、ココアちゃんの苗字(みょうじ)が「渡会」なのだろう。

「はい」

「お母さんとは、まだ連絡が取れていません」

「そうですか」

「面談の時には、親子で問題なく暮らせているようだったので、見落としてしまいました。お母さん、すごく感じのいい人で、前回の面談では就労の相談もしていたため、担当者が気を抜いてしまったようです。昨夜、真野さんと雪下さんから連絡をいただけて、本当に助かりました。ありがとうございます」

新川さんは、身体をわたしの方に向けて、頭を下げる。

街ひとつ分の住人がいるのだから、面談やリモートで様子を見るようにしていても、見落としてしまうのが当然だ。自分が新川さんの仕事をすることを想像しただけで、神経が参りそうだ。

「わたし、電話しただけなんで。雪下くんが何もできないと言いながらも、ココアちゃん、渡会さんを気にしていたのだと思います」

「雪下さんとは、以前からお知り合いなんですか?」

「ショッピングモールで、たまに話す程度です」

そう言ってから、ちょっと違うかなと感じた。

一緒にバーベキューに行き、バスで会った時にも話した。友達ではないけれど、たまに話す程度よりは距離が近い気がする。他の物流の人とも、荷物の受け取りの時に話すが、休憩時間にお喋りしたりはしない。

「前の前の面談で、物流の男の子について話しましたよね？　忘れてくださいと言ったのですが」

「はい」

「それが雪下くんです。友達というほどではないけど、顔見知りとかよりも、少しだけ親しいというぐらい」

「そうなんですね」

「今回のこと、わたしから説明できればいいんでしょうけど、雪下くんと渡会さんに聞いただけで、詳しくは知らないんです。でも、雪下くんは、あまり話すのがうまくないから、その点を考慮してあげてください。彼は彼なりに、精一杯やろうとしたのだと思います。顔見知りより少しだけ親しい程度のわたしに電話をして助けを呼ぶのも、勇気が必要だったはずです」

「わかっているので、気にしないでください」

「……お願いします」

「雪下さんのことは、彼がまだ十代だった時に僕がこの街に連れてきたんです。それで、そのまま、面談の担当者になりました。彼のことは、理解しているとは言えませんが、知っています」

「初めて、電車に乗った時ですね」

「えっ？」新川さんは目を大きく開き、驚いたような顔をする。

「あっ、ごめんなさい。言ったらいけないことだったかもしれません」

バスに乗った時に、雪下くんが話してくれたことだ。

どこからどこまで、話していいか迷うが、不必要に人のことは話さない方がいい。

「僕も、知っていることなので、問題ないと思います」新川さんが言う。「ただ、雪下さんが真野さんに、そういうことを話したのだと、驚いてしまって」

「話の流れで、聞いただけで、そんな特別なことではないです」

「それでも、彼が誰かと話せるようになっただけで……」

そこまで話し、新川さんは窓の外を見て、黙りこむ。

この街で十年以上働き、何人もの人と面談をしてきた新川さんの中にも、いくつもの傷が残っているのだろう。

引っ越してきたころに、面談の担当者は資格取得後も講習を受けつづけ、精神面のケア制度もしっかりしていると説明を聞いた。彼ら彼女らは、個人的な感情を排除して、街の住人には常に平等に接する。実際、利用していて、不満を覚えることは少ない。急に担当者が変更になった時に「なぜ？」と思ったぐらいだ。それにも、ちゃんと理由があった。

でも、人間の心は、そんなに簡単ではない。

理論的なことでどうにかなるのであれば、この街自体が必要なくなる。

「そろそろ、戻りますね」新川さんに、声をかける。

「はい」

「渡会さんのこと、何かあれば、いつでも連絡をください。雪下くんの付き添いでも、なんでもします」

「いえ、真野さんは真野さんのことだけ考えてください」

「そうしたいんですけど、気になってしまうので」

「……そうですよね」

「できることはします」

「でも、こういうことに向き合うには、それなりの覚悟も必要になります」

「わかってます」

はっきり言った瞬間に、子供に戻ってしまったような雪下くんの姿を思い出した。

「どうしてもという場合、ご連絡します」

「お願いします」頭を下げ、コートとマフラーを抱きかかえ、立ち上がる。


店に戻ると、留美ちゃんが出勤してきていて、レジ横のパソコンで事務仕事をしていた。肩までの黒髪をひとつに結び、化粧は素顔に近くて、カラコンもナチュラルな色のものだ。白いシャツにグレーのニットを重ねている。わたしも同じような色のニットを着ているので、双子コーデみたいだ。

「ただいま」

「おかえりなさい」パソコンから目を離さずに言う。

スマホは誰よりも使いこなしているけれど、パソコンは苦手みたいで、どうしても時間がかかる。一瞬でも目を離すと、自分がどこに何を打ちこんでいたのか、わからなくなってしまうようだ。手伝いたくなっても、メモを確認しながら進めているので、何も言わないでおく。

店長と香坂さんも、同じように考えているみたいで、様子が見えるところにいながらも、レイアウトの変更の相談をしていた。

レジ裏の倉庫に、コートとマフラーを置いておき、着ているコートも脱ぎ、エプロンをする。

「戻りました」店に出て、店長と香坂さんに声をかける。

「おかえりなさい。じゃあ、次は香坂さん」

「いってきます」香坂さんは、レジ裏の倉庫からバッグを取ってきて、休憩に行く。

クリスマスが近いので、どこのお店もツリーを出したり装飾をしたりしていて、いつもよりもショッピングモール全体が華やいでいる。まだ冬休みには入っていないが、年末年始のための買い物があるのか、平日の昼間でもお客さんが多い。

「これ、記録がないんですが、どうしたらいいですか?」留美ちゃんが伝票の束を持ち、レジから出てくる。

「記録?」

「番号を打ちこんでも、データが出てきません」

「これはね、こっちの番号を打ちこんで」

言葉で説明するだけでは、理解できなそうだったので、わたしも一緒にレジに入る。

留美ちゃんにパソコンの前に立ってもらい、説明していく。

文字も数字も、キーボードを見ながら、人差し指だけで打っている。

東京にいた時は、タッチタイピングなんて、誰でも当たり前にできると思っていた。でも、この街に来て、そうではないことを知った。留美ちゃんだけではなくて、香坂さんや他のパートの人たちもできない。わたしや店長だったら五分でできるようなことに、三十分もかかってしまう。日常生活では、スマホやタブレットがあれば充分だから、パソコンがなくても困ることはない。けれど、最低限でも使えるようにならなければ、この街から出た後で就ける仕事は限られる。この店も、パートやアルバイトは、パソコンを使えなくてもどうにかなる。だが、正社員になることを考えると、できないとは言えなくなる。

香坂さんは、旦那さんが定年退職したら、この街を出ることを考えると話していた。その後はゆっくり暮らすのであり、パソコンが必要になるような仕事に就くこともないだろう。でも、留美ちゃんは、そういうわけにはいかない。高校にも行っていないし、将来のために開かれている門の数はあまりにも少ない。

「お疲れさまです」荷物を積んだ台車を押して、雪下くんが入ってくる。

「お疲れさまです」わたしはレジから出て、荷物を受け取る。

大きめの段ボール箱がひとつと小さな段ボール箱がふたつある。

どれも軽いものだから、マフラーや手袋の補充分とアクセサリーだろう。入荷があると、伝票の打ちこみが増えるので、留美ちゃんは面倒くさそうな顔をする。

「昨日、すみませんでした」雪下くんが言う。

「あの後、何もなかった？」

「ココアちゃんのお母さん、まだ帰ってきてないみたいです」

「そう」

このまま帰ってこなかったら、どうなるのだろう。

お父さんとは、連絡が取れないというわけではなくて、連絡を取ってはいけないようだった。

まだ中学生だから、ココアちゃんひとりでは暮らせない。頼れる親戚がいるのであれば、とっくに頼っていると思う。街には、児童養護施設もあるので、そこに行くことになるのかもしれない。ショッピングモールの各店舗から、そこで暮らす子供たちにクリスマスプレゼントを贈る。在庫処分みたいなものにしないように、子供たちの喜ぶものにするように、高価なものにはしないように、いくつかの注意の書かれたお知らせが届いていた。他の店舗の様子を見て、くまのぬいぐるみのようなポーチにお菓子を詰めることにした。悪い場所ではないと思うけれど、お母さんと離れることは、望んでいないだろう。

「僕も、ちょっと動揺してしまいましたが、もう平気なので」

「ちゃんと寝た？　顔色、良くないよ」

雪下くんは、もともと色が白いけれど、今日は青白いに近かった。

「ココアちゃんのお母さんが帰ってこないか気になってしまって眠れなかったので、今日はゆっくり休みます」

「しっかり休んでね」

「コート、どうしました？」

「さっき、役所で受け取ってきた」

新川さんのことを話そうと思ったが、その名前は出さない方がいい気がした。

「良かったです」

「また何かあったら、連絡ちょうだい」

「はい、失礼します」

台車を押して、雪下くんは他のお店に荷物を届けにいく。

届いた段ボール箱を開けて、検品をして、留美ちゃんに伝票を渡す。店に出せるものは棚に並べ、出さないものは在庫としてレジ裏の倉庫に置いておく。留美ちゃんが黙々と事務仕事を進めていくのを気にしつつ、わたしと店長は棚の整理をして、お客さんの質問に対応して、レジに入る。

「うちの娘、どこにやったのよっ！」店と店の間の通路から、大きな声が響く。

台車が倒れ、荷物の崩れる音がする。

「あんたの家？　娘に変なことしてないでしょうねっ！」声は大きくなっていき、別の誰かが悲鳴を上げる。

店長と留美ちゃんが店から出ていって、わたしもレジを済ませてから、通路に出る。

段ボール箱の散らばる中、雪下くんが倒れていて、女の人が胸倉をつかんで馬乗りになっていた。

オフホワイトのコートを着て、若く見えるが、わたしよりも年上なのだろう。

ココアちゃんのお母さんだ。

警備員さんを呼ぶ声や悲鳴が交錯していく。

どこかの店の店員がパニックを起こしたみたいで、叫び声が聞こえた。留美ちゃんも、顔を青くしている。

「店長、留美ちゃんのことをお願いします」

「わかった」店長も驚いた顔をしていたが、留美ちゃんのことを支えるようにして、店の奥に入る。

誰も近づかないようにしているし、すぐに警備員さんも来て警察を呼んでくれるから、余計なことはしない方がいい。

そう思ったのに、身体が動いていた。

身動きが取れなくなっている雪下くんに駆け寄る。

パニックを通り越して、フリーズしてしまっているのか、何も言わずに痙攣(けいれん)を起こしていた。

「やめてくださいっ！」ふたりの間に入り、ココアちゃんのお母さんに言う。

「あんた、誰？」手ははなしたものの、怒りは強くて、わたしをにらんでくる。

妙な色気を感じる目つきで、ココアちゃんとよく似ていた。

服装は上品で、髪もメイクもキレイにしている。

雪下くんも新川さんも「感じのいい人」と言った。けれど、多分、彼女は「感じのいい人」のフリをするのがうまい人だ。

悪い人間ほど、平然と善人の顔ができる。

「彼の友人です」ちょっと違うと思ったが、細かいことにこだわっている場合ではない。

雪下くんは、震えながら「ごめんなさい、ごめんなさい」と、とても小さな声で、言いつづけている。今起きていることに謝っているのではなくて、過去の出来事を思い出してしまったのかもしれない。視線はどこにも向いていなくて、正面から顔を見ても、目が合わなかった。警察だけではなくて、救急車も必要だ。

気を失ってしまわないように雪下くんの背中を支え、救急車の要請を頼めそうな人を探す。

「こんな男と友達になれる人がいるんだ」

そう言いながらゆっくりと立ち上がり、ココアちゃんのお母さんはコートの裾を軽く叩く。

「えっ?」

「だって、この男、自分の家に火をつけて、父親も母親も殺したんでしょ。虐待されたぐらいで、殺さないでしょ」

周りに響いているはずの声や音が遠くなる。

ココアちゃんのお母さんは、とても楽しそうだった。

海を一望できる丘の上に真っ白な一軒家が建っている。

広い庭と木々に囲まれ、周囲に他の建物はない。

太陽の光を浴びつづけても溶けることのない、角砂糖を思わせるようなその家には、建築家の夫と専業主婦の妻が住んでいた。結婚した時、夫自らがデザインして建てた家だ。

なかなか子供ができなかったため、ふたりは街にある婦人科へ通っていた。待合室で夫妻を見かけた人は「優しそうな旦那さんで、いつも奥さんを気遣っていた。子供を連れてきている人に嫌な顔することもなくて、待つ間に絵を描いてあげていることがあった。協力的ではない自分の夫と比べ、羨ましく感じた」と話している。

五年以上が経ち、夫妻が三十代の後半になったころ、男の子が産まれた。

色が白くて、光に当たると髪の毛が茶色く見える、目の澄んだキレイな顔をした男の子だ。

男の子は、よく熱を出し、体調を崩した。

子供のうちはしょうがないと思える程度で、特別にどこかが悪かったわけではない。病気になるたび、夫は車で男の子を街の病院へ連れていった。夫は、かつては建築事務所に勤めていたが、そのころは個人で仕事をしていたので、常に家にいた。人気があり、仕事のために海外へ行くこともあったのだけれど、できるだけ最短の日程で帰国した。妻を愛し、息子を人生で一番の宝物だと考え、何よりも大事にしていたのだ。

家族で海へ遊びにいくこともよくあった。男の子が熱を出さないように、怪我をしないように、夫妻は常に気を付けていた。いつも両親が一緒だったからか、男の子は人見知りが激しくて、同じ年ごろの子供たちとうまく話せなかった。父親と一緒に、砂で山やお城を作ることが好きだった。散歩に来ていた大きな黒い犬に男の子が吠えられた時、父親はその飼い主の女性を怒鳴った。飼い主は「子供が好きで、はしゃいでしまう時がある。怖い思いをさせて、申し訳なかった。その時は、怪我をさせなかったことに安心して、ただただ謝った。でも、今思えば、あの怒り方は、異常だった」と、後に考えるようになる。

五歳になる年、男の子は街にある幼稚園に通いはじめた。丘の下まで、母親と手を繋いで歩いていき、そこからは園の送迎バスに乗る。最初の何日かは、楽しそうにしていたのに、すぐに男の子は「行きたくない」と泣くようになった。同じさくら組の友達に、馴染めなかったのだ。母親に宥められ、どうにかバスに乗ったものの、すぐに園から母親に電話がかかってきた。精神的なものなのか、お腹を下してしまったということだ。バスを降りて急いでトイレへ連れていったため、もらしてしまったわけではない。両親は、車で幼稚園に迎えにいった。それからは、身体や精神的な調子を見て、行ける時に行くということになった。両親は常に家にいるので、無理に通う必要もない。結局、ほとんど通うことがないまま、卒園した。

小学校には、通わないわけにはいかない。だが、近くの公立の小学校に、みんなと一緒に通うことは、難しいように思われた。車で三十分ほどのところに、子供の個性を大事にしている私立の小学校があり、そこに入学することになった。少人数のクラスで、それぞれのペースに合わせて、勉強ができる。付属の中学校には、受験をしないで進める。公立の学校で必ず習うようなことを知らなくても困らないことは、海外で仕事をする父親は理解していた。母親も、学生のころに留学した経験があり、場合によっては日本を出てもいいと考えていた。

たまに休むことはあっても、男の子は元気に小学校に通えるようになった。クラスの友達とも、仲良くしていた。男の子は、背が小さくておとなしかったので、みんなにかわいがられていた。苦手な運動や音楽では、友達が助けてくれた。逆に、図工の時間には、友達を助ける側になった。一年生、二年生と順調に終えて、両親が安心したころに、事件が起きた。

同じクラスに、女の子が転校してきた。彼女は、男の子と同じ幼稚園に通い、公立の小学校に通っていた。学校に馴染めず、転校することになったのだ。最初、彼女は男の子と幼稚園で一緒だったことに気が付かなかった。ある日、母親から「丘の上の家に住む子らしい」と聞かされる。まだ十歳にもなっていないとは考えられないくらい、彼女は頭が良かった。そして、意地悪だった。いじめる側としてクラスを荒らすから、公立の小学校に馴染めなかったのだった。新しいターゲットとして、彼女は男の子を選んだ。

　しかし、彼女の計画通りに、ものごとは進まなかった。公立の小学校の同級生とは違い、自分の意思が強くて流されにくい子供たちだ。二年間で積み重ねてきた信頼もある。それぞれに苦しかった過去もあり、幼稚園に通えなかったことやお腹を壊してしまったことなんかで、笑う子供もいなかった。でも、男の子は、自分が彼女に嫌われているという空気を過剰なほどに感じてしまう。そして、うまくいかないことに、彼女は苛立ち（いらだ）を覚える。怯えた態度を取る男の子に対し、余計に苛立つ。休み時間、彼女は、男の子に暴力を振るってしまう。暴力を振るったことも、振るわれたこともなくて、力加減を知らない。中庭の花壇の隅にあったレンガで、男の子の額を殴り飛ばした。

　すぐに、男の子は病院へ運ばれ、おでこの傷を縫い合わせた。傷は残ってしまうものの、前髪で隠れる場所だ。脳の検査もしたが、特に異常はなかった。

　女の子は、とても反省して、泣きながら謝った。

だが、男の子の父親は、それを許さなかった。

男の子の方から彼女に意地悪をしたわけではない。理由もなく、突然に傷つけられた。安全だと思えた小学校だったのに、そうではなかった。父親は、小学校に男の子を通わせないことを決めた。男の子は「大丈夫だから、行きたい」と言ったのだが、それを許さなかった。母親は、すぐに夏休みに入るから、二学期からまた通えばいいと考えていたけれど、それも許されなかった。夏が終わり、「二学期から、また小学校に行く」と言った男の子を、父親は怒鳴った。そして、「授業の見学をさせてもらえるから」と説得しようとした母親には、手を上げた。

父親は、大学を卒業してすぐに、自分の両親と絶縁している。幼少のころから、虐待に遭っていたのだ。「教育」と言われ、日常的に暴力を振るわれた。建築家になり、自分で稼いで暮らしていくことを決め、両親とは連絡を取らなくなった。同じようにはならないと誓い、妻と息子を何よりも大事にしてきた。「優しいお父さん」でいることを心がけた。

それなのに、息子は知らない誰かに暴力を振るわれ、妻には自分が暴力を振るってしまった。

妻と息子を、もう二度とどこにも出さないことを決めた。

家族三人だけでいれば、傷つけられることはない。

私立の小学校は、リモートでの授業に対応していた。男の子は、家で勉強をすることになった。本当は、学校に行き、みんなと一緒に遊びたかった。けれど、それを言うと、父親の機嫌が悪くなり、母親が殴られるかもしれない。両親のためと思い、がまんすることを選んだ。出かける時は、常に家族三人一緒で、遠くへ行くことはなかった。母親の両親である祖父母は、隣街に住んでいたので、以前はたまに会っていた。しかし、祖父母に会いにいくことも、祖父母が会いにくることも、禁じられた。父親が仕事で海外に行った時、母親は男の子を連れて一日だけ実家へ帰った。スマホだけではなくて、いつも使っているバッグまでGPSで管理されていて、帰国した父親に問い詰められた。

男の子も母親も、どうしてこうなってしまったのか、わからなかった。多分、父親自身も、わかっていなかったのだ。「妻と息子を守るため」という正義のもと、家族は父親の作ったルールに縛られていった。

数日、数週間、数ヵ月で、父親の心が落ち着けば、終わるだろうと思っていた生活は、男の子が中学校を卒業するまでつづいた。そこで終わったわけではなくて、さらに苦しいものへと変わった。

自分が両親を捨てたように、息子が自分と妻から離れていくのではないかと考え、父親は男の子を高校や大学には通わせず、家から出さないと決めた。

それまでは、食事や買い物や病院に行くため、家族で出掛けることはあった。車に乗り、遠くへ行けなくても、外の世界を感じられた。父親の決定に対し、母親は反論する気力を失っていた。いつからか、暴力は日常になっていた。その中でも、母親は男の子を守ろうとしつづけた。だが、身体の大きくなっていく息子に恐怖を感じたのか、父親は男の子に暴力を振るうこともあった。

男の子は、自分の部屋から海を眺めつづけた。

子供のころに祖父母が買ってくれた図鑑や新幹線の絵本を繰り返し読むしか、部屋ででできることはない。

以前は、祖父母や学校の先生たち、警察までもが家に来て、母親と男の子を助けようとしたことがあった。けれど、父親が怒鳴り暴れるので、誰も来なくなった。

このまま、この家で両親が死ぬのを待つしかないのか。

それとも、先に自分が死んでしまうのか。

父親に酷(ひど)いことをされていると、どこかで理解しながらも、両親と離れることは考えられなかった。もしも、父親に見放され、家を出ていいと言われても、生きていけるだけの力がない。男の子は、ずっと家にいるが、家事は何も教わっていなかった。いつも車で出かけていたため、電車やバスに乗る方法も知らない。電車の走る音を聞いたことはあっても、幻と感じるほど遠かった。

二年が経つと、どこにも行けない生活にも慣れた。

いや、慣れたわけではなくて、身体よりも先に心が壊れてしまっていただけなのだろう。

家族三人の生活は、奇妙に感じるほど、静かに過ぎていった。

ごはんを食べながら、話そうと思っても、何も話題がない。

冬の終わりが近づいたある日、母親は夕ごはんにコロッケを揚げていた。

家族の健康や季節のものなんて考えず、決まったものを作るばかりだった。月曜日の夕ごはんは、何年もコロッケがつづいていた。いつもと同じ手順で作り、いつも通りに揚げていた。風の吹いていた日で、丘の上の家では、窓が数センチ開いていただけでも、部屋の中を強い風が通る。開いたままの窓を閉めようと思い、台所から一瞬だけ離れた隙に、鍋から火が上がった。閉めかけた窓を大きく開けると、風が火を広げていった。

夫は二階で仕事をしている。息子も二階の自分の部屋にいる。

仕事中、夫は音楽を聴いていて、物音に気付かない。今までだって、逃げようと思えば、逃げることはできたのだ。

母親は二階に上がり、男の子の部屋をノックした。

ぼんやりした顔で、部屋から出てきた男の子に「逃げて」と、小さな声で伝えた。

戸惑う男の子の手を引いて、階段を駆け下り、玄関から放り投げるように外へ出した。

小柄ではあるけれど、息子をちゃんと成長させてあげることができた。腕は細いが、これから外の世界でたくさんのものを食べれば、健康になっていける。そう願いながら、母親は家の中に残り、玄関のドアを閉めた。

一階の台所から、ダイニング、リビングへと広がっていった炎は、数分のうちに、家中を包みこんだ。

溶けない角砂糖のような家は、夜空の下で真っ赤に燃え上がった。

男の子は、庭の隅で動けなくなり、それを見上げた。

バスに乗り、住宅街の先まで行って、団地の白い建物が並ぶ中を通り過ぎ、畑や果樹園の間を抜ける。

何かを育てているところもあるようだけれど、実りの少ない季節なのだろう。農作業に出ている人は見当たらなくて、土が広がっているばかりだ。周りの山の木々も、紅葉は終わっていて、枯れ葉が風に舞う。ショッピングモールの前で乗った時には、座席が埋まる程度には乗客がいたが、ほとんどの人が住宅街や団地で降りていった。わたし以外には、終点にある病院に向かうのか、高齢の女性がふたりいるだけになった。車も、ほとんど走っていない。

案内板があるだけの小さなバス停で降りる。

スマホで地図を確認して、少し先まで行き、森の中の道を歩いていく。

車がすれ違えるだけの幅はあり、ちゃんと舗装されている。それでも、まわりに建物がないと、人の暮らす場所から遠く離れたところまで来た気分になる。街とは匂いも違い、木々の香りがする。積もった落ち葉を踏みしめていく。前に来た時は、香坂さんの車に乗っていて、ぼうっと窓の外を眺めていただけだった。

十分ほど歩いて、そろそろのはずだと考えていたら、道の先に駐車場とレンガ造りの建物が見えてきた。

レストランは定休日だから、看板は出ていない。

門は開いていたので、敷地内に入る。建物全体の正面玄関ではなくて、レストランの入口の方に行くように言われている。大きな板チョコのような扉の横にあるベルを鳴らす。

返事の声はないまま、扉が開き、横山さんが出てくる。

前に、ランチを食べにきた時にも話した、息子さんだ。

「こんにちは」

「こんにちは。あの、真野です。前に香坂さんと一緒にお店の方にも、お邪魔させてもらって。今日のことは、役所から連絡があったと思うんですけど」

「大丈夫です。憶えていますし、ちゃんと聞いています。どうぞ」

「失礼します」

うながされて、店の中に入る。

他に誰もいないのかと思ったが、厨房から物音が聞こえた。

「店は休みなんですけど、父と母は明日以降のランチやデザートの仕込みをしているんです。僕も、掃除や備品の整理があるので」

「そうなんですね」

「お昼、食べました？」

「はい、お休みって聞いていたので、家で食べてからきました」

「食べていないようだったら、何かお出ししたのに」笑いながら、横山さんが言う。

「いえいえ、次は営業している時に、また来ます」

「この奥になります」

横山さんは、レジの横にある入口と同じデザインの扉を開ける。

その先は、ご家族の居住スペースなのだけれど、もともと保養所だった建物だから、とても広くて、ホテルのような造りになっている。一階にロビーと応接室とお風呂場があり、二階にいくつか部屋が並んでいる。吹き抜けになっているため、一階から二階の様子が見えた。レストランは、食堂として使われていたようだ。外観同様に、中も洋館風のデザインで、百年以上前のアメリカやイギリスを舞台にした映画のセットみたいだった。大学生の時に読んだ『あしながおじさん』や『若草物語』を思い出した。部分的に改装しても、残せるところは昔のままなのだろう。

「どうしているか見てくるので、そこの部屋で待っていてください」

「はい」

応接室に通され、ソファに座る。

家具も保養所で使っていたものを引き継いだのか、アンティークのようなデザインのものが並んでいる。暖炉があるけれど、薪(まき)は入っていなくて、オイルヒーターがついていた。

階段を上がっていく横山さんの足音が響いた後、音が何も聞こえなくなった。

窓の外には、薄い氷を張ったような、水色の空が広がっている。

ショッピングモールでココアちゃんのお母さんが暴れ、雪下くんは痙攣を起こし、そのまま気を失った。救急車で病院に運ばれていき、年末年始は入院していた。怪我はかすり傷程度だったのだけれど、精神的な問題で、ひとりでの生活は無理と判断された。団地の正面の部屋には、ココアちゃんのお母さんが住んでいる。ココアちゃんとお母さんを会わせるかどうするかという問題もあり、すぐに街を出ていけるわけではない。引っ越しにも、応じなかった。ルールを破ったら罰せられるとは言っても、絶対的な強い力があるわけではないのだ。

入院が長引くことを雪下くんは嫌がったようだ。けれど、団地に戻ることもできない。ショッピングモールで働くことも、しばらくは危ないと判断された。雪下くんが悪いことをしたわけでもないのに、居場所を奪われるのはおかしい。けれど、ココアちゃんのお母さんと向き合う必要はない。どれだけ話したところで、自分が悪かったと認めることはないだろう。また同じように、雪下くんを傷つける可能性の方が高い。

今後、どうしていくか決まるまで、雪下くんは横山さんの家でお世話になることになった。香坂さんが紹介した。利用する人は少ないのだけれど、レストランの営業をしながら、食事付きで部屋を貸している。今は、雪下くんしかいないから、ゆっくり過ごせるということだった。

それでも、知らない人と暮らすことは不安があるだろう。どうしているのか気にしていたら、香坂さんからも「様子を見にいってあげたい。わたしよりも、年の近いスミレちゃんの方が気を遣わないと思う」と言われた。

階段を下りてくる足音が響く。

リズム良く下りる後を力のない小さな足音が追う。

応接室は暖かくて落ち着けたけれど、横山さんがレストランの仕事に戻り、雪下くんとふたりきりになると、話さないといけないというプレッシャーを強く感じたので、外に出ることにした。

雪下くんは一度部屋に戻り、ネイビーのダッフルコートを着てすぐに下りてきた。

庭の隅のベンチに並んで座り、森や裏の山を黙って眺める。

陽が当たるので、風が吹かなければ、暖かい。

少し痩せたのか、雪下くんは顔つきが前よりも更に幼くなったように見えた。

「鳥がたくさんいて、リスもよく出ます。たまに、狸も森の奥から顔を出します」わたしの方は見ないで正面を向いたまま、雪下くんは話す。「ハーブは一年中育てていて、春から夏には花や野菜も育てると、横山さんが言っていました。ここ以外にも、畑があるらしいです。ごはんは朝昼晩用意してもらえるから、バランス良く食べられます。掃除とか洗濯とか、僕にできることは自分でやるようにしています。散歩に出たり、運動もしています」

「そうなんだ」

雪下くんと会っていいのか迷いがあり、新川さんに相談した。しばらくは定期的な面談も必要になるため、雪下くんには新しい担当者がついた。新川さんではなくて、別の男性だ。今は、役所に通うことも難しいので、横山さんからその人に雪下くんの生活について報告している。ここに来たばかりの時は「もう少し待ってあげてください」と言われた。二週間が経ち、精神的に刺激するようなことは話さないと約束して、会うことに許可が下りた。

十年前、雪下くんの家族のことは、ニュースになった。丘の上に建つ一軒家が全焼して、建築家の男性と妻が亡くなり、何年間も監禁されていた息子が放火したのではないかと疑われた。その息子がわたしと同い年だったから、頭の片隅でなんとなく憶えていた。冷たそうな苗字だと思っていた。ココアちゃんのお母さんの話を聞いて、「あの時の子だ」と記憶が繋がった。わたしが中学校や高校に通い、友達と遊んだり彼氏とデートしたり勉強して将来を考えたりしていた間、雪下くんはずっと部屋に閉じこめられ、父親から暴力を振るわれていたのだ。父親が海外でも活躍するような建築家だったので、朝のワイドショーや夕方のニュース番組でも大きく扱われた。ネットでは、近所の人の話とか息子の元同級生の証言とか、嘘か本当かわからない噂が飛び交っていた。しかし、長く報道されることはなくて、事件のその後に関するニュースは見なかった。

「しばらくは、ここでお世話になろうと思っています」雪下くんが言う。

「うん」

本当に、それでいいのだろうかと思ったけれど、否定することは言わない方がいい。

十代の大半を家から出られないで過ごし、同世代の子が当たり前に経験しているようなことを知らず、子供みたいな心のままで生きている。酷いことをされたのに、両親を恨んだりもしなかったのだと思う。ココアちゃんのことで公園に呼ばれた時、雪下くんは「僕が子供のころ、両親は常に家にいました」と話していた。その話し方に、痛みは感じられなかった。

保護されて、新川さんと一緒に初めて電車に乗り、この街に来て、ひとりで暮らし、働けるようになり、定期的な面談も必要なくなるまで、長い時間がかかったのだろう。

その全ては、ほんの数秒で、壊されてしまった。

「電車、見にいかない?」わたしから聞く。

「うーん」雪下くんは下を向き、手を擦(こす)り合わせる。

「寒い?」

「大丈夫です」両手を膝の上に置く。

「新幹線、見たくない?」

「……見たいです」

「じゃあ、行こうよ」

「……でも」

「すぐではなくても、いいから。春になってからでも。香坂さんや留美ちゃんも誘って、新幹線でどこか行ってみよう」

「うーん」寒いわけではなくて、落ち着かないのか、手を小さく動かしつづける。

「雪下くんが行きたくないんだったら、はっきり言ってくれていいからね」

顔をのぞきこんでみるが、目が合わなかった。

逸らされてしまったわけではない。雪下くんは、ここではないどこかを見ているようだった。

遠くではなくて、すぐ目の前に、彼にしか見えない何かがある。

それを見つめているうちは、どこにも行けないだろう。

新幹線に乗って、東北や関西やもっと遠くへ行かなくても、隣の県まで行くだけでもいいのではないかと考えていた。ごはんを食べて、少し観光して、ゆっくり休めれば、気分転換になる。でも、雪下くんにとっては、それだけのことが簡単ではない。全焼したという家は、海の近くだったはずだ。海を見れば、何かを思い出してしまうかもしれない。精神的に刺激しないために、否定せずに話を聞こうと決めていた。だが、それだけでは不充分だ。

役所の人に任せ、余計なことはしない方がいいとも思うけれど、それでは守られた中に雪下くんを閉じこめることになる。

それは、監禁とあまり変わらない気がした。

「新幹線じゃなくてもいいから、どこかに行きたくなったら、言って。飛行機でも、船でも、遠くても、近くても」

「真野さんは、どこか行きたいところはあるんですか？」

「うーん」今度は、わたしが唸ってしまう。

旅行代理店に勤めていた時は、国内も海外も行きたいところがたくさんあった。オーロラとか山の上の方に広がる遺跡とかアマゾン川を進んだ先の滝とか、移動に時間がかかって長期の休みを取らないと行けないところは「いつか」と夢見ていた。英語の勉強のために、アメリカに留学したいとも考えていた。

けれど、それは、いつからか、現実から目を逸らす手段になっていった。

高校生の時から、世界中を見てまわるために、旅行関係の仕事がしたいと夢見ていた。大学に入ってからは、語学や世界各地の歴史や習慣、様々なことを勉強した。しかし、あの夜を境に、全てが変わってしまった。あんなことに自分の人生を決められたくないと考えながらも、常にそれが行動の理由になっていた。

「どこも、ないかも」

「ないんですか」雪下くんはわたしを見て、少しだけ笑う。

「今は、ここにいられれば、いいかな」

「僕も、そうです」また前を見る。「この街で、働いて、ごはんを食べて、静かに暮らしていきたい」

「うん」

「でも、いつか、新幹線には乗りたいです」

「そうだね、いつか」

今日は、これ以上、話さない方がいい。

会話をすると、考えることが増えていく。それは、雪下くんにはすごく疲れることなのだと思う。

もっと他愛ないことを気軽に話せればいいのだけれど、話題が思い浮かばなかった。ふたりとも知っているからって、新川さんの名前は出さない方がいいだろう。留美ちゃんや香坂さんのことであっても、何を話していいのか、迷う。他に、共通するものがない。天気やごはんのことは、すぐに話が終わりそうだ。

「……あの」雪下くんは小さな声で言う。

下を向き、自信がなさそうにしていても、身体に力が入っているみたいで、膝の上で握り拳を作っていた。

「何?」

「僕、やってません」

「何を?」

「火、僕はつけていません」

「……ああ」

火事が起きたのが十年前で、雪下くんは十年くらい前にこの街に来ている。両親が亡くなって、すぐに保護されたのだろう。そうではなかったとしても、雪下くんが放火したなんて、考えてもいなかった。多分、留美ちゃんや香坂さんも、同じだ。でも、ココアちゃんのお母さんが話していたということは、この街のどこかにそう噂をしている人がいるのだ。

「わたしは、雪下くんから聞いたことだけを信じるから、大丈夫だよ」

「ありがとうございます」手を緩め、顔を上げる。

「お礼を言うことじゃない」これは、ちゃんと否定しておきたかった。「当たり前のことだから。雪下くんは、何も悪くない。雪下くんを傷つけようとした人のために、気遣わないで」

「……はい」声は小さいままだったけれど、力強くうなずく。

「また来てもいい？」

「はい」

「次は、レストランの開いている日に来る。ごはん、一緒に食べよう」

「楽しみにしています！」

その言葉を聞いて、涙が零(こぼ)れ落ちそうになった。

社交辞令で、それを言う人ではないのだ。

正面玄関から家の中に戻って、雪下くんは二階の部屋に上がっていき、わたしはお手洗いを借りる。

共有スペースは、横山さんのご家族だけで管理しているのだと思うが、隅々まで掃除が行き届いている。東京に住んでいた時は、仕事の役に立つかもしれないと思い、結婚式やアフタヌーンティーでホテルに行ったら、細かいところまで見るようにしていた。高級ホテルでも、目につきにくいところに、ほこりが溜まっていることがあった。そういうことはなさそうで、しっかり換気もされていて、空気が滞らずに流れている。

お手洗いを出て、レストランの方に顔を出す。

スイーツの仕込みをしているみたいで、奥の厨房から甘い香りがした。横山さんは、テーブルクロスをかけ直している。

「すみません」

わたしが声をかけると、横山さんが振り返る。

お客さんとして来た時も感じたけれど、常に表情が安定している人だ。

機嫌良さそうに、朗らかにしていて、周りを和ませる。

香坂さんの娘さんと同い年だから、わたしと雪下くんの二歳上のはずだが、ずっと年上に感じる。

「終わりました?」

「はい、また来ます」

「お茶、飲みますか？」

「いえ、お気遣いなく」

「ブラウニーが焼けたところなので、良かったら食べていってください」

「えっと、じゃあ、少しだけ」

お昼ごはんは食べてきたのだけれど、もうすぐ夕方になるので、お腹がすいていた。

雪下くんと会えて、緊張が緩んだのもあり、少し休んでから帰りたかった。

「飲み物、どうしますか？　コーヒーか紅茶、ココアやりんごジュースもあります」

「紅茶をストレートでお願いします」

「こちらで、お待ちください」

案内され、窓側の席に座る。

まだ冬で、寒い日がつづくのだろうけれど、少しずつ日は長くなってきている。

森の中をバス停まで歩くから、暗くなる前には帰りたい。

「お待たせしました」横山さんがブラウニーと紅茶をテーブルの上に並べる。

「ありがとうございます」

「僕も、一緒に休んでいいですか？」

「はい、どうぞ」

「失礼します」アイスコーヒーの入ったグラスを置き、横山さんはわたしの正面に座る。

よく知らない男性とふたりになることには、まだ緊張がある。姿は見えなくても、奥の厨房にはご両親がいる。二階には、雪下くんもいる。大丈夫と思える条件を考え、小さく息を吐く。

「帰り、途中まで車でお送りしますよ」

「ひとりで帰れるので」

「まだ暗くならなくても、寒いし」

「ありがたいんですが、無理なんです。男性とふたりきりになれない。疑っているわけではありません」

この街に住んでいる理由は、雪下くんばかりではなくて、わたしや横山さんにもある。はっきり言ってしまった方がいい。

東京にいた時は、理由を問い詰められないように誤魔化し、嘘をついた。口ごもっていると、しつこく聞いてくる人やからかってくるような人もいた。そのことにも、心は疲れていった。

「すみません」横山さんは、小さく頭を下げる。

「気にしないでください」

「母が一緒に行ければいいのでしょうけど、よく知らない人と話すことがちょっと難しいんです。こちらも、疑っているわけではありません」

「大丈夫なので、お気遣いなく」

「帰り道、怖くなったら、店に電話をください。話しながら歩けば、気が紛れると思うので」

「ありがとうございます」

紅茶を飲み、ブラウニーを食べる。

脳に響くような甘さで、身体に染み渡っていく。

「ブラウニー、本当は明日以降の方が味が落ち着いて、おいしいんです」

「今日でも、充分においしいです。ここまで、しっかり甘いスイーツは、久しぶりに食べました。ニューヨークのお土産にもらったブラウニーを思い出します」

「うちも、甘さ控えめのスイーツが基本なんですが、ブラウニーだけは徹底的に甘くしてるんです」

「雪下くんも、好きなんじゃないかな。食べてました？」

ショッピングモールの休憩室で会った時、おいしそうにチョコレートドーナツを食べていた。

「いえ、今は、食事もバランスを考えて出しているので」

「食事の管理までしてるんですね」

「両親は、レストランだけではなくて、衣食住の全てを提供できるように、宿泊の方にも力を入れたくて、ここをはじめたんです。家族だけだと、なかなか手がまわらなくて、今はレストランばかりになっています。父も母も、人と接することが苦手だから、そもそも無理がありました。ただ、だからこそ、同じような人の力になりたい気持ちは強いんです。雪下くんには、店で出すものとは違うメニューを出しています。レストランは非日常を楽しむ場だけれど、長期の滞在は生活になるので」

「なるほど」

「店の名前も、そういう意味なんです」

「あっ、えっと、アサイ……」

前に来た時に看板を見たのに、はっきり思い出せなかった。苗字と間違えたから「アサイ」までは憶えていた。役所との連絡では、店名ではなくて「横山さんの家」と言われた。

「アサイラム」

「そう、そうですね」

「避難所や保護、亡命という意味です」横山さんは、ストローをさしてアイスコーヒーを少しだけ飲む。「精神的に弱っている人や住む場所のない子供たちの他に、障害のために生活に困難のある人や高齢者の保護施設のことなんです。うちは、そこまで難しく考えないで、街で暮らす人を受け入れています。街全体がアサイラムみたいな場ではあるんですよね。その中でも、雪下くんのようにひとりで暮らすことが難しくなってしまった人に一時的に滞在してもらっています。理由があって、それまで通りの生活ができなくなった人たちだから、できるだけ快適に過ごしてもらいたい。食事を誰かが作ってくれるだけでも、気分は楽ですよね」

「はい」力強くうなずく。

できるのであれば、わたしも一週間くらいでいいから、ここに泊まりたい。鳥の声で目覚め、森にいるリスと戯(たわむ)れ、ハーブや野菜を育て、人に作ってもらったおいしいごはんを食べる。

理想的な暮らしだ。

料理は苦手ではないけれど、自分の分だけを毎日作ることは、とても面倒くさい。

「そろそろ出た方がよさそうですね」窓の外を見て、横山さんが言う。

「ごちそうさまでした」

ブラウニーを食べきり、紅茶を飲み干し、椅子に置いていたバッグからお財布を出す。

「お金は、いいですよ。これは、試食みたいなものなので。また来てください」

「はい、雪下くんとも約束したので。役所を通して、連絡させてもらいます」

「お待ちしています」

レストランを出て、門の外まで見送ってもらう。

風が強く吹く。

まだ明るいけれど、陽が沈みはじめれば、一気に夜になる。


ショッピングモールの前のバス停に着くころには、空が暗くなっていた。夕ごはんは、モールの食料品売場でお弁当を買って済ませることにした。閉店までは時間があったけれど、ハンバーグ弁当が二割引きになっていた。

マンションに帰って、冷蔵庫にあったトマトとブロッコリーでサラダを作り、お弁当を温める。

テレビをつけようかと思ったが、特に見たい番組はないので、やめておいた。

ハンバーグは充分においしかったけれど、アサイラムで食べたかったという気持ちが強くなってくる。中途半端な代用品で誤魔化してしまった。次は、必ずレストランが開いている時に行こう。

どこで暮らし、何を食べて、どんな服を着るのか、子供のころは選べなかった。親に与えられたものに従うしかない。誰かがごはんを決めて作ってくれれば楽だけれど、それが永遠につづく義務になれば、不自由を感じる。実家にいた間、ずっと親の言う通りにしていたわけではなくて、大きくなっていくのに合わせ、選べることは増えていった。大学生になり、実家を出てからは、全てを自分で選べるようになった。進学先や就職先について、両親から反対されたことはない。

虐待されて育った子供は、自我の形成が難しくなるらしい。

雪下くんに会いにいく前に、本やネットで軽く調べた程度の知識だから、確かなものではないけれど、そうなるだろうとは考えられる。暴力を振るうばかりが虐待ではなくて、ココアちゃんのお母さんのように子供だけを家に残して帰ってこなくなってしまう親もいる。その場合は違うのかもしれないが、雪下くんは十代の大半を家に閉じこめられて過ごした。そして、雪下くんの話から考えると、父親か母親が常に家にいた。駅は遠かったとしても、電車が走っていない街ではなかったはずだから、外へ出られていたころも、どこかに行く時は必ず車で両親が一緒にいたのだろう。父親は海外へ行くこともあったのに、雪下くんは遠くへ行ったことがなかったのではないかと思う。

閉じこめられ、半径数メートルの中で両親だけと過ごし、全てを父親に決められ、学校にも行けず、新幹線でさえも誰もが乗れるわけではない特別な乗物だと考え、父親から暴力を振るわれる。そんな環境の中で、自我を形成できるわけがない。怒りや暴力は、人を支配するために、とても簡単な手段だ。

ショッピングモールで、雪下くんが慕われているのは、幼くてかわいいからというばかりではない。どんな仕事でも嫌な顔をしないで、引き受けてくれるからだ。いつも真面目に働き、他の人が面倒くさがる頼みごとも聞いてくれる。彼には、断るほどの自我がないのだ。自分の過去が噂になっていることを知っていて、広がることを恐れている。だから、年齢という些細な情報でも、自分のいないところで話題に上がったことに不安を覚えた。そこには、自我があるようにも思える。しかし、それは、そのことによって、自分が嫌われることを恐れたからではない。両親を悪く言われたくないと考えている。彼は、今でも、父親の支配の下にいて、その姿を探しつづけている。

考えごとをするうちに、ハンバーグ弁当もトマトとブロッコリーのサラダも、食べ終える。お弁当の副菜においしいものが入っていたが、何か考えずに食べてしまった。

片づけて、電気ケトルでお湯を沸かし、ミントティーを淹れる。ブラウニーに合わせて夕方に紅茶を飲んだから、ノンカフェインのものにした。

多分、雪下くんと両親のことは、ネットで検索すれば、今でもたくさんの情報が出てくる。火事が起きた時、息子が犯人だと疑う声は、SNSで一気に広がっていった。亡くなった両親の名前は報道されていて、未成年の実名が特定されてしまうことも問題になっていた。その時、わたしは、彼が犯人なのだと信じていた。自分と同い年である男の子の大変さを想像しつつも、議論が盛り上がっている方へ流されていった。それなのに、騒ぎがおさまると、すぐに思い出しもしなくなった。調べたくなる気持ちはあるけれど、やめておく。そこに書かれていることは、事実なんかではない。

自分自身が受けた加害行為については、嘘を信じた友人たちに怒りを覚えた。その怒りをどこにもぶつけられないまま、自分の中に押しこめようとして、何もできなくなった。しかし、十年前のわたしは、雪下くんに対して、同じことをしていたのだ。今だって、ネットやテレビを見て、知らない誰かに対しては、嘘か事実かわからない情報を疑いもしないで、そのまま受け取っている。

また会いにいったところで、わたしに何ができるのだろう。

役所の人や横山さんに任せた方がいい。

そう思っても、何かできないか、考えつづけてしまう。

秋から年末にかけては、ハロウィンやクリスマスやお正月とイベントがつづき、店の装飾をマメに変えていた。一月の終わりになると、冬物のセールをするくらいで、華やかさはなくなった。バレンタインがあるけれど、この街ではあまり盛り上がるイベントではないようだ。好きな男の子にあげるより、性別は関係なく友達同士で交換し合う日に何年も前から変わったとはいっても、恋人同士で過ごすというイメージが強いのだろう。

街で知り合って恋人になる人もいるし、そのまま家族になって住みつづける人もいる。ショッピングモールの休憩室で、わたしと同世代くらいの女性たちがどこのお店の誰がいいと噂しているのを聞いたこともあった。でも、街全体として、恋愛に対する義務感がなくて、商業として消費されることがない。

東京にいた時は、自分は二度と男性と付き合えないかもしれないと思う反面で、恋人は欲しいと願っていた。結婚しない人も増えてきているらしいが、わたしの周りでは結婚して子供を産む人が圧倒的な多数派だった。今すぐというわけではなくても、数年のうちに本格的に考えることを誰もが人生設計の中に入れていた。仕事は好きだったけれど、ひとりで生きていくとも考えられなくて、三十代の前半までには結婚したいとわたしも望んでいた。母親が孫を欲しがっていることは感じていたし、どうにかしなくてはいけないという思いに圧(お)し潰されそうだった。

引っ越してきてからは、その思いが消えたわけではないけれど、ほとんど考えなくなった。

もともといじめに遭った子供たちを受け入れるために開発のはじまった街であり、イベントも子供たちが中心になる。自分に子供がいなくても、街に住む子供たちのために、お菓子やプレゼントを用意することで参加できる。お正月は、街全体が休みになり、とても静かだった。恋人とデートして、イルミネーションで撮った写真をＳＮＳに上げ、友達みんなでパーティをしなくてはいけないと煽られることがない。

でも、わたしはこの街の穏やかなところしか、見ていないだけなのかもしれない。ココアちゃんのお母さんが特別なわけではなくて、彼女のような人は他にもいるのだろう。

マフラーや手袋の値札にセール価格のシールを貼り、棚に並べ直していく。

わたしが加害行為を受けたわけでもないのに、仕事中に急に不安を覚えるようになった。怒鳴られること、暴力を振るわれること、避けようもない状況で、前触れもなく起きてしまう。

あの時、雪下くんはどうしたら良かったのか考えてみても、どうすることもできなかったという答えしか出ない。ココアちゃんへの対応の時点で、何かできたのかもしれないと思ったけれど、正面に住んでいたというだけで、雪下くんには責任のないことだ。仕事に出てこないで、団地の部屋にいたら、ひとりでいるところを攻撃されていた可能性がある。そうならなかったのは、不幸中の幸いという気がする。雪下くんがひとりで倒れて、ひとりで病院に行くとは考えられない。周りに人がいたから、その後の対処ができた。けれど、その分、ココアちゃんのお母さんが話したことは、ショッピングモールで働く人たちやお客さんに聞かれてしまった。加害者がいなければ、その全ては起こらなかった。

「スミレちゃん、これも並べて」香坂さんが大きな段ボール箱を開けて、チェック柄のマフラーを出す。

午前中、雪下くんとは別の物流の人が来て、持ってきてくれた荷物だ。他店舗で売れ残った在庫がまた送られてきていた。二月に入ると、春物が増えていくから、今月中にできるだけ冬物を売り切りたい。それなのに、本社指示とか言われて、押し付けられることがしばらくつづいていた。

「どこかに送ってしまいたい」

「北の方かな」

「駄目なんですかね?」

「前に別店舗に勝手に送って、店長が怒られちゃったから」レジに入っている店長の方を見る。

夏が終わりに近づいていたころ、他店舗から押し付けられた荷物に、この店の在庫も足して、九州の店舗に送った。勝手に送ってきたことがあるから、こちらも勝手に送っただけだ。同じことをしている店舗は他にもあるのに、店長だけが「在庫が合わなくなる」とか「指示に従え」とか、本社での店長会議の時に怒られた。

「売上を気にしないでいい分、利用されているんだろうね」

移動伝票と照らし合わせ、香坂さんは段ボール箱の中に入っているマフラーの数を確認していく。

「そういう問題ではないですよね」

「特別扱いを気に入らない人もいるだろうし」

「特別扱いされてるんですか？」

「他店舗の店長は、本社の人から売上のことで、厳しく言われることもあるみたいだから。前の店長は、それで精神的に参ってしまって、ここに異動してきた。というか、今の店長より前は、そういう人が異動になる店舗だった。精神的に回復したら、みんな辞めていく」

「他店舗に戻らず、辞めるんですか？」マフラーを受け取り、棚に並べる。

「戻る価値がないっていう判断力がつくんじゃないかな」

「ひどい会社じゃないですか」

「ここだって、まともに働けるようになったのは、今の店長になってからだからね」

「えっ、そうなんですか？」

「前の店長は、自分自身が出勤してこない日もあったし、本社に連絡をするのを嫌がって在庫数の間違いを適当に調整していたこともあったし、気分次第で怒ることもあった。パート同士で、どうにか助け合って、店の営業をしてた」

「そうなんですね」やはり、わたしは街のいい部分しか見ていなかったのだ。

「でもね、販売の仕事って、どこも似たようなものだから。もちろん、わたしが全てを知ってるわけではないけど、この街に来る前に働いていた調理器具のお店でも、同じような問題はあった。そこは、店長が男性でパートは女性しかいなかったから、もっとひどかった。日常的に、セクハラもパワハラもモラハラもあった。うまく店長の機嫌を取りながら働けなくて、よくわからない理由でクビになった人もいた」

「なんとなく、その感じはわかります」

そういうことは、年末に店長と話した時にも考えた。

問題にして騒ぐほどではないとされる暴力に遭い、多くの人ががまんしながら生きている。被害者は、女性ばかりではない。この街には、引っ越してきたものの、就業できるほどに回復せず、ずっと部屋にこもっているような男性がたくさんいる。男性同士の傷つけ合いは、ジョークで済まされることもあり、そこに乗れないことでさらにバカにされることも多い。もちろん、女性が男性に加害行為をすることも、ないわけではない。

加害行為をする人にとって、それは正しいことなのだ。

場を盛り上げるための軽いジョーク、成長するために必要な厳しさ、純粋な好意、相手にとって苦しいことであるとは、理解ができない。そういうことに慣れて、軽くかわせるようになることを「大人」だと考える人もいる。

「留美ちゃんとは、会った？」香坂さんは、段ボール箱を畳んでいく。

「いえ、メッセージも送っていいのか、迷っていて」

「しばらく時間がかかるかな」

「どうですかねえ」

気になっているのは、雪下くんのことばかりではない。

年末から、留美ちゃんが出勤してこなくなった。

週五日勤務を希望して、店長や本社や役所と相談していたのだけれど、最終的に役所からの許可が下りなかった。全面的に駄目だと言われたわけではなくて、春になるころに週五日のフルタイムにすることを目指し、段階的に増やしていきましょうということになった。店長もわたしも香坂さんも、そうすることがいいと思った。しかし、留美ちゃんは、それが受け入れられなかった。雪下くんがココアちゃんのお母さんに責められているところを目の前で見てしまったのもあり、精神的にも安定していなかった。自分がされたことを思い出してしまった人は、他の店でもいたようだ。留美ちゃんは「自分は、大丈夫なのに」と焦り、苛立ちを募らせ、何もできないところへ戻ってしまった。

年末に栗きんとんを作り、部屋に行ってみたけれど、返事はなかった。メッセージを送ってみても、既読にもならない。店長には「しばらく休みます」とだけ、メッセージが届いた。年明けにあった役所の性加害に遭った人の集まりにも、出席していなかった。夜になれば、部屋には電気がつくから、最低限の生活はできているのだろう。

留美ちゃんも、横山さんのところに行けばいいのではないかと思うが、連絡が取れなければ、提案もできない。

夕方の十五分休憩に行こうとしていたら、中学校の制服に紺色のコートを羽織った女の子が店に入ってきて、まっすぐにわたしに向かって歩いてきた。

　ココアちゃんだった。

　お母さんみたいに暴れるのかと思い、身構えてしまったが、ココアちゃんは大きく頭を下げた。

「すみませんでした」

「えっ、どうしたの？」

「お母さんがご迷惑をおかけして」

「大丈夫だから、頭を上げて」

　他のお客さんや正面のお店の店員さんがこちらを見ていた。

　暴れるのとは違っても、大袈裟な行動で周りの注目を集めるところは、お母さんと同じだという気がした。計算しているわけではなくて、彼女の誠実さや純粋さだとは思うけれど、恐怖に近い感情を覚えた。

　こういうパフォーマンスで、人の感情をコントロールするような人は、高校や大学にもいた。

　彼も、そういう人だった。

　明るくて、声がよく響き、身振り手振りが大きくて、いつもみんなの中心にいた。

　思い出してしまいそうになったことを息を吸って飲みこみ、胸の奥に押しこめる。

「年末に、母が迷惑をかけたようで、申し訳ありません」頭を下げたままで、大きな声で言う。

「気にしないでいいから、ちょっと待っていてね」

このまま向かい合っていると、状況がわからない人からは、わたしが中学生に謝らせているように見える。長くつづけば、中学生を許さないで、わたしが怒っていると思われるかもしれない。

ココアちゃんにはレジの前で待っていてもらい、わたしは裏の倉庫に入って、エプロンを外して休憩用の小さなトートバッグにスマホを入れる。

「休憩、行ってきます」店長と香坂さんに伝え、ココアちゃんと一緒に店を出る。

「あの、本当に、ごめんなさい」大きな声で、ココアちゃんが言う。

「謝らなくていいから。何か食べようか？　アイスとかクレープとか、食べたくない？　タピオカでもいいよ」

自分で言いながら、タピオカなんて、いつの時代の流行りなんだと突っ込みたくなってしまう。でも、ショッピングモールのフードコートにお店はあり、十代の女の子たちが並んでいたり、人気はあるようだった。流行ったころほどではなくても、定着しているのだろう。

「えっと……」

「勝手に食べちゃ駄目って言われているようだったら、飲み物だけでもいいから、とりあえずフードコートに行こう」

「……はい」

二階の奥まで行き、フードコートに入る。

おやつを食べるには少し遅い、夕ごはんにはまだ早い時間帯だから、お喋りしている中学生や高校生がいるくらいで、すいていた。端っこの席を選び、とりあえず座る。

「どうする？」

「タピオカ」ココアちゃんも座り、並ぶお店を見回す。「あの季節限定のいちご牛乳プリン味が食べてみたい」

「わかった、買ってくるから、少し待っていて」

並んでいる人がいたけれど、すぐに順番がまわってきて、いちご牛乳プリン味をふたつ注文する。

プラスチックのカップにブラックタピオカを入れて、牛乳プリンを重ね、薄いピンク色のいちごミルクを注ぎ、いちごの果肉入りソースを載せる。

太いストローをもらい、カップをふたつ持って、席に戻る。

「どうぞ」ひとつをココアちゃんの前に置いてから座る。

「ありがとうございます」目を輝かせ、カップにストローをさして、タピオカと牛乳プリンを吸い上げていく。「おいしいです。タピオカ、はじめて食べました」

「えっ？　そうなの？　大丈夫？　お母さんに怒られない？」

次は、わたしがお母さんに怒鳴りこまれる。

そう考えた瞬間に、この子は、そうして居場所を失っていっているのではないかという気がした。この街に来た理由は、お父さんにあるのだろう。連絡を取ってはいけないとされているみたいだったから、家庭内暴力が原因ではないかと思う。母と娘ともに、暴力に遭っていると認められた。今までに、学校の先生や近くに住む大人たちが母と娘を助けようとしたことはないのだろうか。もしいたとしても、あのお母さんが近寄らせなかったのかもしれない。

「また、お母さんと住めることになりました」よく噛んでタピオカを飲みこんでから、ココアちゃんが言う。

「団地で？」わたしも、タピオカ入りのいちご牛乳プリンを飲む。

「はい」

「そっか」

ココアちゃんが戻ることに関しては、役所の判断であり、わたしがいい悪いを言うことではない。役所の支援を受けながら、母と娘で暮らせるのであれば、それがココアちゃんの一番に望むことだろう。あのお母さんと一緒にいたら、彼女の人生にも問題は起こりつづけそうだけれど、母と娘は簡単に引き離せるものではない。わたしだって、父親や兄のためにみたいな気持ちはほとんどないが、母親のためにということはよく考える。ＤＶや虐待のある家では、親子の絆みたいなものが弱くなるのではなくて、なぜか強くなってしまうのではないかと思う。親が家にいてもいなくても、変わらないのかもしれない。いついなくなるかわからないと思わせることで、ココアちゃんを縛り付けている。

それでも、良かったと思ってあげた方がいいのだ。

だが、雪下くんは、団地に戻れなくなる。

ずっと横山さんのところでお世話になるわけにもいかないし、十年くらい住んだ部屋から離れることは、雪下くんにとって簡単ではない。

「雪下さん、団地に住めてないんですよね」ココアちゃんは、ストローで牛乳プリンとタピオカをかき混ぜる。

「うん」

「お母さん、男の人がいると、駄目なんです。好かれようとする。女は男の人に好かれるようにして、言うことを聞いてもらった方が得だって、よく言われました。それで、何人もの男の人と付き合っていたから、お父さんが怒って、暴力を振るうようになったんです。お父さんだけが悪いわけじゃない」

「そうだったんだ」

「わたし、前は髪が長かったんです。でも、短くしたくて、中学校に入った時に、切りました。そしたら、そんな髪型だったらもてないって、お母さんに怒られました」

「似合ってるよ。似合わないとしても、自分の好きな髪型をした方がいい。男の人に合わせて、好かれても意味がない」

中学生の女の子に容姿について、どこまで言っていいか迷いはあった。でも、見た目を母親に否定されたら、それはずっと傷になってしまう。その呪いは、解いてあげたい。

お母さんもお母さんで、呪いの中で生きている。

ココアちゃんのお母さんは、留美ちゃんの言っていた「女子アナのコスプレ」みたいな服装とメイクだった。感じ良く見せることを得意としている。自分の好き嫌いではなくて、男の人に好かれようと考えた結果だろう。

「ありがとうございます」照れたようにして、ココアちゃんは眉毛の上で切り揃えられた前髪に触る。「お母さん、雪下さんにも、好かれようとしていたんです。でも、全然うまくいかなくて、イライラしていました。そのうちに、給付金が入って、帰ってこなくなった。男の人と会って、お酒を飲んでいたんだと思います」

「雪下くんは、難しいだろうね……」

閉じこめられていた家を出て、この街に来てからの十年、雪下くんには恋人がいたのだろうか。

今は、いないと思うが、過去のことはわからない。

けれど、ココアちゃんのお母さんにアプローチされて、すぐになびくほど、彼の恋愛感情は単純ではないだろう。

「そのどこかで、雪下さんの過去のことを聞いたのだと思います」

「お母さんがここで雪下くんにしたことは、役所の人から聞いたの？」

「はい。しばらくは一緒に住めない理由のうちのひとつとして、話してもらえました。前に住んでいたところでは、お母さんとお父さんのことは、大人の事情みたいな感じで、隠されることが多かったんです。家族のことなのに、何がどうなっているのか、よくわからなかった。お父さんと引き離されたり、会えるようになったりして、その基準が見えなくて、わたしはどう振る舞えばいいのか、迷うばかりでした。ここでは、ちゃんと話してもらえます。わたしの希望も聞いてもらえる。話してもらえないこともあるんですけれど、それはわたしへの優しさなのだと思えるから、気になりません」

「そう」ストローで、タピオカを吸い上げる。

もっと違う飲み物にすればよかったと思ったけれど、ちょうど良かったのかもしれない。話に、集中しすぎないで済む。

「コートとマフラーを借りたことも、雪下さんのことも、お姉さんには迷惑をかけて、ごめんなさい」ココアちゃんは、また頭を下げる。

「わたしのことは、気にしないでいいから。ココアちゃんは、自分のことだけを考えて。何が好きか、何が嫌いか。お母さんのことも気にしないで、自分で選んでいいの」

「……はい」

「ごめん、もうお店に戻らないと」

「あっ、はい」

「ひとりで帰れる?」

フードコートの奥に窓があり、外が見える。

もう暗くなっていた。

「帰れます」

「じゃあ、またね」

手を振ると、ココアちゃんは笑顔で振り返してくれた。

笑った顔は、中学生にも見えないくらい幼かった。

面談室の隅には、白い小さな本棚があり、絵本や子供向けの図鑑や海外の風景の写真集が並んでいる。棚の上には、小さな地球儀が置かれていて、その上に時計がかかっていた。

「どうかしました？」新川さんが聞いてくる。

「見えてなかったんだなと思って」本棚と時計を指さす。

「えっ？」

「真っ白で何もないと思っていました」

ここは、前にも使ったことのある部屋だ。最近になって、急に本棚が置かれたわけではないだろう。

「ああ、なるほど」立ち上がり、ブラインドを開けてから、座り直す。「緊張した状態にある時、人は視界が狭くなりますから。それなのに、些細なものの動きには気を取られてしまう」

窓の外では、葉も実もない銀杏の木の枝が風に揺れる。

空は灰色の雲に覆われ、曇っていた。

明日のお昼過ぎから、雪が降るという予報だ。

去年、冬の終わりにここへ来て、もうすぐ一年が経つ。

半年くらいで、東京に戻ろうと考えていたのに、今は出る気もない。

「少し時間があきましたね」タブレットを見て、新川さんは前回の面談の確認をする。

「はい」

雪下くんのことで会ったり、連絡を取ったりはしていたが、わたし自身の面談は、二ヵ月近くあいていた。基本的に一ヵ月に一度は面談するように言われている。年末年始が挟まり、性加害に遭った人の集まりに参加して、雪下くんに会いにいくうち、後回しにしてしまった。

「集まりには、定期的に参加しているんですね」テーブルの隅に、タブレットを裏返して置く。

「まだ、自分からは発言できていませんが、参加できる時には行くようにしています」

「辛く感じることはないですか？」

「辛い時もあります。でも、人の話を聞くことで、自分のことも少しずつですが、客観的に考えられるようになってきました。この街には、他にも同様の集まりがあります。性暴力を受けた人は、わたしばかりではなくて、たくさんいる。東京にいた時は、たくさんいるのだから、よくあることだと考え、それで終わりにしてしまったんです。何もなかったことにして、生きていった方が賢いと思っていました。でも、よくあることだからこそ、ないことにしてはいけなかった。ないことにしたら、それはいつまでもつづいてしまう」

「今日は、最初から、よく喋るんですね」新川さんは、驚いたような顔をする。

「あっ、えっと、なんか、すみません」

「いえ、こちらこそ、申し訳ない。真野さんが謝る必要はないです」

「はい、そうですよね」

悪いことをしたわけではないのに謝ってしまうのは、良くないクセだ。

ひとりで悩んで、ひとりで解決しようとせず、誰かに話さなくてはいけない。

面談は、わたしの話を聞いてもらえる時間だ。

「わたし、この街に来てから、ずっと引っ掛かっていたことがあるんです」

「なんですか?」

「前の担当者さんも新川さんも、加害行為に遭ったと言いますよね。集まりの案内には、性加害に遭ったと書いてある」

「はい、必ずそう言います」

「一般的には、性被害に遭うと言います」

街に来てから、ずっと引っ掛かっていた。

ルールとして決まっているのかと思ったが、特に説明されることはなかった。集まりの時に留美ちゃん以外にも「性被害に遭ってきました」と話す人はいたから、ルールではないのだ。

「多くの人がそう言っていたし、わたしも自分は性被害に遭ったと思っていました。けれど、それでは、そこには被害者しかいないみたいに聞こえます。加害者はいるのですが、顔が失われていくように感じるんです。被ると遭うで、意味も重なっている。他のことでは、あまり使わない表現です。交通事故に遭ったといえば、被害者であることはわかる。詐欺に遭ったとかも同じです。そこに先に存在していたのは加害行為や性暴力であって、被害ではないのに、性被害に遭ったとばかり言われる。これは、被害者を閉じこめる言葉だという気がします」

「この街では、自分の受けた加害行為を認識することが重要だと考えています。だから、加害行為に遭ったという言葉を使います。集まりの案内など、それが性に関することだと説明が必要な場合は、性加害に遭ったとなります」

「加害者がいたから、全てが起きたのであって、被害者が起こしたわけではない」

「はい」新川さんは、わたしの目を見て、うなずく。

「ちょっと待ってくださいね」隣の椅子に置いていたリュックから水筒を出し、温かい紅茶を少しだけ飲む。

興奮してしまわないように、ゆっくりと息を吐く。

自分のことばかりを考え、性加害に遭ったのは、わたしにも原因があったと思ってきた。はっきり断ればよかった、鍵を開けるべきではなかった、もっと強く抵抗すればよかった、相手を殺すぐらいの覚悟で逃げればよかった、叫び声を上げればよかった。

いくつもの後悔があり、それをしなかった自分を責めてきた。けれど、留美ちゃんや雪下くんと接するうちに、そうではなかったのだと考えられるようになった。

男性の力で引っ張られたら、留美ちゃんは逃げられない。父親に暴力を振るわれても、雪下くんはやり返したり逃げたりなんてできない。香坂さんや横山さんに、何があったのかは、知らない。それでも、ここで穏やかに暮らすことを選び、街からは出ないと決意するようなことはあったのだ。いつもわたしや留美ちゃんを気にかけてくれる香坂さん、厨房にこもって人前には出てこない横山さんのご両親、誰かに身体や心が傷つけられていい理由なんて、あるはずがない。

被害者は違う誰かでもよかったのだ。

優しく弱い人間ばかりが狙われる。

被害者が何をしていたとしても、加害行為はどこかで起きてしまう。

「どうしましょうか?」新川さんは、心配そうにわたしを見る。「今日は、ここまでにしますか?　やはり急に話しすぎましたね」

「はい」恥ずかしくなって、笑ってしまう。

話そうと意気込んで来て、一気に喋ったら、急激に疲れてしまった。頭の中では、まとまらない考えが渦を巻いている。

「無理せず、時間をかけて、進めていきましょう」

「最近、人のことばかり考えていました。この街に慣れてきて、自分のことで頭がいっぱいになって、逃げたかったんです。でも、これからは、自分のことを考えます」

「少しずつで、大丈夫ですよ」

「ありがとうございます」少しだけ頭を下げる。

顔を上げるのに合わせるように、胸の辺りが重くなっていくのを感じた。

七年半も前に起きたことなのに、思い出すたびに、こんなにも辛く苦しくなる。

加害者の彼は、そんなことを考えもせず、生きているのだろう。

予報通りに雪が降った。

この街では、年に一回も降らないこともあるらしい。けれど、山に近いからか、降る時には都心よりも積もる。

生まれ育った街は、新潟県の中では積雪量の少ない方だった。それでも、東京やこの辺りよりは、ずっと多く降る。だが、慣れていると考え、油断してはいけないことは東京に住んでいたころに学んだ。街が積雪を想定して作られていなくて、とにかく滑る。住人の対応もそれぞれで、雪かきをしているところと全くしていないところがあった。

お昼過ぎから降りはじめ、積もってきたので、ショッピングモールはいつもよりも早めに閉店することになった。

バスや電車で通勤している人は交通機関が動いているうちに帰るように、とモールの管理本部から各店舗にメールが送られてきた。店には窓がないため、休憩時間に外を見にいったが、電車が止まるほどの雪ではなかった。遅れる程度だろう。東京に住んでいたころは、何十年ぶりという大雪や台風の日でも、大学も仕事も休みにならなかった。努力を強いられ、休もうとすることを「弱い」とバカにされることもあった。

店長には先に帰ってもらった。普段は車通勤の香坂さんも、チェーンを巻いていないからバスで来たというので、閉店よりも少し早めに帰っていった。どこの店も、従業員やお客さんの状況に合わせ判断をして、ネットをかけて閉めたところも多かった。いつもは、閉店時間の直後は混雑する入金室がとてもすいていた。

夜になっても、雪は降りつづいている。

中途半端に雪かきしたところが凍り、その上に雪が積もって滑りやすくなっている。雪に対応できるブーツを履いてきたけれど、ぼんやりしていたら、転びそうだ。傘は差さないで、コートのフードを被り、足元に意識を集中する。

山登りとかしたら、いいのかもしれない。

歩きスマホなんてできないような、一歩間違えれば命の危険を感じる山道を歩いていたら、余計なことを考えないで済みそうだ。慣れてしまえば、そんなことないのだろうか。その時には、もっと険しい山にチャレンジしていく。次から次へと登りつづけ、いつかはスイスとかまで行けるかもしれない。目標が大きくなるうちに、最初の目的を忘れられたら、それはそれでいいことだ。でも、今は、目を逸らさないで考えなくてはいけないことがある。

面談で、新川さんに「自分のことを考えます」と言ったものの、なかなか向き合えずにいる。

ひとりの部屋で、過去のことを思い出そうとすると、同じ加害行為を呼び寄せてしまう気がした。

知り合いでも、男性を部屋に入れることはない。マンションはセキュリティで守られている。わたしの部屋は四階だから、ベランダから侵入されることもない。もしもの場合は、スマホで連絡をすれば、すぐに誰かが助けにきてくれる。今、自分の周りには、暴力を振るうような男性はいない。

安心できることをいくつ考えても、落ち着かなかった。

そして、こうして誰もいない夜道を歩いている時には、考えない方がいいことだった。

前には誰もいなくて、振り返ってみても誰もいない。

夜の中、降りつづける雪を街灯が照らしている。

車も走っていなくて、とても静かだ。

わたしは、知らない誰かにいきなり襲われたわけではない。だから夜道に怯える理由はないと思うが、そういうわけにはいかなかった。他にも、前は平気だったのに、できなくなってしまったことや苦手になってしまったことは、たくさんある。

できるだけ早く帰りたいけれど、雪が積もっているところでは足を取られ、雪かきしたところは滑る。

一歩ずつ、慎重に進んでいく。

マンションは通りの先に見えているから、もう少しだ。

ほとんどの部屋の電気がついている。けれど、三階の一番奥、留美ちゃんの部屋の窓は真っ暗だった。カーテンが閉まっていたとしても、多少は光が漏れる。そういうこともなくて、部屋中の電気が全て消えているみたいだった。昨日も一昨日も、消えていた。前は、わたしが帰ってくるくらいの時間は、いつも電気がついていた。

でも、毎日必ず、確認していたわけではない。

生活時間帯がずれ、早い時間から寝る日もあるのだろう。この街には、友達もいないし、出かける先もない。集まりで話していた家族関係を考えると、しばらく実家に帰っているということもないと思う。引っ越したのであれば、役所から店には連絡が来るから、部屋にはいるはずだ。心と身体は別々ではなくて、繋がっている。気持ちが疲れてしまった時には、身体も休める必要がある。暗くした部屋で、眠れているといい。

そう願いながらも、引っ掛かるものはあった。

けれど、それは、自分のことから目を逸らす理由でしかない気もした。

今は、自分のことを考えなくてはいけない。

夜遅くに雪はやんだものの、街中が真っ白になるほどには積もった。

雲が流れ、澄んだ青い空が広がっている。

部屋の窓の外に見える公園も、住宅街から団地も、遠くの山も全てが白い。ショッピングモールは、スーパーやドラッグストアや一部のレストランをのぞき、休みになった。予約対応のある店舗などは営業していいということなので、絶対ではない。電車やバスに大幅な遅れは出ていないようだし、いつも通りに営業できそうだけれど、開けたところでお客さんも少ない。雑貨屋は、指示に従い、休みにすることにしたと店長から連絡があった。

日本は自然災害の多い国だから、これくらいの雪で休みにしていたら、キリがなくなる。でも、これを普通としていくべきなのだろう。

台風でも大雪でも、いつもと同じように通勤や通学をしなくてはいけないなんて、異常なことだ。どんなことも努力と根性で乗り切ることを美しいとしてきた中で、たくさんの人ががまんをしながら暮らしている。そのがまんも、日本人の美徳とされてきたのだ。

戻りたいとか戻りたくないという問題ではなくて、東京には戻れない気がする。

それは、東京だけの問題ではない。実家にいたころだって、努力と根性を強いられることは、たくさんあった。中学校や高校の運動部の中には、今どき考えられないようなパワハラやモラハラでしかない指導をしている部があり、男性教師やコーチから女生徒へのセクハラも起きていた。教師やコーチと恋愛をしている気分の同級生もいて、何をしたのかを「秘密だから」と言いながら、喋ってまわっていた。ずっと年上の力のある男性に認められることで、自分自身の格が上がった気分にもなれたのだろう。その感情を大人に利用されていたのだ。自分が二十代後半になってみれば、十代の子に手を出すなんて「クズ」としか考えられない。

何年も前どころか、何十年も前から「男女平等」ということが言われていて、少しずつ良くなってきているが、本質的にはまだ男性の方が強い。地方によっては、今でも根強く「男尊女卑」の考えが残っている。旅行代理店の同期に、九州出身の子がいた。彼女は「実家に帰ったら、女はずっと家のことをしないといけない」と愚痴をこぼしていたものの、そのことに疑問は感じていないみたいだった。

この街は、全体的に女性の方が人口が多い。そのため、街に来てからは、男性を優先させなくてはいけないという考えを感じたことはなかった。急に話しかけてきた知らないおじさんのつまらない話に、笑ってあげなくてもいい。外を歩いていて、知らないおじさんが急にぶつかってくることもない。エレベーターで知らない男性たちのために、エレベーターガールをしてあげなくてもいい。

ずっとここで暮らしていきたい。

今も、家賃が安くなっている他には、役所から金銭の支援は受けていない。いつか、面談も必要ないくらいになったら、仕事のことも改めて考え、この街で暮らしつづけてもいいかもしれない。新川さんの話によると、英語が使える仕事もありそうだった。横山さんの家ほどのことは無理でも、お店をはじめたりしてもいい。でも、それは、違うという気もするのだ。

窓を少しだけ開けて、換気する。

小学校や中学校も休みになったみたいで、公園の方から子供たちのはしゃぐ声が聞こえてくる。

休みになっても、やることがない。

気軽に誘える友達はいないし、雪下くんと会うためには先に役所に連絡する必要がある。留美ちゃんの様子を見にいこうかと思ったが、やめておくことにした。前に会った時から、一ヵ月以上あいてしまい、気まずく感じた。会えたところで、どう接していいかがわからない。元気になるまでは、役所の担当者に任せた方がいい。子供たちみたいに、遊べる相手がすぐ近くにいることが羨ましかった。しかし、この街の子供たちの多くは、いじめや虐待に遭って、ここへ来たのだ。友達と遊べることは、彼女ら彼らにとって、当たり前の日常ではない。

冷えてきたので、窓を閉めて、コーヒーを淹れる。

ドリップバッグだけれど、できるだけ丁寧にお湯を注いでいく。

マグカップをダイニングテーブルに置き、椅子に座る。

集まりや面談で話せるように、自分の受けた性加害について考える。

たとえば、わたしが夜道で知らない誰かに襲われたとしても、その原因はわたしにあると決めつける人もいる。夜遅い時間にひとりで外を歩いたこと、その時の服装や持ち物、周りを警戒しないでスマホを見たりしていたのではないか、コンビニでひとり暮らしとわかる買い物をしなかったか、お酒を飲んで酔っ払っていたのではないか、その他の様々なことを理由に被害者にも落ち度があったと言いたがる人はいるし、被害者本人もそう考えてしまう。性加害に遭った人の集まりでは、「周りから責められ、二次被害に遭った」と話す人がいた。

どんなことがあったとしても、知らない誰かを襲っていい理由になんてならない。治安の悪い国や地域に住んでいるわけではないのだから、常に警戒しながら生きる必要もない。それでも、被害者は「自分が悪かったのかもしれない」と考えつづけてしまう。

これは、日本が「努力と根性」を美しいこととしてきたことにも原因があると思う。襲われないようにする努力、襲われた時に逃げる根性、自分にはそれらが足りなかったのかもしれない。足りない自分は、駄目な人間なのだ。

加害者が知らない誰かでも、そう思ってしまうのだから、知っている相手だった場合、その考えはより強くなる。

そもそも、セックスという行為自体に、加害に近いものが常に付きまとっている。

あの時も入れれば、五人の男性としたことがある。

恋人が相手だった時でも、必ず同意があったかと考えると、そうではなかった。

最初にした高校二年生の時も、わたしは「まだ無理」という気持ちが強かった。だが、相手に「今日だったら、親がいないから」としつこく言われた。断れば、嫌われてしまうと考えていた。こちらの気持ちを無視する男なんて、すぐにでも別れてよかったのだ。けれど、その時には、そう考えられなかった。友達が処女ではなくなっていく中、自分が経験していないことに対する焦りもあった。それも、今となっては、どうでもいいことでしかない。相手も初めてで、痛いばかりだったのに、やめてもらえなかった。その後も、母親がパートでいない時には、部屋に呼ばれるようになった。付き合っているからって、いつでもするということに同意したわけではない。何度しても、気持ち良く感じられず、嫌だなという思いばかりが強くなり、別れた。

大学生の時の彼氏とは、お互いにひとり暮らしだったから、好きな時に好きなだけできた。慣れてきて、こちらから誘うこともあったのだけれど、相手の機嫌をいつも気にしていた。彼氏は、女性に古風なものを求めていた。女には、性欲はないと信じて生きてきたようだ。あまりにも積極的になると、冷めると言われた。恥ずかしがったり、少し嫌がってみせたりすることが必要だった。そのわりには、感じている演技をしてあげないと不機嫌になることもあり、そのバランスが難しかった。経験の少ない純粋な女の子が自分の手の中では、思わず声を上げてしまうみたいなシチュエーションが好きだったのだろう。パソコンの履歴には、そういうエロ動画を見た跡が残っていた。本当は、彼氏が四人目の相手だったのだが、最後まで「二人目」と嘘をつきつづけた。

付き合っているわけではない相手との間には、その時のその行為に対する明らかな同意があったし、気軽に楽しめてよかった気もする。一回だけしかしなかった相手とは、付き合う可能性もなかったから、好かれたいとか嫌われるかもしれないとか考えず、好きに動けた。相手も、そうだったと思う。思わず笑い声を上げてしまったのは、あの時だけだ。

もう一人とは、付き合うだろうとは思っていたのだけれど、それよりも十代の終わりの性欲が勝っていた。一週間ぐらいの間に数えきれないくらいしてしまい、これでは勉強やバイトどころか、まともに生活もできなくなると思い、関係を終わりにした。

わたしは、恋人を相手にすると、セックスを加害行為のように感じてしまう。ただ、恋人ではない男性としたいわけでもない。

彼のしたことは、恋人だったふたりとしたこととも、恋人ではなかったふたりとしたこととも、全く違う。

どこにも、同意がなかった。

部屋に彼が入ることは、認めた。けれど、わたしが彼とセックスをすることについては、同意していない。部屋に入れたからって、それは同意にはならない。避妊は求めたけれど、それは最悪のことを避けるためであり、同意ではない。怒らせないように、これ以上の暴力を振るわれないように、優しく声をかけたりしたが、それも同意ではない。「嫌だ、やめて」と、何度もはっきり伝え、できる限りの力で抗った。嫌なものは嫌なのであり、好きの裏返しなんかではなくて、もちろん同意ではない。

息を吐き、冷めてしまったコーヒーを飲む。

今日は、これ以上考えない方がいい。

スーパーは開いているから、買い物にでも行こうかと思ってスマホを見たら、レナと香坂さんからメッセージが届いていた。

レナとは、東京で会ってから、新年のあいさつだけしか連絡を取っていない。何かあったのか、〈話したいことがあるから、近いうちに会えない？〉と、書いてある。恋愛か仕事のことで、相談があるのかもしれない。友達なのに、申し訳ないと思うけれど、今は人の話を聞いている余裕はない。どう返信するか迷いながら、香坂さんからのメッセージを開く。

〈どうしてる？　商店街のお店でランチ食べない？〉と書いてあった。

急に休みになり、香坂さんも時間を持て余しているようだ。

メッセージが届いたのは、十五分くらい前だ。

まだお昼ごはんには早い時間だったけれど、急いで〈行きます〉と返事をする。

商店街は、ショッピングモールと役所の前を通り過ぎ、マンションや小さな公園の間を抜けた先にある。団地が建つよりも前からあり、この街では一番古い建物が残る地域だ。昭和の中期ごろは、これから開発が進む街として、栄えていたらしい。周囲には、一軒家が並び、都内への通勤もできるベッドタウンだった。しかし、予定通りに開発は進まず、人々はもっと便利なところへと引っ越していった。再開発の際、その一軒家のほとんどが取り壊され、マンションが建った。

バスに乗るほどの距離ではないから、歩いていく。

陽に当たり、雪も溶けはじめていた。

通りの端に寄せられた雪のかたまりや雪だるまは、数日は残るだろう。

古い建物が並んでいるため、商店街はアミューズメントパークのような雰囲気でもある。

凝った看板を出していたり、壁にカラフルなタイルが貼られていたり、ガラスに模様が入っていたりする。ほとんどのお店は、外観は補修する程度で中を大きくリノベーションしている。レストランやカフェの他に、雑貨屋や小さな映画館もあり、見て歩くだけでも、気分転換になった。

香坂さんからもらったメッセージを確認して、商店街の真ん中辺りにある中華料理屋さんに入る。

テーブルや壁や床、全体的に赤が基調になっていて、活気に溢れた店だ。

ほとんどの席が埋まっていて、どこのテーブルにも、たくさんの料理が並んでいる。ランチだから、定食みたいなセットなのかと思ったが、そうではないようだ。ご夫婦なのか、厨房では男性が次から次に料理を作り、女性が運びつづけている。お客さんは、流しこむように、麻婆(マーボー)豆腐やエビチリや酢豚をお腹に収めていく。

奥の席に香坂さんが先に来ていたので、テーブルの間をすり抜けていく。

「こんにちは」

「ここで、良かった？」

「大丈夫です」マフラーを取ってコートを脱ぎ、バッグと一緒に隣の椅子に置く。

午前中から気分の重くなることを考えてしまい、あまり食欲がないと思っていたのだが、お店に入ったら、あれもこれも食べたいという気持ちが一気に湧いてきた。

「何、食べる？」香坂さんは、テーブルにメニューを置く。

写真はなくて、中国語と日本語で料理名がひたすら書いてある。表だけではなくて裏にも書いてあり、いくつか数えきれない。

「ランチに、こんなにあるって、すごいですね」

「セットメニュー出してた時もあるんだけど、なんか寂しい感じになっちゃってね。それで、昼でも夜でも、なんでも出す店になったの」

「ふたりだけで、営業してるんですよね？」

カウンターの中の厨房は、決して広くはないし、奥に別の部屋があるとかでもない。

「そう」

「どういう手順で進めてるんだろ？」

「あまり気にしないであげて。料理は、どれもおいしいから。何が食べたい？」

「えっと」

メニューから食べたいものを選び、注文用紙に鉛筆で書く。

それをカウンター横の箱に入れる。

厨房に立つ男性がその紙を確認して、順番に作っていく。

スマホを使えば、もう少し簡単な方法がありそうだ。けれど、このお店として、一番楽なやり方なのだろう。水やお茶の他に、取り分けの小皿やお箸もセルフサービスになっている。お会計は、カードかスマホの電子マネーしか使えなくて、出入口横の自動精算機で済ませる。システムに慣れているお客さんばかりで、常連さんがほとんどみたいだ。だが、誰も店員さんとお喋りしたりしないで、食べ終えるとすぐに出ていく。

「商店街で、他のお店には入ったことある？」メニューをテーブルの端に立てかけ、香坂さんが聞いてくる。

「たまに来る程度で、カフェや雑貨屋にしか入ったことないです」

「ここと似た感じのお店は、結構多い。それぞれの作るものに集中していて、余計なことはしない」

「横山さんのお店も、似てますよね」

「あっ、雪下くんには、会いにいってる？」

「一度行っただけで、その後は行ってません」

「そう」

「行きたいんですけど、役所に申請が必要で、なかなかタイミングがつかめなくて。面談と違って、アプリで予約するだけというわけにもいかないので」

「本当は、今日も横山さんのところに行こうかと思ったんだけど、雪下くんがいるからね」

「そうですね」

バス停からアサイラムまでの道は、誰かが雪かきをしてくれるのだろうか。それとも、雪が溶けるまでは、お休みするのだろうか。洋館は、雪が降れば、いつも以上に素敵になりそうだ。面談の時に申請を出しておけばよかった。

「お待たせしました」店員の女性がそれだけ言い、テーブルに料理を並べていく。

炒飯（チャーハン）、海鮮焼きそば、エビマヨ、油淋鶏（ユーリンチー）、鶏肉とカシューナッツ炒め、熱いうちに食べた方が良さそうなので、わたしも香坂さんも好きなように取っていき、ひたすら食べていく。頼みすぎたと思ったけれど、どれもおいしくて、止まらずに箸が進む。

「おいしいです」思わず、何回も言ってしまう。

「そうでしょ」

「誘ってもらわなかったら、入らなかったと思うので、ありがとうございます」

「この街で、お店を出している中には、一流の料理人だった人もいる」

「そうなんですね」話しながらも、炒飯を食べつづける。

「今までは全然違う仕事をしていたような人もいるけど、ひっそりと一流の人が紛れこんでる。優秀な人ほど、生きにくいっていうこともあるから」

「おかしな話ですよ」

多少の暴力やハラスメントに、笑って返せる方がかわいがられるし、生き方として賢いのかもしれない。でも、その世界で、楽しく生きていける人は、誰なのだろう。もともとは笑って返す側で、今は偉くなった人たちだ。嫌だったはずのことを自分よりも年齢や立場が下の人たちに、繰り返していく。その流れに乗れない人は、どんなに才能があっても、生きる場所を失っていく。

「今は、辛いことは考えないで、食べましょう」香坂さんは、エビマヨを取る。

「はい、この油淋鶏、すごくおいしいです」

揚げたてだけれど、油がしつこくなくて、薬味たっぷりのタレとよく合う。カシューナッツ炒めと鶏肉の料理が重なってしまったと思ったけれど、食感が違うため、気にならなかった。

「おいしいお店、他にもあるから、この街に住んでいるうちに行こうね。この街にいる間は、辛い経験と向き合わないといけない時間もあるだろうけど、息抜きも必要だから」

「今日の午前中、ちょうど向き合っていたから、誘ってもらえて助かりました」

「それは、良かった」

話しながら、次から次にお皿をあけていく。

「ごちそうさまです」わたしと香坂さんは、声を合わせる。

店員の女性から、二次元コードだけが載った伝票をもらう。手書きの注文用紙がどこで二次元コードになったのか不思議だけれど、気にしないでおこう。男女だから、ご夫婦かと思ってしまったが、違うのかもしれない。料理人と給仕、とても優秀なふたりがこの街で出会い、店をはじめたということもあるだろう。ふたりとも、愛想はなくても、全ての仕事がスムーズで、最後まで気分良く料理を楽しめた。

自動精算機で会計を済ませて、外へ出る。

「ちょっとお茶も飲んでいこうか」香坂さんが言う。

「そうですね」

商店街の先を見る。

もともとの人口も少ないため、ランチの時間が終わると、歩いている人もほとんどいなくなる。昼しか営業しない店も多いみたいで、すでに閉まっているところもあった。カフェはいくつかあり、夕方くらいまでは開いているはずだから、どこがいいかと考えていたら、通りの奥を留美ちゃんが横切っていった。

離れていたから、はっきり顔まで見えたわけではないけれど、髪型や背格好が似ていた。

「今、留美ちゃんがいました」

「どこに？」

「そこを横切って、あの角の先に入っていきました」見えた辺りを香坂さんに説明する。

「えっ？」

「向こうに」

通りの先まで行き、留美ちゃんが歩いていった方を見る。

しかし、そこには誰もいなかった。

一本裏の通りまでのぞいてみたけれど、いないようだった。

陽の当たらない細い道に、古いスナックやバーの看板が重なり合うみたいに並んでいる。性加害に遭った人の集まりに初めて行った日の帰り、留美ちゃんから「行かない方がいい」と聞いた。それなのに、そのうちのどこかに入るなんてことはないだろう。看板の電気は全て消えているし、人の気配も感じられない。今の時間は、どこも開いていないようだ。

「見間違いだったみたいです」

「そうだね」

来た道を戻り、紅茶とケーキのおいしいレトロな雰囲気の喫茶店に行くことにした。

夕ごはんを食べ終えて、レナに返信しようか迷っていたら、留美ちゃんからメッセージが届いた。〈ご報告したいことがあるので、ここに来てもらえませんか？〉と書いてあり、お店の地図も一緒に送られてきた。それは、ランチの後に留美ちゃんを見かけたと思った辺りだった。スナックかバーのようだ。

遅いというほどの時間ではなくても夜だし、その場所にも、急な連絡にも違和感があった。断ろうと決めて〈明日、早番だから〉と打ち込んでいると、送るよりも先に〈いい報告ですよ〉というメッセージと嬉しそうに拍手するうさぎのスタンプが届いた。

信じたわけではない。

これは、わたしが〈行く〉と返事をするまで、終わらないのではないかという気がしたのだ。

そう思っても断れるような強さは、わたしにはまだない。

お酒は飲まないで、できるだけ早く済ませ、話を聞いたらすぐに帰ってくるし、何かあれば役所に連絡することを決めて、指定されたお店に向かった。

昼間は電気の消えていた看板のいくつかは、赤や紫色の光を放っている。

しかし、営業していないお店の方が多くて、ほとんどの看板の電気が消えたままだった。

開いていても、お客さんはあまりいないみたいだ。商店街のメイン通りに並ぶお店は、まだ八時を過ぎたところだけれど、シャッターが閉まって電気も消えていた。歩いている人も少ない。来るんじゃなかったと思いながら、留美ちゃんのメッセージを確認してお店の前まで行くと、普通の一軒家みたいな扉の隙間から、カラオケで歌う男性の声が微かに聞こえてきた。一階がお店で、二階が住居になっているようだ。

扉を開けると、そこはスナックだった。

カウンターがあり、五十代前半くらいに見える髪の長い女性が立っている。奥のソファ席では、男性がカラオケで歌い、女性が手拍子をしたりお酒を作ったりしていた。狭い中に、お店として営業できる最低限のものが詰めこまれている。煙草を喫っている人がいるのか、においがした。薄暗くてよく見えなくて、間違えたのかと思ったが、お酒を作る女性のうちのひとりが留美ちゃんだった。

「スミレさん！」ソファから立ちあがり、留美ちゃんはわたしの方に来る。

「どうしたの？」

「ここで、働いてるんです」

「えっ？」

「渡会さんの紹介で」留美ちゃんは、ソファ席で手拍子をしている女性を手で指し示す。

よく見ると、そこに座っているのは、ココアちゃんのお母さんだった。カラオケを歌う男性に、肩や太ももを触られて、笑い声を上げている。白いニットにベージュのチェック柄のスカートで「女子アナのコスプレ」みたいな格好に変わりはなくて、ここで働いているようには見えなかった。男性たちと一緒に、客として来ているのだろうか。四人の男性に、次から次に触られるどころか、抱きつかれたりしても気にしていないようだった。どういう知り合いなのか、男性の年齢や服装はバラバラで、スウェット上下の若い人もスーツを着た高齢の人もいる。水商売には詳しくないけれど、スナックは女性に好きなだけ触っていい場ではないはずだ。

いつものことなのか、カウンター内に立つ女性は、呆れた顔をするばかりで止めようとはしない。

「座ってください」カウンターに入り、留美ちゃんはわたしの前に立つ。

「ああ、うん」ソファ席には近寄らないようにして、カウンター席の一番端に座る。

「何、飲みますか？」

「えっと、烏龍(ウーロン)茶とかジュースとかある？」

「わたしが払うから、気にせずにお酒を飲んでください」

「いや、お酒は、いいや」

「そうですか」残念そうに言いながらも、声には楽しさが溢れていた。

黒く染めた髪は色が落ちて、茶色くなっている。

メイクは、ナチュラル系よりは派手な印象だけれど、ギャルだった時よりは地味なままだ。服は、働くために用意したのか、膝上丈の黒いレース素材のワンピースを着ている。

雑貨屋で働いている時と見た目は違っても、別人というほどではない。けれど、雰囲気が違った。前以上に明るくなり、輝いて見えた。

本当に「いい報告」があるのだと思いたかったが、安心できない気持ちの方が強かった。

「どうぞ」留美ちゃんは、わたしの前に烏龍茶の入ったグラスを置く。

「ここで働くこと、役所の担当者さんには報告したの？」わたしから聞く。

「まだです」首を横に振る。

「そうだよね」

担当者さんと相談した上で、仕事を変えるのであれば、先に雑貨屋には報告が入るはずなので、わざわざ聞かなくてもわかっていることだった。

「雑貨屋の仕事は、どうするの？」

「辞めます」声を大きくして、はっきり言う。

「……そっか」

「もともと合ってなかったんですよ。あの店で、無理してたから、余計に辛くなっちゃった。それで、何もできなくなって、どうしたらいいのか迷ってたら、役所での面談の帰りに渡会さんと会ったんです。雪下くんのことがあったから、嫌な人だと思ってました。でも、向こうから話しかけてくれて、そしたらノリが合って、スミレさんや香坂さんよりも気を遣わずに話せた。一緒に飲みに行こうっていうことで、ここに連れてきてもらったんです。久しぶりに男の人たちと飲んだら、自分にはこういうことが合ってるし、楽でいいなって感じました。そのまま、仕事も紹介してもらっちゃいました」

明るい声で、一気に話す。

スナックで働くことが悪いとは思わないけれど、ここは安心できる場所とは考えられなかった。前に留美ちゃんから聞いたことばかりが理由ではない。ソファ席を見ると、スーツ姿の男性が渡会さんのスカートの中に手を入れ、太ももの内側を撫でていた。

「留美ちゃん、雑貨屋の仕事、がんばってたじゃん。集まりにも参加したり、変わっていくところだったたんじゃないの？」

「がんばるの、しんどくないですか？」まっすぐに、わたしを見る。

「……ああ、うん、そうだね」

仕事はよくできて、みんなに頼りにされていたし、お客さんからの評判も良かった。モールで働く人の中には、友達というほどではなくても、あいさつやお喋りをする相手は雪下くんの他にも何人かいたはずだ。決まった時間に出勤することやパソコンでの事務作業が苦手なままでも、それを強制したり怒ったりする人は、店にはいない。時間をかけて、できるようになればいいことだ。でも、留美ちゃんは、それができなければ、社会人として一人前になれないと考え、焦っていた。

「わたし、スミレさんみたいに、できないから」

「わたしは、社会人経験があるから、できるっていうだけだよ。留美ちゃんみたいに、色々な人と仲良くしたり、かわいがられたりすることは、わたしにはできない。それは、努力したところで、無理だと思う」

「変わらなければいけないっていうのも、なんか違いますよね。もともとのわたしは、そんなにも否定されないといけない存在だったんですか？　男の人たちにお金をもらえるっていうのも、ひとつの才能ですよ。それを活かして生きていくことは、そんなに駄目なことですか？」

「それは、えっと……」

水商売で生きている女性は、たくさんいる。

そこで生きる人なりのプライドがあると思うから、それを否定する気はない。でも、他の仕事で同じ金額を稼げるとしても、その仕事を選ぶのだろうか。日本には、女性が男性に性的な接待をする仕事があまりにも多い。女性が男性の隣に座り、お酒を作りながらお喋りをするようなお店は、世界のどこにでもあるわけではない。

「雪下くんと仲良くしてますよね？」留美ちゃんは、急に話題を変える。

「えっ？」

「雪下くんに、会いにいってるんですよね？」

「どうしているのか、様子を見にいっただけで、仲良くしてるっていうわけじゃないよ」

「雪下くんが困った時に頼ったのも、スミレさんだった！」

「あの時は、留美ちゃんも香坂さんも仕事中だったから」

アサイラムまで、わたしが雪下くんに会いにいったことを留美ちゃんがなぜ知っているのだろう。

わたしからは言っていないし、雪下くんが留美ちゃんに話したとも考えられない。香坂さんや店長とも、連絡は取っていなかったはずだ。でも、知り合い以外のところからも、伝わっていく。多分、ソファ席で歌いつづける人たちの辺りから。渡会さんに、雪下くんが虐待されていたことを教えたのも、彼らではないかと思う。噂話をしている人がいると、留美ちゃんが教えてくれた。

しかし、今は、そんなことを考えている場合ではない。

留美ちゃんは、雪下くんのことが好きだったのだ。

「わたしと雪下くんは、何もないよ」留美ちゃんの目を見て、はっきりと言う。

「どうでもいいです」目を逸らし、溜め息をつく。

「雑貨屋の仕事つづけようよ。いつか、雪下くんも戻ってくる」

「いいんです。わたし、結婚するから」

「はあっ?」大きな声を出してしまう。

ソファ席の男性たちと渡会さんがわたしを見る。カウンター内に立つ女性だけが動じず、天井を見つめていた。

「山根(やまね)さん」

留美ちゃんは、男性たちのいる方に向かって声をかける。

スウェット上下の若い男性が立ち上がったから、彼が相手なのかと思ったが、奥の男性が通れるようにしただけだった。奥に座っていたスーツ姿の高齢男性がカウンター席に来て、わたしの隣に座る。スーツはよくあるデザインのものだが、ネクタイには高級ブランドのロゴが入っていて、腕時計は金色に光りダイヤが輝いている。父親より上、六十代後半から七十代前半にしか見えない。

「この街に、昔から住んでいて、何かの被害者とかではないんですよ」弾んだ声で、留美ちゃんは山根さんをわたしに紹介する。「だから、ネガティブなところがなくて前向きだし、男らしいんです。雪下くんとは、正反対。やっぱり、山根さんみたいな強い男性に守ってもらいながら生きるのが、女の幸せっていうやつだって思ったんです。電車の反対運動では、一番前で闘ったんですって。役所がある辺り一帯の土地を持っていたから、今はそれを売ったお金で山の方に家を建てて、のんびり暮らしてるの」

「そこに、留美ちゃんも来て、専業主婦になるんだよな」嬉しそうに言い、山根さんはなぜかわたしの背中を擦る。

「あの、触らないでください」

「これくらいのこと、コミュニケーションでしかないだろ」そう話して、今度は太ももを撫でる。

寒かったので、厚手のパンツを穿いてきたが、指の感触がはっきり伝わってきた。

椅子ごと蹴り飛ばしてやりたかったけれど、身体がうまく動かない。

「これくらいのことで騒ぐから、スミレさんも性被害に遭っちゃったんじゃないですか」

「あれ、君も、性被害に遭ったの？　役所で話を聞いてもらったところで、良くならないよ。過去を忘れるくらい、やりまくればいいんだよ。俺なんて、まだ現役だから。ねえ、留美ちゃん」

「ねえ、山根さん」

山根さんと留美ちゃんは、カウンター越しに見つめ合う。

ふたりの間には、甘い恋人同士みたいな空気はあるのに、留美ちゃんが本気で山根さんを好きだとは考えられなかった。雪下くんと話す時、留美ちゃんは子供みたいな顔をしていた。あれは、安心できる相手だけに向ける表情だったのだ。それをふたりの幼さだと思い、恋とは考えなかった。

「ごめんなさい。ちょっとお手洗い」

お昼に食べ過ぎたので、夕ごはんは卵とわかめのうどんで、軽く済ませた。吐き気がして、それが全て出てきそうだった。

お店の奥のお手洗いに入り、うがいをする。

芳香剤なのか、腐ったフルーツみたいな甘い香りがする。烏龍茶代だけ置いて、もう帰ろう。やはり、来なければよかった。そう決めて、お手洗いから出ると、そこに渡会さんが立っていた。

「雪下くん、元気？」

「元気なわけないでしょ」

「ああ、そう」

「失礼します」

「あなたは、こういうところを見ないで生きていけるんだから、さっさと出なさいよ」

「だから、帰ります」

「ココアに、タピオカ奢（おご）ってくれて、ありがとうね」

「どういたしまして」

今日、ココアちゃんは、どうしているのだろう。

ひとりで団地にいて、何かあったとしても、正面の部屋には誰もいない。

気になるけれど、ここで問い詰めない方がいい。

肩にかけたままだったバッグから、お財布を出して、烏龍茶代として妥当だと思われる額をカウンターに置き、逃げるようにして店から出る。

そのまま、商店街の表通りに出て、走る。

誰も追いかけてこないけれど、走りつづける。

凍った雪に足を取られ、派手に転んだ。


お尻に、大きな青痣（あおあざ）ができた。

痛みはないけれど、整形外科に行った方がいいか迷いながら働いていたら、役所から店長に電話がかかってきた。

留美ちゃんは仕事を辞め、今月中に引っ越すらしい。

本人の希望により、街の支援からも外れる。


レナとは、東京と街の中間にある駅で会うことになった。

駅に直結したデパートに入っているカフェで、窓の外に並ぶビルの隙間から大きな橋のかかる海が見えた。二駅先には、新幹線の駅がある。通勤や通学の利用者が多くて、平日の昼間でも人が多い。雪下くんが来るのは、無理だったかもしれない。

「ごめんね、遅れた」レナが入ってきて、わたしの前に座る。「結構、混んでるんだね」

カフェは、買い物帰りと思われる女性たちで、満席に近かった。デパートのお得意様なのか、高齢の女性が多い。質の良さそうな服を着て、指先や耳元で宝石を光らせている。お茶を飲んでフルーツの載ったケーキやパフェを食べながら、お喋りに花を咲かせる。

「仕事、大丈夫なの?」わたしから聞く。

「来月末までに消化しないといけない有給があるから」

「そうなんだ」

レナからの連絡に〈休みが合わないから、難しい〉と返したら、休みを合わせてくれてしまった。はっきりと〈しばらく会いたくない〉と言うべきか悩んだのだけれど、人間関係として、それはできなかった。

でも、スナックに行って、気持ちが沈んでしまっていたから、街の外に出られたのは、ちょうど良かった。

「どうする?」メニューをテーブルの上に開く。

「何か食べる?」

「ケーキぐらい、食べようかな」

「わたしも、そうしようかな」

ケーキが載っているメニューを見て、レナはフランボワーズムース、わたしはモンブランに決めた。飲み物は、ふたりともコーヒーを選んで、店員さんに注文する。

「話したいことって、何? 何かあった?」

「わたしのことじゃなくてね」

「仁美とか、他の誰かのこと?」

「そうでもなくて……」

「どうしたの?」

「スミレのことで」

店員さんがケーキとコーヒーを持ってきたので、並べてもらっている間は、話すのをやめる。

「わたしのこと?」改めて、レナに聞く。

「スミレが住んでるのって、被害者が住むっていう街でしょ」

「えっ?」

「前に東京で会った時、そうじゃないかなって思ったんだけど、仁美もいたから、言い出せなくって。あの時、仁美がスミレにちょっと強く言ってたし、空気悪くしたくなかったから」

「あっ、そうなんだ」

どう返したらいいのかわからなくなり、空気がそのまま抜けていったような声が出た。

「被害者の住む街だよね？」

「そうだけど……」否定するようなことではないと思いながら、自信を持った返事ができなかった。

「どれくらい住んでるの？」

「去年の今ごろからだから、もうすぐ一年」

「出た方がいいよ」

「……」

「しばらくうちに住んでもいいし、仕事も紹介できる。だから、できるだけ早く出なよ」

「……なんで？」

「だって、宗教みたいなものなんでしょ？」

「違うよ」

「新興宗教と同じだって、言われてるじゃん」

「宗教ではないけど、もしも宗教だったとしても、それを理由に良くない場所っていうことにはならないよね」

前は、わたしもレナと同じように考えていた。でも、わたしは、宗教を知っているわけではない。世界には、信仰に心を救われている人はたくさんいる。そこには強い思いがあり、宗教を理由に戦争も起こっている。高校でも大学でも学んだのに、理解しようともしないまま、軽い気持ちで「宗教みたい」という言葉を批判として使っていた。

「だって、おかしな場所なんでしょ。厳しいルールがあって、監視されて。お金のことだって、キレイには使われていない」

「……お金のこと?」

「すごい額の税金が使われているって」

「生活に支援が必要な人のために、税金が使われて、何がいけないの?」

「不正受給みたいな人もいるし、昔から住んでいる人たちは脅すみたいにして、国からお金をもらっているって」

「ああ、うん」コーヒーをひと口飲んで、小さく息を吐く。

レナは、わたしがあの街に住んでいることに気が付き、ネットや週刊誌に書かれている情報を調べ、心配してくれたのだ。

そこに書かれている全てが嘘だとは思わない。

お金のこととか、真実はあるのだろう。スナックにいた男性の中には、山根さんの他にも昔からの住人がいたのだと思う。土地や建物を売って手にしたお金で、今も街の周辺に住みつづけている。住人のことを調べ、おもしろおかしく話して盛り上がる。若い人もいたが、親から相続して、外に出ないでいるとかだろう。彼らが大きな顔をして生きられる場所は、あのスナックぐらいしかなくて、国を脅すほどの力を持っているとは考えられなかった。

不正受給は、何を不正とするかは、難しい。本当は元気なのに働かず、支援を受けつづけている人は、あの街では少数だと思う。飲み歩いている人もいると留美ちゃんは話していたが、ルールとして許されていて、不正というわけではない。法を犯した側ではないのだから、好きなように生活をすることが認められている。でも、心の傷は目に見えないから、知らない人には「楽している」と見られてしまう。何もできないまま、笑わないで暮らしていなければ、心を病んだ被害者とは考えられないのだ。

ネットや週刊誌に書かれたことをそのまま信じるなんて、レナは毒されている。

そう思ってしまうが、毒されているのは、わたしなのだろうか。

「旅行代理店で、何かあったの？」レナが聞いてくる。

「ううん。何もないわけじゃないけど、街に行った理由は違う」

「じゃあ、プライベートで何かあった？　学生のころみたいには会えなくなってたけど、なんでも話してくれていいんだよ」

「プライベートなことでもないから」

「まさか、大学生の時のことじゃないよね？」

「……」

「サークルのこと？」

「……知ってるの？」

「……うん」小さくうなずく。

「いつから？」

「大学生の時から知ってた。スミレと同じサークルだった子たちに聞いた。わたしは、それは駄目なことではないかと思ったけど、スミレからは何も言ってこないし、すぐに彼氏とも別れたから、サークルの子たちが言っていることが正しいのかなって。仁美も知ってるけど、こっちからスミレに聞くことじゃないって話してた」

「そうなんだ、そっか、そっか」

怒ることではないと思いながら、お腹の底の方から怒りが湧いてくるのを感じた。大声で怒鳴りたい気持ちを堪える。

あの時、わたしは、誰にも話さないと決めた。

彼が話してまわっていることにも気がつかず、平気なフリをつづけた。そうしていれば、いつか本当に平気になれると思っていた。友達といる時には、前のままでいることを心がけた。彼氏にも友達にも、誰にも知られたくなかった。家族にだって、話したくて話したわけではなかったのだ。あんなこと、起きなかったことにして、生きていきたかった。

でも、全ては、無駄でしかなかった。

どんなことも、わたしが悪いわけではない。

全ては、加害行為をした彼が悪いのだ。

「もう何年も前のことでしょ。そんなことに、人生を左右されるなんて、おかしいよ」

「レナは、自分が同じことをされたら、そう思えるの？」

「同じことではなくても、同じようなことはあるよ。女として生きていたら、みんながあることじゃない？」

「みんながあるから、何？」

「がまんして、生きていくしかない。男と女で、そもそも生物的に違うんだよ。こちらが嫌なことは、伝わらない。会社とかでの待遇は変わってきているんだから、それで充分でしょ」

「背中を擦られたり、太ももを撫でられても、がまんするの？」

「太ももはともかく、背中を擦られるぐらい、騒ぐようなことではないよ。自意識過剰っていうか、気にしすぎ」

山根さんにされたことを思い出す。

あれだって、充分すぎるほどの性加害であり、コミュニケーションなんかではないし、許されることではない。

好きでもない男性に触られて、なぜ平気でいられるのだろう。

痴漢やセクハラやＤＶ、毎日少しずつがまんして、少しずつ心が殺されていく。自分を下げて、強い男の人に気に入られて生きていくしかないのだろうか。その先でレイプされたとしても、黙っていることが賢いと思いこんでしまったのだ。

すぐに警察や病院に行って、証拠を残すべきだった。どれだけ大変なことになっても、闘うべきだった。声を上げ、わたしの事実を語るべきだった。

「レナが心配してくれる気持ちはわかる」興奮しないように、気持ちを落ち着かせて話す。「色々と調べて、会いにきてくれたことはありがたいと思う。あの街について、悪い噂があることは知ってる。前は、わたしも噂する側だったから。でも、わたしは今、あの街で生活して、少しずつ回復してきている。何年も前のことをいつまでも引きずって、情けないと自分でも思う。けど、ここで目を逸らしたら、ずっと辛いままだから」

「それは、東京で働きながらでは、無理なの？」

「無理」首を横に振る。

「どうして？」

「あの街でも、嫌なことは起こる。でも、それは、東京での嫌なこととは違う。東京では、周りに合わせて、嘘をついて、自分の気持ちが捻じ曲げられていった。前にみんなで会った時、レナも仁美も、わたしに対して批判的なことを言ったけど、それがわたしには辛かった」

「あれくらい、日常会話でコミュニケーションのうちでしょ」

「そうやって、誤魔化されてしまう中では、回復していけない」

「……誤魔化すって」レナは、はっきりと溜め息をつく。

東京で働いていた時、スナックで起きたようなことがあっても、わたしはすぐには帰れなかった。トイレに立つこともせず、愛想笑いを浮かべながら、その場を穏便に済ませることを考えた。留美ちゃんやレナの誘いをうまく断れなくて、前と変わっていないと感じることもあるけれど、少しずつ自分を優先させることができるようになってきている。

「とにかく、わたしは大丈夫だから。あの街に影響されて、おかしくなっているって思うんだったら、離れてもらって構わない」

「ねえ、そういうのがおかしいって言ってるんだよ。大学卒業した後だって、普通に働けてたじゃん」

「普通のフリをしていただけだよ」

「だからさ、それも、みんなそうなの。普通のフリをして、適当に生きてるの」

「わたしには、それはできないから」

「あっ、そう」また溜め息をつく。

自分の選択は、間違っているかもしれない。

レナだけではなくて、仁美や他の友達も失うだろう。

それでも、ここで普通のフリをして、東京に戻ることはできない。

真野スミレさんの面談がキャンセルになった。

連絡もないまま、面談に来ないような人はたくさんいる。ドタキャンを繰り返す人も、少なくはない。こちらとしては、生きていてくれればいいと願うだけなので、ひとことでもいいから連絡をもらえると、助かる。だが、それを強制することはなかった。この街に暮らす人の中には、社会のルールにうまく従えず、パワハラやモラハラを受けつづけていた人もいる。何があっても、怒ってはいけない。怒ることを愛情のように言う人もいるけれど、それでうまくいく人間関係なんてない。そして、無断キャンセルやドタキャンを何度もするような人は、意外と心配しないでも大丈夫な人たちだ。「まただ」とだけ考え、あいた時間は事務仕事でも進めればいい。その「まただ」が間違っていることもあるので、アプリから必ず生存確認はする。

心配になるのは、真野さんのような人だ。

面談の予定の一時間前に、真野さんから事務所に電話がかかってきた。僕は他の人の面談中だったため、別の職員が出た。今日の面談をキャンセルしてほしいということだったので、風邪を引いたり家族に何かあったりしたのかと思ったが、そういうことではなかったようだ。ショッピングモールで働いているから仕事の都合でもない。真野さんは、理由を説明しようとしてもうまく話せなかったみたいで、職員は「大丈夫ですよ。義務ではないので。何か話したくなったら、すぐに連絡をください」と伝え、電話を切った。

精神的に落ちこむようなことがあり、僕と話せる気分ではなかったのだろう。

そういう時でも、ちゃんと電話をしてくるところは、彼女の真面目さであり、人としての長所だ。

しかし、その真面目さで、どんなことにも全力で向き合い、ゆっくりと自分を追い詰めていってしまう。

年末ごろから、真野さんの周りは慌ただしくなっていた。雪下さんと渡会さんの問題に巻きこまれていた中、同僚で親しくしていた三宅留美さんは急に雑貨屋を辞めて街から出ていった。集まりに参加する前の段階で、三宅さんと会わないように、こちらが配慮するべきだったのかもしれない。雪下さんの問題には深く関わらないように、強く言うべきだったのかもしれない。面談の時、よく喋るようになっていたけれど、本音にはまだ遠かったのだと思う。真野さんがパニックを起こしても、本音を吐き出させるべきだったのかもしれない。いくつもの後悔が浮かんでくる。けれど、そのどれも、こちらから強制することはできないのだ。

大学で、僕は心理学を学んでいた。興味はあったものの、それが将来の仕事に役立つとは考えていなかった。市の公務員試験を受けて、卒業後は市役所に勤めることになった。両親ともに公務員だったため、それが自分の人生にふさわしい道だと考えていた。勤めはじめてすぐに、この街の担当になった。そのころ、まだ街は、はっきりとルールが決まっていなくて、いじめに遭った子供の他に、生活に困っている人たちを受け入れていた。面談は、心療内科や精神科の先生にお願いしていた。僕は、住人の生活に関する相談窓口の担当だった。リノベーションしたものの、団地は古い建物なので、水道から錆(さ)びの混じった水が出るとかガス漏れみたいなにおいがするとか共有スペースの電球が点滅しているとか、住人から問い合わせがあった。そのひとつひとつに対応していく。それ以外に、電話で病院の案内をしたりしていた。まだ役所の建物はなくて、ショッピングモールの隅に市民サービスコーナーと看板を出していた。他にも、生活のために充分なものが揃っていなかったから、住人の話を聞き、サポートすることが僕の仕事だった。

　市役所の職員でも面談ができるようにするため、研修や試験は進んでいた。僕も、気になってはいたが、大変そうという気持ちが強かった。心理学を学んでいた分、その仕事の難しさは想像ができていた。勧められても、断った。けれど、住人と接するうちに考えが変わった。彼ら彼女らは、心療内科や精神科の先生よりも、日常的に顔を合わせる僕の方が話しやすいと言ってくれた。翌年度から研修に参加させてもらうことになった。街のルールが決まっていき、大きく変わっていこうとしていた時期だ。通常の業務もあり、勉強をキツイと感じたこともあった。しかし、自分が新しいことに参加していると高揚するような気持ちも強かった。二年かかる研修を終えて、試験を受け、無事に合格した。その後、現場での最終研修を終えて、面談の担当者となった。

最初に担当したのが雪下さんだ。

上司から「難しいこともあると思うけれど、雪下さんひとりに集中していいから、徹底的に付き合ってあげてください。でも、集中しすぎないように、注意して」と言われた。

火事で両親が亡くなったことや虐待に関することは、ニュースになっていた。母親の方の祖父母は高齢で、祖父に認知症の初期症状が出ていて、雪下さんと一緒に暮らすことは難しかった。何もできずに、娘を亡くしたことに対するショックも強かったようだ。父親の方の祖母は、すでに亡くなっていた。祖父は生きていたが、父親と絶縁しているため、引き取りを頼める関係ではなかった。九月の終わりが誕生日で、雪下さんは怪我の治療と精神的な療養のために入院していた間に、十八歳になった。成人したものの、ひとりで生活して働くことは無理と判断された。担当医の紹介で、しばらくこの街に住むことが決まった。僕は、雪下さんについて調べられるだけのことを調べ準備を進め、ひとりでは街までの移動が難しいと連絡を受け、病院へ迎えにいった。

火事から半年以上が経ち、冬が近づいていたころだ。

ここからバスと電車で一時間、さらにバスで二十分ほどのところにある海沿いの街では、強い風が吹いていた。

病院に行く前、家が建っていた丘を見にいったが、すでに何もなくなっていた。

黒いリュックを抱え、雪下さんはひとりで病院のロビーのベンチに座っていた。身長は今と変わらないが、今よりも細くて、白かった。背中を丸めて不安そうにする姿は、中学生にしか見えない。何を考えていたのか、僕が声をかけても、表情を変えずに遠くを見ていた。火事で燃えてしまったため、荷物は入院中に買った服や下着だけだった。それらを買うお金や入院費は、母親の方の祖父母が出した。祖母は、何度か病院に来ていたようだが、見送りには来なかった。雪下さんは、電車に乗ることも初めてで、切符の買い方から教えなくてはいけなかった。何を聞いても、うなずくか首を横に振るだけで、なかなか話してくれない。「新人に、この子を担当するのは、無理では？」と考えたが、上司の言葉を思い出し、徹底的に付き合うことにした。

生活に関することが何もできなかったため、ひとつひとつ教えていった。料理や掃除や洗濯は僕も得意ではなかったから、ふたりでおぼえていった。そのうちに、雪下さんは少しずつでも喋るようになり、たまに笑うようになった。表情を輝かせ笑う姿は、小さな子供みたいだった。みたいではなくて、身体が大人になっただけで、中身は子供のままだったのだろう。

虐待については、学校や児童相談所ばかりではなくて、警察も何度か調査をしていた。雪下さんの身体から、明らかな暴力の痕が確認されたこともある。母親の方の祖父母や雪下さんの通っていた私立の学校の関係者は、何度も雪下さんを救おうとした。しかし、父親が怒鳴り暴れるばかりではなくて、雪下さん本人が両親と離れることを拒否して、部屋らず、自分のされたことを理解できないまま育ち、両親を愛していた。世間を知うちに、その疑いは完全に消えた。彼の中には、両親に対する恨みがなかった。さんか母親による放火と殺人を疑ってしまう気持ちがあった。けれど、雪下さんと接するになっている。噂されたような、雪下さんの放火ではない。それでも、僕の中には、雪下にこもった。火事に関しては、台所から調理中に出火したことが調査の結果として明らか

上司から言われた「集中しすぎないように」という言葉は、忘れないようにしていた。研修でも、相手にのめりこんでしまってはいけない、と何度も聞かされていた。回復のためには、本音を語る必要があり、そのためにも距離感は重要だった。けれど、子供みたいだった雪下さんが成長する姿に喜びを覚え、両親がいなくなった寂しさをこぼすことはあっても怒りを表に出さないことに苛立ちを覚えるようになった。街でも、街から出ても、雪下さんには僕しか頼れる人がいない。付き合いが長くなるうち、お互いに依存するようになってしまった。その中で、冷静さを失い、彼に怒りをぶつけたことが何度かあった。怯えるばかりで、何も言ってこないことに、さらに苛立った。「彼のため」と言い訳しながら、雪下さんの父親がしたことと変わらないことをしていると理解していた。僕に、そんなことをする権利はない。このままでは駄目になると悩んでいた時に、上司から「少しでも年齢の近い人がいいと考え、新川さんならば優秀だからと期待していましたが、難しかったようですね」と言われ、引き離された。離れることを残念に思いながらも、心の底から安心していた。

その時は、役所を辞めることも考え、しばらく休みをもらった。でも、辞める決意もできなかった。上司からも「私の判断ミスでもあったし、最初からうまくできる人ばかりではない。ひとりでは何もできなかった雪下さんは、生活できるようになった。それは、あなたがいたおかげだから。全てが失敗ではない」と言ってもらい、再研修の後に復帰した。

それからもミスはあったが、そのたびに上司や同僚たちと相談を繰り返した。そのうちに、自分が相談を受ける立場になった。真野さんについては、後輩から「すごく真面目で、いい人なんです。印象を良くしようと、過剰にいい人ぶっているわけではない。性加害に遭っていなければ、何も問題なく暮らせていた人で、学生のころの友達やわたし自身と何も変わらない。頭の回転が速い人で、接客業をしていたからか、先回りしてこちらの考えを読む力も強い。話が合う分、必要以上に親しくなってしまう」と相談を受け、担当者を交替することに決めた。

女性だし、彼女の受けた加害行為を考えれば、女性の担当者の方がいい。どうしても、男性には話しにくいことだ。しかし、女性相手では、いつまでも本音を喋れないままかもしれない。男女の問題ばかりではないのだが、人間の心理はそんなに簡単ではない。迷いながらも、僕が担当者をつづけた。

話が逸れたりしながらも、真野さんは自分から喋ってくれるようになってきていた。相手からの視点であっても、何があったのかを喋れたことは、大きな進歩だと感じた。自分の視点から、事実を語れるようになれば、回復に繋がる。あと一歩ではあっても、その一歩を踏み出すことが大変なのだ。けれど、真野さんであれば、きっと踏み出せる。そう思っていた時に、彼女の周りで問題が起きた。

次の面談の予約を入れるようにアプリを通してメールを送ることはできても、義務や強制ではない。

選択権は、常に本人だけにある。

部屋の中が明るくなってきて、目が覚めた。

ベッドサイドのチェストに置いたスマホを見ると、六時を過ぎたところだった。すでに陽は出ていて、カーテンの隙間から光が射しこんでいる。起きる時間にはまだ早いけれど、ベッドから出て靴下とスリッパを履き、カーテンを開ける。

大きな窓の向こうには、森が広がっている。

春が近づき、朝の光を浴びた木々は青々と輝いていた。

窓辺に小鳥が集まったりはしないけれど、山の方から鳴き声は聞こえてくる。

毎朝見るたびに、絵本の中の景色のようだと感じる。

両開きの窓を開けて換気して、その間にトイレを済ませ、顔を洗う。

ビジネスホテルのような造りになっていて、各部屋にトイレと洗面所があり、シャワーを浴びられる。湯船に浸かりたい場合は、一階のお風呂が使える。ベッドと机とクローゼットと一人掛けのソファ、最低限のものは揃っている。内装工事をして、建てられた当時のままではないようだ。だが、部屋の中のデザインは外観や一階のロビーに合わせたアンティークな雰囲気で、薄い紫色の小花柄の壁紙が貼られている。

髪を梳かして、ひとつに結び、グレーのパーカーとストレッチ素材の黒のパンツに着替える。白いカーディガンを羽織り、スマホと鍵をポケットに入れてスニーカーに履き替え、部屋から出る。

横山さんもお父さんとお母さんも雪下くんも、まだ寝ているのだろう。音がせず、家中がまだ眠りの中に沈んでいる。

廊下の電気は消えているが、奥に大きな窓があるため、充分に明るい。吹き抜けに音が響くので、できるだけ足音を立てないように階段を下りて、正面玄関から外に出る。

預かっている鍵で、外から鍵をかける。

朝の空気は、冷たく澄んでいる。

深呼吸をしてから、門の向こうに出る。

車が通れるように、整備された道が山の方までつづいている。まっすぐに進み、そこから逸れて、森の中に入る。

木々の間をゆっくり歩いていくと、足元に紫色の小さな花が咲いていた。

スミレだ。

子供のころ、自分の名前があまり好きではなかった。言葉の響きはキレイだし、花自体もかわいらしい。しかし、道ばたや駐車場の端、花壇の隅っこ、植えてもいないところから生えてくる姿が卑しく見えた。人や車に、踏みつぶされながら咲きつづけていることもある。

スミレ科と分類される花は、八百から九百種類あるらしい。そのうちの半分くらいがスミレ科スミレ属に分類される。わたしの名前は、その中でも一番多くの人が「スミレ」と聞いて想像するであろう花だ。儚(はかな)く見えて、北海道から沖縄まで日本のどこでも、自生する。多年草だから、特に世話をしなくても、次の年にはまた花を咲かせる。それでも、通常は二年から三年で枯れるらしいのだが、実家の庭のスミレはしぶとく何年も咲いていた。

両親は「どこででも、強く生きていけるように」と名付けてくれた。

自分の名前でありながら、どういう仕組みで自生して広がっていくのかは、よく知らない。蟻が種子を運ぶらしいのだけれど、広がりすぎだ。タンポポみたいに、種子が風に飛ばされていくわけではない。森の中では、あちらこちらで、スミレが花を咲かせている。

踏んでしまわないように、気を付けながら歩いていく。


三十分くらい歩いてから戻ると、レストランの方から物音が聞こえた。お父さんとお母さんが起きて、朝ごはんの準備をしているのだろう。多分、横山さんもすでに起きていて、雪下くんはまだ眠っている。

二階に上がろうとしていたら、横山さんが階段を下りてきた。

「おはようございます」横山さんも、わたしに気が付く。

「おはようございます」

「散歩してきたんですか？」

「はい」

「眠れなかった？」

「いえ、そういうわけではなくて、少しだけ早く起きてしまったんで」

「そう」顔色を確認するように、わたしを見る。「もうすぐ朝ごはんの準備ができると思います」

「ちょっと部屋に戻って、すぐに下りてきます」

「今日はパンなので、紅茶にしますか？　コーヒーもありますよ」

「紅茶をお願いします」

「用意しておきますね」

横山さんはロビーを抜けてレストランに入っていき、わたしは二階に上がって部屋に戻る。

窓を開けたまま出てしまったので、森から葉っぱが一枚だけ飛んできて、ベッドの上に落ちていた。網戸がないから、もっと暖かくなったら、虫が入ってきそうだ。昔の家には、網戸なんてなかったはずだ。けれど、風を通すためには、窓を閉め切っているわけにもいかない。蚊取り線香を焚いたり、蚊帳(かや)を吊るしたりすれば、防げるのだろうか。夏までいるつもりはなくても、どうなるかはわからない。葉っぱを森の方へ返し、窓を閉める。

スマホと鍵をチェストに置いておき、カーディガンをクローゼットにかけてから、部屋を出る。

各部屋には鍵がついていて、自分が部屋にいる時は中からかけている。しかし、貴重品を盗まれたりすることはないので、部屋にいない時は開けたままだ。広い家ではあるが、ロビーから死角になるようなところはない。誰がどこで何をしているかはなんとなくわかるので、部屋で待ち伏せされたりする心配もなかった。

「おはようございます」レストランに入り、厨房にいるお父さんとお母さんに声をかける。

「おはよう」ふたりは声を合わせ、返してくれる。

横山さんのお父さんとお母さんは、厨房にいるか少し離れたところにある畑に行っているかで、わたしや雪下くんと顔を合わせることは、食事の時間くらいしかない。何かあった場合は、横山さんと相談することになっている。そのため、おふたりと話すことはあまりないのだけれど、朝のあいさつは欠かさないようにしている。

朝昼夜と、わたしと雪下くんの体調だけではなくて精神的な状態まで考慮して、食事を用意してもらえる。大袈裟な感謝は、おふたりとも苦手そうだから、最低限のコミュニケーションを取る以外には、できるだけの手伝いをして気持ちを返すことにした。

「どうぞ」横山さんがトレーを渡してくる。

「ありがとうございます」

受け取って、窓側の席に座る。

トレーには、トーストと目玉焼きとレタスにプチトマトが載ったサラダとオレンジと紅茶が並んでいる。

朝は、ごはんの日の方が多いのだけれど、レストランが休みの日にお父さんが食パンを焼くことがあり、その後の数日間はトーストが出てくることになる。希望があれば、ごはんのままでもいいと言ってもらえたが、わたしはトーストにしてもらっている。市販の食パンよりも水分量が多くて、もちっとしている。小麦粉もいいものを使っているみたいで、ほどよく甘い。売るには、コスパが悪いため、あくまでも趣味ということだ。ここで暮らす者だけの特権として、食べられる。

窓の外を見ながら、サラダを食べて、バターを軽く塗ったトーストを食べて、紅茶を飲む。

空の高いところを鳥が飛んでいく。

先月のはじめ、デパートの喫茶店でレナと会い、街に戻ってきてからも、しばらくは普通に働けていた。留美ちゃんがいなくなってしまったことは、わたしには関係のないことだ。ココアちゃんや他の人に振り回されている場合ではない。わたしはわたしのために時間を使い、回復して、先に進もうと考えていた。けれど、自分が思っていた以上に心は傷ついて、疲れていたのだ。

面談に行くための準備をしていたら、急激に気が重くなり、動けなくなった。電話で役所に連絡をしたのだが、話すことも難しくなっていて、キャンセルの理由もまともに説明できなかった。そのまま何もできなくなり、急に「死にたい」という感情が胸の奥底から湧き上がってきて、全身に広がっていった。本気で死にたかったわけではない。冷蔵庫が開けっ放しだった時や車が不自然な衝撃を感知した時に鳴る警告音のようなものだ。自分の中のどこかにエラーが発生しているが、それが何かはわからなかった。

自分で自分を殺さないように、縛り付ける気持ちでベッドに横になっていた。少しも眠れなかったが、動けば死んでしまう気がしていた。這うようにしてトイレに入り、食べられるものを少しだけ口に押しこみ、水を飲んだ。過去の経験から、食べなくても水分を摂取していれば、数週間は生きられることを知っていた。そのうちに「死にたい」という気持ちは薄れていき、ぼんやりと「遠くへ行きたい」とだけ考えるようになった。その「遠く」がどこなのかもわからず、「せめて、横山さんの家に、しばらく泊めてもらえないか」と思い、役所にメールを送った。

雪下くんもまだいるし、難しいだろうと考えていたのだけれど、似たような別の場所を紹介してもらえるかもしれない。人のいるところに、行きたかった。すぐに新川さんから〈横山さんからも、どうぞ来てくださいと言ってもらえました〉と返信が届いた。ひとりで行くことが難しいようであれば、役所の車で送りますとも書いてあった。しかし、新川さんや役所の人と会ったら、何も話せない自分に辛くなってしまうだろう。荷物をスーツケースとリュックにまとめ、ひとりでバスで来た。

数日間は、頭がぼんやりしていて、何も食べる気がしなかったのだけれども、横山さんる。

のお母さんがおかゆや卵とじうどんを用意してくれた。少しずつ食べながら、実家に帰るべきかもしれないと考えた。でも、他人だから甘えられるということもある。自分の母親が相手だったら、元気にならなくてはいけないというプレッシャーで、余計に追いこまれる。

食べられるものを食べて、応接室で横山さんとたまに話す。アサイラムを療養施設にするために、横山さんは役所で新川さんたちと同じ研修を受けたようだ。森を散歩して、畑作業を手伝わせてもらい、広いお風呂に入り、ロビーやお風呂やお客様用のお手洗いの掃除を手伝ううちに、朝起きて夜眠る生活ができるところまで戻ってきた。それでも、マンションに戻ることを考えると、首を絞められたみたいな感覚になり、息が詰まった。

「おはようございます」寝ぐせのついた頭のまま、雪下くんが入ってきて厨房へ行く。

朝ごはんの載ったトレーをもらい、わたしとは離れたところの窓側の席に座る。雪下くんは、トーストがある日でも、ごはんと味噌汁といういつもと同じものを食べる。朝からパンを食べると、頭がぼうっとしてしまうらしい。お昼は、なんでも大丈夫みたいで、食パンで卵やハムのサンドイッチを作ってもらったりしていた。

レストランの端と端で、わたしも雪下くんも、何も話さずに朝ごはんを食べていく。

横山さんとお父さんとお母さんは、厨房でランチの仕込みをしていて、わたしと雪下くんが食べ終えて部屋に戻った後で、朝ごはんを食べる。

ここにわたしが来る前、横山さんから雪下くんに「真野さんが来ても、大丈夫?」と確認してくれたようだ。雪下くんが嫌がれば断るつもりだったと横山さんから聞いた。わたしも、雪下くんの生活を邪魔することはしたくなかった。

バスを降りて、ここまで歩いてきた時、門の前で雪下くんが待ってくれていた。

何か言わないといけないと思いつつも何も言えなくて、わたしは子供みたいに泣いてしまった。雪下くんは、どうしたらいいのか困った顔をしていた。それでも、わたしが泣き止むまで、黙って横にいてくれた。

朝ごはんを食べ終えたら、洗濯物を入れたカゴを部屋から取ってきて、一階のお風呂場の隣にあるランドリールームに行く。

最初の日に、横山さんから一階の共用スペースにあるお風呂場やランドリールームは好きに使っていいし、部屋にずっといることが息苦しくなる時には応接室で過ごしてもいい、と説明を受けた。レストランの厨房は、お父さんとお母さんの場所だから、入ってはいけない。お腹がすいた場合は、頼めば作ってもらえる。朝昼夜の食事の用意も片づけも、手伝わなくていい。各部屋に、小さな冷蔵庫と電気ケトルがあるため、困ることは特になかった。バスで団地の方へ十分ぐらい行ったところに広いドラッグストアがあり、飲み物やお菓子も売っていて、生活に必要なものは一通り揃っている。

洗濯機を回している間に、ランドリールームとお風呂場の掃除をする。

お風呂場は、一応ふたつあり、男女にわかれているのだけれど、今はひとつしか使われていない。横山さんもお父さんとお母さんも雪下くんも、湯船に浸かることはたまにしかないので、ほぼわたし専用になっている。わたしは、シャワーだけの日がつづくと、風邪を引いてしまうことがあるため、週に何日かは湯船に浸かりたかった。他に誰も使っていないのであれば悪いと考えたのだけれど、横山さんから「ここでは、遠慮する必要はない。希望していることや嫌なことは、全て言って」と言われた。

ひとりで使っても、掃除も自分ですることによって、気まずさは解消された。もともとは、会社の保養所だった時に使われていた大浴場なので、ひとりで入るには広いし、掃除も大変だ。

雪の降った日に「山登りとかしたら、いいのかもしれない」と考えたけれど、洗濯や掃除をするだけでも、充分に気が紛れる。隅の汚れまで、徹底的に落としていく。料理にも、同じような効果がある。お父さんとお母さんがずっと厨房や畑にいるのは、それが理由なのかもしれない。ここも、街の一部ではあるので、お互いの過去について聞かないというルールは適用される。そうではなかったとしても、明らかに何かがあった人に「何か、あったんですか?」なんて、聞いてはいけない。東京にいた時も、それより前の新潟にいた時も、そんなふうに考えず、無神経に聞いてくる人はいたし、こちらから聞いてしまったこともあった。

横山さんは、市の職員と同等の資格を持っているので、わたしや雪下くんの過去を知っているのかと思ったが、そうではないようだった。ここにいる間は、横山さんに話を聞いてもらうことはあっても、わたしの担当者は新川さんのままだ。

毎日のように、掃除をしているから、汚れているところはそんなにない。どこかに汚れがないか、ボディソープやシャンプーのボトルの裏まで探していく。もうなさそうだと思ったところで、洗濯の終わった音が聞こえてきた。

乾燥機も使えるのだけれど、晴れた日は外に洗濯物を干す。

洗い終えたものをカゴに入れて、ランドリールームの奥にある扉から庭に出る。

太陽が高いところまで昇り、散歩に出た時よりも暖かかった。

レストランからは見えない辺りに、洗濯ものを干せるようになっている。レストランのテーブルクロスや各部屋のベッドリネンをここで干す。下着だけは部屋に干すので、タオルやトレーナーや靴下をあいているところにかけていく。

庭の端では、雪下くんがハーブを見ていた。

雪下くんは、横山さんから教わり、ハーブの世話の手伝いをしている。朝ごはんの後は庭に出て、水や土の状態を確認したり、料理に使うミントやローズマリーを摘んだりしている。冬の間、何もしていなかったところの土を耕し、自分で種から植えて、ゼロから何か育てたりもしているようだ。

いいことだとは思うのだけれど、引っ掛かることもあった。

その何かを育てている間、雪下くんはここから出られなくなってしまう。

街と同様に、ここにも滞在期間の制限はない。横山さんとお父さんとお母さんが「大丈夫」と思える人しか受け入れてもらえないため、ショッピングモールや団地の辺りみたいに、知らない人が急に来ることはない。雪下くんが来るよりも前は、ずっと誰もいなかったようだし、今後も誰か来ることはないだろう。とても快適で安心できる分、ずっといてはいけない場所だと感じる。

「何を植えたの？」雪下くんの隣に立ち、芽が並ぶ辺りを指さす。

「秘密です」

「なんで？」

「ちゃんと育つかわからないので」

「そうか」

「うまくいけば、夏になるころには実が成ります」

「野菜かな？」

「どうでしょう」首をかしげてわたしを見て、少しだけ笑顔になる。

いきなり難しいものは作らないだろうから、家庭菜園でもできるトマトやキュウリやナスだろう。

雪下くんは、団地に置いていた荷物のうち、服や毎日の生活に必要なものはここに運んできて、自分で買った家具や家電はレンタル倉庫に預け、部屋を引き払った。ココアちゃんとお母さんが住みつづけているし、戻ることは難しい。ショッピングモールの物流の仕事は、ずっと休職扱いになっている。ここの滞在費は、市から給付金が出る。

「雪下くん」

「なんですか?」

「留美ちゃん、どうしてるかな?」

「うーん」

「会いたい?」

「うーん」困った顔をして、下を向いてしまう。

「ごめん、気にしないで」

「元気にしていてくれると、いい」小さな声で言う。

「……そうだね」

あのまま仲良くしていたら、いつか雪下くんも留美ちゃんを好きになることは、あったのだろうか。ふたりが恋人になって、ずっと一緒にいる未来は、望めたのだろうか。幸せそうにするふたりを想像して、夢見たくなってしまうけれど、無理だったのだと思う。

留美ちゃんは、雑貨屋を辞めて、街の支援を外れ、マンションから出ていった。

その後、山根さんのところにも行っていない。

ココアちゃんのお母さんが一度だけ、雑貨屋に来た。また暴れるのかと身構えたが、留美ちゃんがいるのではないかと思って、見にきただけだった。スナックにも出勤していなくて、連絡が取れなくなり、山根さんは「二百万円、持っていかれた。五回しかやってないから、一回四十万。とんだ高級娼婦だ」と笑っていたが、どう見ても怒っているということだ。「戻ってこない方がいい。何をされるか、わからない」とだけ言い、ココアちゃんのお母さんは帰っていった。もし山根さんが雑貨屋に来たら、どうしようかと思ったけれども、それはなかった。わたしも香坂さんも店長も、留美ちゃんにメッセージを送ったり電話をかけたりした。メッセージは既読にならず、電話にも出ない。役所に問い合わせてみても、「希望して、支援を外れた方のその後については、一切わからない」という返事だった。

森の方から風が吹いてくる。

木々が揺れ、葉が舞い、ハーブや小さな花も揺れる。

心配そうな顔をして、雪下くんは自分の植えた芽の並ぶ辺りを見る。

「少し風に吹かれたくらいで、駄目にはならないよ」

「もうちょっと伸びたら、風や雨避けの対策もします」

「そうだね」

「大事に育てるんです」

毎日毎日気にして、大事にしすぎではないかと思うけれど、水やりや土の状態について、横山さんから細かく教わったり相談したりしているみたいだから、大丈夫なのだろう。

周りに建物がなくて、街灯もないため、夜はとても暗い。

アサイラムも、レストランの夜の営業がない日は、門や玄関の照明を消す。それぞれの部屋の明かりがついているだけになる。応接室のソファから外を見ようとしても、何も見えなくて、窓が鏡のようになって、自分が映るだけだった。

「お茶、飲みますか？」夕ごはんの片づけを終えた横山さんが応接室に入ってくる。

「飲みます」

「ハーブティーでいいですか？」

「はい」

「雪下くんは、どうしますか？」

床に置いたクッションに座り、テーブルに広げたノートに何か書きこんでいる雪下くんに向かって、横山さんは聞く。

「真野さんと同じもので、大丈夫です」ノートから、顔を上げる。

「わかりました。少しお待ちください」

「お願いします」わたしと雪下くんは、レストランの方に戻る横山さんの背中に向かって言う。

夕ごはんの後、すぐに部屋に戻るとそのまま眠ってしまいそうになるので、応接室で過ごすことが習慣のようになっている。テレビはないし、スマホはできるだけ見ないようにしているため、特にやることはない。本でも読もうかと思うが、そういう気分にもなれなかった。雪下くんは、横山さんに教わったことをノートにまとめたりする他に、中学校の教科書や参考書を読んだり、数学の問題を解いたりしている。

中学生や高校生のころは、学校の勉強を役に立たないもののように考えていた。目標があり、そのためには大学に入った方がいいので、受験のための勉強でしかなかった。どの科目も、すごく苦手というわけではなかったが、得意でもない。成績は、上位に入っていたものの、学校内ではいい方というだけだ。大学に合格して、全て忘れていいと思ったのだけれど、そういうことではない。

英語は、多くの人とコミュニケーションを取るために、話せた方がいい。小さな子供であれば、耳で聞いて憶えるとかできるのかもしれないが、大人になってからは難しくなる。詰めこみ式と言われても、単語を片っ端から暗記していったことで、基礎ができた。受験では日本史を選択したけれども、世界史や地理の授業も受けていた。その知識は、旅行代理店の仕事で国内外の観光地や世界遺産を調べる時に役に立った。関係のない仕事に就いたとしたって、ドラマや映画を見る時にも、知識があることで理解が深まる。大学生の時に、ゼミで『若草物語』を読んだが、南北戦争を知っているか知らないかで、印象は変わっただろう。数学は、必要にはならないと思っていた。しかし、ルートや三平方の定理をそのまま使うことはなくても、考える力は必要だ。化学や物理や生物は、生活と繋がっている。

できることを増やすために、雪下くんは勉強していっている。

「真野さん、これってわかりますか？」雪下くんはテーブルに開いていた本をわたしの方に向ける。

数学の参考書だった。

中学生の数学ぐらいは、さすがにできるはずと思ったけれど、わからなかった。時間をかければ、解けそうだが、説明して教えられるほどではない。

先週は、もっと簡単な計算問題を解いていた。雪下くんは、頭がいいのだ。教科書や参考書を読み、わからないところを横山さんやわたしに聞き、ネットでも調べて、驚くような速さで勉強を進めていく。父親は、海外でも活躍するような建築家だったのだし、小学校から私立に通えるような経済力もある家だった。高いレベルの教育を受けることもできたはずだ。

とりあえず、この問題だけ解ければいいということであれば、教えられる。しかし、先に繋げていかなくてはいけない。役所に相談して、先生についてもらった方がいい。

「ちょっと無理かな。文系教科であれば、どうにかなるかも」

「そうですか」しょんぼりした声で言い、雪下くんは参考書の向きを直す。

「高校、行ってないんだよね？」

「はい。中学校も全然行ってませんが、卒業はしています」

「高校受験してみたら？　通信制とか、大人になってからでも、入れるところはあるよ」

「うーん」

「学歴で、将来が決まるわけじゃないけど、知識があることで世界は広がる。そしたら、人生の選択肢も増える」

一緒に働いている間、留美ちゃんに教えてあげられることは、もっとあった。年齢は上でも、わたしは留美ちゃんにとって、職場の後輩でしかなかった。友達と言うには、難しい関係だった。街という場所のことも考えて、踏みこみすぎないようにした。余計なお世話だとか思わず、彼女の人生では知らなかったようなことを伝えられていたら、違う今があったのかもしれない。集まりでの話によると、留美ちゃんの周りには、同じような友達が多そうだった。真面目な友達もいると話していたけれど、それほど親しいわけではなかったのだろう。

「高校は、いつか行ってみたいと思っています」雪下くんが言う。

「うん」

「でも、まずは、ちゃんと生活できるようになります」

「そうだね」

「銀河鉄道も、今は知っています」ノートから顔を上げ、わたしを見る。

「読んだ?」

「まだ読んでません」首を横に振る。「現代国語の参考書に『銀河鉄道の夜』って書いてありました。いつか、読もうと思います。ここは、星がたくさん見えそうです」

「わたしも、読んでみる」

「読んだことないんですか?」

「あるけど、憶えてない」

子供のころに、夏休みの課題図書で読んだはずだ。

夢を見ているような、美しい物語だったという印象だけが残っている。

「お待たせしました」横山さんがハーブティーの載ったトレーを持って、戻ってくる。「どうぞ、今日は庭で収穫したローズマリーを使いました」

話しながら、テーブルにカップとポットを並べていく。

透明なガラスのティーセットで、ポットにはローズマリーの葉が生のままで入っている。カップに注ぐと、香りが広がる。

「ローズマリーは、血液の流れを良くしてくれるから、冷えに効果があるんです。暖かくなってきましたが、夜はまだ冷えこむので」

「ありがとうございます」カップを受け取り、香りを嗅ぐ。

薬っぽいけれど、気持ちが落ち着く香りだ。

ノートと参考書を閉じて、雪下くんはクッションからソファに座り直す。横山さんも、わたしの斜め前に座り、一緒にハーブティーを飲む。

お父さんとお母さんは、厨房でスイーツを焼いているようだ。ロビーの方から微かに甘い香りがする。

「三食用意してもらって、お茶まで出してもらって、申し訳なくなってきます」まだ熱いので、ゆっくり飲む。

「気にしなくて、いいんですよ」

「あっ、なんか、ごめんなさい。今のは、そう言われたくて言ったみたいですね」

わたしが言うと、横山さんは少しだけ笑う。

「そうですね」

「ですよね」

「でも、本当に気にしなくていいです」横山さんは、わたしと雪下くんを見る。「おふたりのことは、うちの両親も気に入っています。人と接することが苦手なので、誰でもどうぞというわけにはいかないんです。おふたりは、やめてほしいと言ったことを守って、一定の距離を保ってくれる。信頼できるし、同じ屋根の下にいても、息苦しくない。毎日の食事代や生活費は、役所に申告して、ちゃんともらっています。だから、気にするようなことは、何もありません」

「そのお金は税金なので、やはり気になります」テーブルにカップを置く。

「たとえばですよ、僕が誰かを殺し、懲役刑になったとします。刑務所にいる間も、電気やガスや水を使って、食事もする。そのためのお金は、僕が払うわけではなくて、税金が使われるんです。この街を刑務所と同じように語ってはいけません。でも、加害者の更生のためには、当たり前のように税金が使われている。それなのに、被害者が心を取り戻すために、税金を使ってはいけないなんて、おかしいと思うんです」

「たしかに、そうですね」

拘置所や刑務所のために税金が使われることに対する批判も、聞いたことはある。しかし、寄付を募るわけにもいかないし、税金で運営していくしかない。批判は、大きな声にはならず、議論が進展することもなかった。加害者が刑務所で生活する間、被害者は誰からも支援してもらえなくて、自力で回復しないといけない。この街のはじまりには、被害者支援が必要という声もあった。

「だから、気にせず、おふたりはここでゆっくりしていいんです」

「はい」わたしが返事をして、雪下くんも小さくうなずく。

「もっと暖かくなったら、庭でミントが取れるので、モヒートを作ったりしましょう」

「……お酒ですか？」

「その方がいいです」

「ノンアルコールで」

「やってみたいことはあっても、父と母は僕に付き合ってくれないので、おふたりがいる間にできるといいなと思ってます」

「モヒート好きなので、ノンアルコールであれば、わたしも作ってみたいです」

横山さんは、ここから出る気はないのだろうか。

恋人はいないようだし、ここに出会いはない。恋愛や結婚を必ずしなければならないこととは思わない。でも、ずっとここで暮らし、両親に尽くすばかりの人生では、いつか後悔する日が来そうだ。レストランのお客さんたちと親しげに話すことはあっても、友達が遊びにくることはなかった。仕事以外の用事で、横山さんがひとりで出かけることもない。

お父さんもお母さんも、心の弱い人だ。だからって、表に出て、自分たちの代わりになんでもしてくれる息子を縛り付けていいわけではない。

「真野さん」声を潜めて、雪下くんはわたしを呼ぶ。

「何？」合わせて声を小さくする。

「モヒートって、なんですか？」

「えっと、カクテルの名前」

何度も飲んでいるのに、それ以上の説明ができなかった。

「ラムベースのカクテル」横山さんが説明してくれる。「ラム酒にミントの葉を大量に入れて炭酸水を注いで、ライムを入れる。僕も詳しくは知らないけど、これが基本。ノンアルコールの場合は、ヴァージンモヒートということもある。こだわらず、ミント以外にもレモングラスとか庭のハーブを使って、柑橘系の果物と合わせて、ソーダにして飲もう」

「はい」雪下くんは目を輝かせ、大きくうなずく。


暖かい日がつづき、このまま春になるのかと思っていたが、また寒くなった。もうすぐ桜が咲きはじめる。暖かい日と寒い日が交互に来て、天気の崩れる日もあるだろう。季節の変化には、身体ばかりではなくて、気持ちまで左右される。肌寒く感じる日は、無理せずに身体を温められる格好をする。足が冷えないように、厚手の靴下を履く。

部屋にずっといると気が滅入ってしまうから、できるだけ外に出る。

レストランはランチの営業中なので、お客さんからは見えない辺りで、庭の畑を見る。季節に合わせてハーブを育て、そのハーブは野菜や果物を育てるための虫除けにもなる。ランチのサラダに使う野菜は、ここともうひとつの畑だけでは賄いきれないから、他の畑や果樹園の人たちと物々交換をすることもあるようだ。その交渉や肉やお酒を頼んでいる業者さんとのやり取りも、全てを横山さんがひとりで担当している。

「スミレちゃん」

急に声をかけられて振り返ると、香坂さんがいた。

「ええっ！　どうしたんですか？」

「夫とランチに来たの」

「あっ！　そうなんですね！」

「声かけるか迷ったんだけど、横山くんから庭にいるだろうって聞いて」

「声かけてもらえて、嬉しいです！　ありがとうございます！」

人と話すことを難しく感じながらも、同時に人と話すことに飢えてもいた。

「元気そう。でもないのかな？」わたしの正面に立ち、香坂さんは首をかしげる。

「前よりは、元気になりました。体調は、全然問題ないです。でも、ここを出ようと考えると、ちょっと息が苦しくなります」

「そう」

「時間、大丈夫ですか？」

「夫は、横山くんのお父さんと話していて長くなりそうだから、大丈夫。あまり話さない者同士で、波長が合うみたい」

「そうなんですね」

「今日、雪下くんは？」

「面談で、役所に行っています」

話しながら、庭の隅のベンチに座る。

雪下くんは、今の状況や気持ちを横山さんに話す以外、定期的に面談にも行っている。心療内科にも通い、薬を処方してもらっているようだ。薬の種類によっては、ハーブと相性の良くないものもあるので、何を飲んでいるのか、横山さんに報告していた。たくさんの人が「雪下くんのために」と考えているけれど、本人はよく理解していないのではないかという気がする。

「お店、働けなくて、申し訳ないです」香坂さんに向かって、頭を下げる。

「気にしないでいいから。留美ちゃんが辞めた分、新しい人も入ったの。それで、店を閉めたりせず、シフトも組めてる」

「それは、良かったです」

仕事よりも、自分を優先していいとわかっていても、気になっていた。旅行代理店でも、急に何もできなくなってしまい、働けなくなった。あの時は、引き継ぎもできず、同僚に迷惑をかけた。雑貨屋では、誰かがいなくなっても困らないように、仕事が割り振られていた。なので、その点での心配はなかったが、だからいいと思えることではなかった。

「スミレちゃんも留美ちゃんもいなくなってしまった寂しさはあるけどね」

「……ごめんなさい」

「いいの、いいの」香坂さんは、笑顔で言う。「わたしにも、同じようなことはあったから。この街に来たばかりのころ、娘はまだ中学生だった。逃げるように引っ越してきて、夫の仕事に影響がないことを確認して、自分のパートも決まって、娘は元気に中学校に通えるようになって、全てが落ち着くと、起きたことを思い出すようになった。そしたら、急に何もできなくなってしまった。娘が高校生になって少し経ったころ、横山さんの家族と知り合った。近くに住んでいて、ごはんを作れない時に夫と娘に食べさせてくれたり、お世話になった」

「そうだったんですね」

「うちは、娘がいじめられたから、引っ越してきたんじゃないの。いじめでの受け入れからはじまって、どういう人が街に住めるか曖昧だった時期に、もぐりこんだ。いじめられていたのは、息子だから」

「息子さん？」

娘さんのことは、何度も聞いているが、香坂さんから息子さんのことは聞いたことがなかった。

「小学校でいじめられて、マンションの屋上から飛び降りたの。最終的には、自分で死を選んだ。でも、そこまで追いこんだのは同級生たちだった。裁判までして、何年もかけたのに、何も解決しなかった。いじめていた子たちは、いつもの遊びでしかなかったと言っただけ。娘は、まだ小さくて、違う小学校に通わせたけど、話は伝わってしまう。わたしと夫は、もういないお兄ちゃんのことばかり考えていて、寂しい思いをさせてしまった」

「……はい」

「あっ、ごめんね」香坂さんは、声を明るくする。「わたしのことを話したいのではなかった。こんな話を聞かされても、困るわよね」

「いいえ、困ったりはしません」わたしは、首を大きく横に振る。

「それぞれに過去はあって、これからどう生きていくのか悩んで、闘っていることはわかるから、気にせずに自分のことだけ考えていればいいの」

「はい、ありがとうございます」

「重い話を聞かせてしまって、本当にごめんなさい。スミレちゃんや留美ちゃんに、もっと話せることがあったんじゃないかって、ずっと考えていて。でも、わたし、お喋りなくせに、息子のことはうまく話せないのよ」

溜め息をつき、香坂さんは下を向いてしまう。

「大丈夫です。お気持ちは、なんとなく受け取れています」

わたしがここで留美ちゃんのことを考えていた間、香坂さんはわたしと留美ちゃんのことを考えてくれていたのだ。この街では、どうしても誰かと深く関わることが難しくなる。

相手の過去は聞けないし、自分の過去も気軽に話せることではない。でも、その中で、知り合った人たちに対して、傷つけないように優しくしようという気持ちは、強くなっていく。

「留美ちゃん、元気にしているといいのだけど」香坂さんが言う。

雲が流れて、太陽が隠れてしまう。

ずっと外にいるため、身体が冷えてきた。

中で話せば良かったのだろうけれど、香坂さんだとしても、勝手に応接室とかに入ってもらっていいのか、わからなかった。横山さんが「駄目」と言うとは思えない。不要な気遣いをせず、自分のしたいことを言えるようにならなければ、わたしはずっと変われないままだ。

「もっと話せばよかったと思っています」わたしから話す。「わたしは、留美ちゃんの過去を知っていました。噂で聞いたり話の中でなんとなく知ったのではなくて、同じ集まりに出ていたんです。はっきり聞いていたのだから、話せることはもっとあった気がします。仕事でも、パソコンの使い方とか、今後も活かせるように教えてあげられた。でも、それは、本人がいなくなってしまったから、そう考えられるだけなのでしょう。今、雪下くんと一緒にいますが、わたしにできることは、中学生までの勉強を少し見るぐらいです」

人の心は、あまりにも繊細で複雑だ。

今でも、雪下くんは、周りにいる人以上に、亡くなった両親を大事に考えているのだろう。勉強するようになっても、精神的な成長は見られない。一緒にいると、小学生ぐらいの子の相手をしている気分になることがあった。本気で両親を信じているわけではなくて、そうすることで、自分を守っているのだと思う。

「娘が街を出ると決めた時、安心した」落ち着いた声で、香坂さんは話す。「ここにも、人に迷惑をかける人はいる。けれど、息子の時のような理不尽な目に遭うことはない。まだ小学生で身体も小さかったのに、殴られたり蹴られたりすることがあった。無理に服を脱がされたりもしていた。親や先生や他の大人たちに見つからないように、うまく計算されていた。息子が死んで、同じクラスだった子たちの何人かは、先生に訴えてくれた。それでも、いじめとは認めてもらえなかった。そういう場所に戻る必要なんてないと考えていた。でもね、この街の狭さも感じていた。世界には、娘がもっと幸せに生きられる場所はあるかもしれない」

「はい」

「辛くなったら、戻ってこられるように、わたしと夫はここにいつづけることを選んだ。でも、そんな必要はなかった。あの子は、自分のしたい仕事をして、結婚して子供を産み、幸せそうに暮らしている。出ていけなくなってしまった人も、たくさん見ている。それで、その人が幸せならばいいけれど、そうではない人もたくさんいる」

「……はい」

そういう人は、横山さんばかりではなくて、他にもいるのだ。

横山さんを不幸だとは言わないけれど、人生の選択肢はたくさんあったのではないかと思う。

「雑貨屋に戻ってこなくても、いいんだからね」わたしの目を見て、香坂さんは言う。

「えっ?」

「戻ってきたいのであれば、場所はある。でも、戻らないといけないとは、考えなくていい」

「……ありがとうございます」

「この先、何を選ぶとしても、わたしと店長に報告には来てほしいかな」

「それは、約束します」

わたしが急にいなくなったら、寂しい思いをする人がいる。

それは、明日も生きていくための支えになる。


駐車場まで香坂さんを見送って、アサイラムに戻ろうとしたら、バス停の方から雪下くんが歩いてきた。役所に行き、ついでに床屋か美容院で髪を切ってきたようだ。ちょっと切りすぎじゃないかと思うくらい、前髪が短くなっている。

「おかえりなさい」わたしから声をかける。

「ただいまです」

「髪、切ったんだね」話しながら、並んで歩く。

「はい」

「さっぱりしたね」

「そうですね」

　ここに来る前、会社の同僚や学校の友達が相手だったら、当たり前のように、切りすぎたことをからかっていた。からかわれて楽になることもあるけれど、いい気分にはならない。自分が同じ状況の時、やられたら嫌なことでも、気にしなかった。みんながやっていることであり、そうして笑いが生まれる楽しいことみたいに考えていた。

　中学生や高校生の時は、それがいじめに繋がることもあった。大学の同じ学部には、いじられ役と言われている男の子がいて、本人は「やめてほしい」と真剣に訴えたこともあった。その真剣ささえも、みんなでいじりつづけた。彼は、卒業後に就職した会社を半年も経たないうちに辞めてしまった。メンタルの問題だと聞いた。それも、おもしろおかしい話のように噂された。

「本も買ってきました」雪下くんは、ショルダーバッグから文庫本を出す。

　宮沢賢治の『銀河鉄道の夜』だった。

　歩きながら、ページをめくっていく。

「本は、あまり読んだことがないから、時間がかかるかもしれませんが、少しずつ読みます」

「夜、電車を見にいったりはしないの？」

「遅くなると、帰ってこられなくなるので」本をバッグにしまう。

ここまで来るバスは、最終が十九時までしかない。団地の辺りまでは、もっと遅いバスがあるけれど、そこから歩いて帰ってくるには、遠い。

「車、運転しようか?」横山さんに頼めば、車を借りられる。

「運転できるんですか?」

「免許はあるし、前は結構運転してたから、ちょっと練習すれば大丈夫だと思う」

「じゃあ、湖に行きたいです」

「……湖?」

「バーベキューに行った湖」

「いいよ」

ここは、行き止まりだ。

生きていける場所を失い、選択肢がないまま、ここへ来た。

雪下くんが「行きたい」と望む場所があるのであれば、連れていってあげたかった。

事前に連絡をして、いつもよりも長めに面談の時間を取ってもらった。

八年前の夏、八月二十三日の午前二時、大学三年生だったわたしに何が起きたのか、「事実」を話そうと決めていた。

時間が経っているため、憶えていないこともあった。逃げようと暴れた時のことは、必死だったため何が起きたのか、そもそも把握できていない。自分の話していることは、やはり主観的でしかなくて、客観的な事実ではないのではないかと迷う気持ちもあった。「自分も悪かった」と考えそうになるたびに、街に来てからの生活を思い出した。彼は、わたしよりも二十センチくらい背が高くて、力も強かった。それでも、逃げられたのかもしれない、壁の薄いアパートだったから大きな声を上げて助けを呼びつづければよかったのかもしれない、殺される覚悟で抵抗するべきだった、と何度も思ってきた。けれど、無理だったのだ。「殺されるかもしれない」と、諦めた瞬間のことは、鮮明に記憶に残っている。

あの瞬間、それまでのわたしは、彼に殺されたのだ。

焦らず、慌てず、少しお茶を飲んで、深呼吸をして、ひとつひとつ話していく。話す順番が前後してしまい、同じことを繰り返し話すことになってしまっても、新川さんは小さくうなずきながら、聞きつづけてくれる。

行為が終わった後、彼は「ずっと真野のことが好きだった」と言って、帰っていった。彼にとっては、「青春の一ページ」みたいな出来事にされるのだろうかと考えているうちに、どれだけ時間が過ぎたのか、外が明るくなっていった。夏休みの朝、兄と近所の神社にラジオ体操に通ったことを思い出した。起き上がってみると、身体中にいくつかの痣ができていた。青や赤や紫に色の変わった二の腕やふくらはぎを見ながら、シャワーを浴び、髪も洗った。痛みは、あまり感じなかった。自分の身体を「腐った果物のようだ」と思った。服を着れば、隠せるところだったため、朝ごはんを食べてカフェのバイトへ行った。平気だったわけではない。感覚が麻痺していたのだ。夜まで働き帰ってきて、部屋の鍵を開けようとした瞬間にパニックを起こし、どうすればいいのかも考えられないまま、母親に電話をかけた。

あの時、母親が親身になってくれていたらと考えるのは、間違っているのだろうか。わたしは、二十一歳で成人していたし、全ては自分の責任だ。でも、まだ大学生で、世間のことなんて何もわかっていなかった。父親が引っ越し代を出してくれて、兄が手伝ってくれたことに感謝して、家族に言われた通り、何もなかったことにすると自分に言い聞かせた。抵抗した時、頭や肘や他のどこかをぶつけたのか、壁が三箇所も大きくへこんでいた。ワンルームで六畳しかない部屋は、暴れて逃げ回るにはとても狭かった。玄関や窓から出ようとしても、すぐに捕まった。修繕費がかかるため、敷金は返ってこなかったが、父親は「気にしないでいい」と言っただけだった。避妊はしていたし、日を考えても妊娠しているとは考えられなかったけれど、引っ越し先で最初の生理が来た時には、泣いた。そこからまた生まれ変わろうと決意した。

そんなに簡単なことではなかったと自覚するのは、大学を卒業して就職して、何年も経ってからだ。

いや、本当は、その何年もの間も、そのことに気がついていた。

みんなと同じように、普通に生活できている姿を、自分で監視している気分だった。何もできなくなる日まで、厳しく監視しつづけた。

「以上です」

わたしが話し終えると、新川さんは大きくうなずく。

「加害者に対して、今、どう考えていますか？」

「恨みも怒りもあります。不幸になればいいと、今でも思っています。けれど、復讐しようとかは考えません。わたしの人生に二度と関わってほしくないんです」

「謝ってほしいとは、思いませんか？」

「思いません」

「なぜ？」

「許さないといけなくなるから」

「そうですね」

ベランダから、裏の公園を眺める。

桜は満開で、ほんのりピンク色に染まっていた。

木々の間から、お花見をする人たちや駆け回る子供たちの姿も見えた。

季節の変わり目で、曇る日も多いが、今日はよく晴れている。

去年は引っ越してきたばかりで慌ただしくするうちに、散ってしまった。今年はゆっくり見られるかと思っていたが、無理そうだ。

また引っ越しに追われている。

物干し竿は、もともとあったものなので、そのまま置いていっていい。洗濯物を干すのに使っていた角形ハンガーや洗濯ばさみをまとめて、燃えないゴミの袋に入れる。ここに来た時に安いプラスチックのものを買ったため、一年しか経っていなくても、割れたりヒビが入ったりしていた。必要になったら、また新しく買い直した方がいい。隅に溜まっていた枯れ葉や髪の毛を掃き、燃えるゴミの袋に入れてから、部屋の中に戻る。

たった一年しか住まなかったし、買い足したものは生活雑貨ぐらいだ。捨てるものはそんなにないと思っていたが、意外とゴミが出る。

この街に来た時は、慌てて逃げるような気持ちで来たため、判断力が鈍っていた。捨てるかどうするか決められないで、とりあえず持ってきたものも多い。東京の部屋より広かったので、使わないものをしまっておくスペースもあった。クローゼットには、段ボール箱から出したものの、一年間で一度も着なかったシャツやスカートが並んでいる。洋服や下着、調理器具や雑貨や本など、ついでに断捨離していく。

先のことは考えず、今の自分にとって、必要なものなのかどうかで残すものを決める。生活していくために、最低限のものだけあれば、いいような気がしてくる。だが、そういうわけにもいかない。今後使うことはないとしても、自分の気に入っているものは大事にしておきたい。着ないかもしれなくても、かわいいと感じるワンピースは捨てられなかった。ネットで断捨離について調べると、写真に撮っておけばいいとか書かれている。でも、実物と写真では、わけが違う。迷いながらで、なかなか進まなくなっても、適当にはしないでちゃんと考えたかった。

まずは、残すものと捨てるものに、大きくわけていく。捨てるものは、燃えるか燃えないかその他なのか、分別して袋に入れる。残すものも、引っ越し先に送るものと実家に送るもので、違う段ボール箱に詰める。母親にお願いして、引っ越し先に持っていけないものは、実家のわたしが使っていた部屋に、しばらく置いておいてもらうことにした。もうすぐ三十歳になるのに、親に甘えるのは申し訳ない。無理な場合は、レンタル倉庫を借りようと思って調べもした。けれども、母親はわたしが帰るわけでもないのに、張り切っているようだった。兄の部屋もあいているから、好きなだけ送ってきていいと言われた。

クローゼットを見て、衣装ケースの中を整理して、食器棚のお皿やお椀をひとつひとつ新聞紙で包んでいく。

部屋の中が暗くなってきたので、電気をつける。

住宅街と団地の並ぶ先、山の向こうに陽が沈んでいく。


棚の隅に並べていたマフラーや手袋やひざ掛けの数を確認しながら、段ボール箱に詰める。何が入っているかわからなくならないように、在庫数を書いた紙を側面に貼ってから、箱をしめる。棚のあいたところに、レモン柄のストールや襟元にレースがあしらわれたブラウスを並べていく。

できるだけ明るい雰囲気に見えるように、色の配置や畳み方を変えてみる。

離れたところから見て、手に取りたくなるかどうかを考えつつ、位置を変える。

店頭の目に留まりやすい台には、桜柄の食器や花びらの形のアクセサリーが並んでいる。そろそろ桜の季節も、終わる。シリーズではないが、レモン柄の雑貨が増えてきていた。夏物を前面に出すには、まだ早い気もするけれど、レモン柄のものをまとめてもいいかもしれない。しかし、その前に、できるだけ在庫を残さないようにするため、桜柄のものをもう少し減らしたい。

こういう時、留美ちゃんは判断が早かった。

季節ごとの店内の装飾を楽しみ、お客さんが喜んでくれるような棚を作り上げた。一緒に働いていた時は、わたしよりも長くここに勤めているからとしか考えられず、彼女の得意なことに気づけなかった。留美ちゃんが辞めてから、店内の装飾の方針が定まらなくなり、なんとなく全体のバランスが悪い。

「スミレちゃん、この段ボール箱は倉庫に持っていく?」香坂さんが隣に立ち、声をかけてくる。

「はい、後で持っていきます」

「行こうか?」

「大丈夫です。先に行ってきちゃいますね。何か取ってくるものとか、ありますか?」

「特にないかな」

「じゃあ、行ってきます」

中身は軽いけれど、大きな段ボール箱だから、台車に載せて運んでいく。

平日の午前中なので、ほとんどお客さんはいなくて、閑散としている。ネットをかけて、閉まっている店もいくつかあった。店と店の間を通り抜け、バックヤードに入る。

まっすぐに廊下を進んでいく。

四月から雑貨屋の仕事に復帰した。

新川さんや店長と相談して、しばらくはアルバイトとして働くことになった。六時間勤務で週に三日か四日、出勤する。早番が基本で、休憩時間を入れても、夕方には退勤できる。また週五勤務のパートに戻るのか、違う仕事を探すのかは、自分が次の段階に進んでも大丈夫だと思えるようになってから、決めることにした。

面談で、事実を話した。

あの時のことを冷静に考えられるようになり、自分は悪くなかったと思えている。あんな身勝手なことに、わたしの人生を決められたくない。そう思えるようになったからって、終わったわけではないのだ。終わりなんてなくて、一生思い出し、考えつづける。他の楽しかったことや嬉しかったことの記憶が薄れてしまっても、忘れられない。振り回されないように、どう生きていくのか。これからの方がずっと長い。

倉庫に入り、段ボール箱を奥の方に積み上げる。

ついでに、整理をする。必要になりそうなものを取り出しやすい場所に置き、しばらく使わないであろうものを奥にしまう。季節ものの商品でも、廃棄されることはない。全国の店舗をまわり、アウトレット店舗までいき、それでも売れなかったものがなぜかここに送られてくることがある。都内の店舗だと、倉庫がないところも多い。とりあえずの保管場所みたいに使われていて、いつのものかもわからないような段ボール箱がある。

ここの倉庫の管理も、留美ちゃんがやってくれていた。店の装飾に使うものや去年の商品の在庫がどこにあるか、全てを把握していた。薄暗くて、段ボール箱にはうっすらほこりが積もっている。みんながやりたがる仕事ではない。わたしも、荷物を運んだり取りにきたりした時に、軽く整理するようにしていたけれど、留美ちゃんの手伝い程度にしかなっていなかったのだろう。

鍵をかけ、台車を押して店に戻る。

ウエットティッシュで軽く手を拭いてから、レジカウンターに入る。

香坂さんもレジに入ってきて、並んで立つ。

「引っ越し、片づいた？」

「それほど、荷物もないので」

「そっか」

「あの、車って、貸してもらうことできますか？」

「いいよ。いつ？」

「ちょっとまだ決まってないんですけど」

「わかった。決まったら、教えて」

「はい」

雪下くんと一緒に湖に行く約束をしている。

横山さんの車を借りようと思っていたのだけれども、レストランの買い出しや農作業に行くため、ほぼ毎日使っている。荷物をたくさん積めるように、大きめのサイズのワゴン車なので、運転できる自信もなかった。香坂さんの家の車の方がコンパクトで、実家で母親が乗っていた車に近い。

「うちも、引っ越そうかな」香坂さんが言う。

「えっ？」

「街の中でね」

「ああ、はい」

「今の家、娘がいたころから住んでいて、夫婦ふたりだと持て余すの。孫が小学生になったら、娘が孫を連れて泊まりにくることも少なくなるだろうから、もう充分かな。マンションにでも住んで、一度荷物を減らすことも、老後の準備として大事だろうし」

「引っ越し、すっごいゴミ出ますね」

「そうなの？　スミレちゃんのところは、そんなことなかったでしょ？」驚いたような顔で、香坂さんはわたしを見る。

「一年しか住んでないから、そんなに出ないと思ってたのに、甘かったです。大きなものはなくても、中くらいのものがたくさんありました」

「……中くらい？」

「紅茶の缶とか傷だらけのまな板とか、百均で買ったまま使わなかった調理器具とか」

「なるほど」小さくうなずく。「うちなんて、娘が置いていったものもあるから、考えただけで、大変。だからこそ、今のうちに、減らしておきたい」

「うちの実家も、同じ状態だと思うので、わかります」

わたしが店に戻ってきてから、香坂さんとは前以上に表面的で浅いことしか話さなくなった。今日の夜には、何を話したかも忘れてしまうような、穏やかな会話がどこまでもつづいていく。お互いの過去に触れることはせず、留美ちゃんや雪下くんや横山さんの名前を出すこともない。

お客さんが来たので、レジは香坂さんに任せ、わたしはカウンターから出る。

やっぱり、店頭に桜の商品が並んでいることが気になるため、台の前に立つ。小花柄とか、他にも春らしい商品はある。紫色のスミレ柄のものも、いくつかあった。そういったものを一緒に並べ、季節の変化に合わせて、割合を変えていけばいいだろうか。

通路の先で、何かが崩れたような音が響く。

背の高い男性のお客さんで、紙袋の持ち手が切れてしまったようで、床に商品をばらまいていた。

買ったものは下着やシャツだが、一緒に分厚い本を何冊か入れていたみたいだ。雑貨屋のお客さんであれば、代わりの袋を持って駆け寄って荷物を詰め直すけれど、そうではないからどうすることもできない。別のフロアで買ったものなのか、周りの店の誰も彼に声をかけなかった。男性は、持ち手が切れた紙袋に、投げこむように荷物を戻し、両手で抱え上げる。

顔を上げた瞬間、目が合う。

三十代後半か四十代前半、わたしよりずっと年上だし、知らない人だ。けれど、背格好が彼と似ていた。顔は違っても、身長や肩幅といったシルエットが近くて、八年も前のことが頭の中に一気に広がっていく。

荷物を両手で抱えたまま、男性はわたしの方にまっすぐに歩いてくる。

殴られる。

急にそんな気がして、手足が震える。目を逸らして背を向け、台に並ぶハンドタオルに触る。仕事をしているという顔をして、黙っていればいいと思っても、呼吸が浅くなる。

男性は、何も言わず何もせずにわたしの後ろを通り過ぎて、エスカレーターの方へ歩いていく。


バスを降りたら、雪下くんがバス停のベンチに座っていた。

どこかへ行くのかと思ったが、バスに乗らないで、そのまま座っている。

「おかえりなさい」わたしの顔を見て、雪下くんは立ち上がる。

「どこか行くの？」

「ううん」首を横に振る。「真野さんがそろそろ帰ってくる時間だと思って」

「迎えにきてくれたの？」少しだけ上にある顔を見上げる。

「うん」大きくうなずく。

「ありがとう」

他に誰もいない道を並んで帰る。

日が長くなってきているが、バイトを終えてバスでここまで帰ってくると、空はもう暗くなりはじめている。

少し前までは、真っ暗だった。

わたしが「もうちょっとだけでも、早く帰れるようにしてもらおうかな」と話したから、心配してくれたのだろう。

雪下くんは、三月末でショッピングモールの物流の仕事を辞めた。

復帰できないままだったが、最後の挨拶に行った時には、一緒に働いていた人や各店舗で関わりのあった人たちに「元気でね。無理しないで」と、しつこいくらいに何度も言われていた。お花やお菓子よりも、使えるものの方がいいだろうと、商品券みたいなものを大量にもらっていた。誰も「いつでも、遊びにきて」や「また戻ってきて」とは、言わなかった。

今は、働いていないわけではなくて、正式に横山さんの仕事を手伝うことになった。畑仕事を手伝い、レストランで使う野菜や果物の仕入れについていく。横山さんのお父さんとお母さんに許可してもらえたため、野菜の下ごしらえ程度のこともしている。役所の担当者が間に入り、勤務日数や時間を決めて、給料も支払われている。

歩くうちに、空は暗くなり、ひとつふたつと星が出てくる。

月が出ていないからか、より暗く感じる。

「香坂さんが車貸してくれるって」

「……車?」

「湖、行きたいんでしょ?」

「あっ、はい」

街灯はあるものの、ひとつひとつの間隔が開いている。走る車のための目印のようなものであり、歩く足元を照らしてくれるわけではない。隣にいる雪下くんの顔さえも、よく見えなかった。

「横山さんの車では、駄目なんですか?」雪下くんが聞いてくる。

「仕事に使うだろうし、ちょっと大きいんだよね」

「ふうん」よくわかっていないのか、曖昧にうなずく。

「香坂さんの車の方が運転しやすそうだから。湖に行く前に、運転の練習はしておく」

「僕も、免許を取ろうかと考えています。そうすれば、仕入れの仕事には、僕ひとりで行けるようになります」

「それは、いいかもね」

ショッピングモールではかわいがられていたし、ココアちゃんとお母さんのことがなければ、ずっと働けていただろう。でも、そのまま、他の仕事や生活を考えることもしないで、一生を終えていたかもしれない。ひとりでの生活が難しくなって、横山さんと出会ったことで、雪下くんの生活は大きく変わろうとしている。

そう考えると、あの時にココアちゃんのお母さんに怒鳴られたことは「いいきっかけだった」ような気がしてしまう。

けれど、運が良かっただけのことで、いい話みたいに思ってはいけない。誰かに心や身体を傷つけられ、何もできなくなってしまい、部屋からも出られず、ただただ生きるためだけの日々を過ごす人はたくさんいる。

そういう人は、この街だけではなくて、世界中にいるのだ。

アサイラムの近くまで来たら、門と正面玄関の明かりがついているのが見えた。今日は、レストランの夜営業は休みのはずだ。

「真野さんが帰ってくるまでは、つけておくことになりました」

「えっ？」

「横山さんから、これからのルールとして足されたんです。真野さんだけではなくて、横山さんとお父さんとお母さんと僕、全員が帰ってくるまで、門と玄関の明かりは消さないようにしてください。みんな帰ってきたことが確認できたら、消していいです」

「わかった」

マンションを出て、わたしは一時的な滞在ではなくて、アサイラムに住むことにした。

横山さんともお父さんとお母さんとも話し合い、新川さんとも相談して、住むことの許可をもらった。自分の部屋に置ける荷物は少ないため、ほとんどを実家に送った。必要になるかもしれないものはわかるように箱に記したので、その時に送り返してもらう。

一日だけ実家に帰って、これまでのことやこれからのことを両親に話した。父親も母親も、全てを理解してくれたわけではない。それでも、わたしが前に進もうとしていること、そのために両親を頼って甘えることは喜んでくれているようだった。久しぶりに、みるくの散歩にも行き、家の近くを歩いた。高校生の時に付き合っていた彼氏の家が取り壊され、更地になっていた。

正面玄関の前に立ち、雪下くんはカーゴパンツのポケットから鍵を出す。

鍵を開け、ドアを開ける。

レストランの電気は消えていたから、それぞれ自分の部屋にいるのだろう。

ロビーの電気はついたままだった。

「ただいま」わたしと雪下くんは、声を揃える。

バイトが休みの日は、できるだけ何もしないでゆっくり過ごすことを心がけているが、部屋にいても落ち着かなくて、何かやりたくなってしまう。

洗濯をして、ロビーや応接室の掃除をする。

周りの森も山も、日に日に新緑に染まり、晴れた日には青々とした葉が光っているように見える。窓を開けると、心地好い風が吹き、長袖のシャツ一枚で快適に過ごせる。

応接室のテーブルを拭いていると、レストランから横山さんが出てきて、わたしの方に来る。

「真野さん、ちょっとご相談したいことがあるのですが、時間取れる時って、ありますか？」

「今でも、大丈夫ですよ」

「ここでいいですか？　レストランの方にしますか？」

「……えっと、レストランの方にします」

今日は、昼も夜も休みだけれど、レストランの厨房にはお父さんとお母さんがいて、焼き菓子を作っている。雪下くんは、仕入れでお世話になっている農家に、ひとりで手伝いにいっている。重いものを運ぶような力仕事を手伝いつつ、土の作り方や野菜ごとの種や苗の扱い方を勉強させてもらっているらしい。

「ここの掃除を終えてしまいたいので、少しだけ待ってもらってもいいですか？」わたしから横山さんに聞く。

「レストランで待ってますね」

「わかりました」

「急がなくていいですよ」横山さんは、応接室から出てレストランの方へ戻る。

「はい」

テーブルを拭き終え、窓を閉める。

共用のお手洗いに行って、雑巾を洗って干し、手も洗ってから、レストランに行く。

横山さんは、レジ横の棚の焼き菓子を並べ直していた。

厨房では焼き菓子を焼いているため、甘い香りがレストラン中に広がっている。

「お待たせしました」横に立ち、声をかける。

「何か飲みますか？」

「自分でやります」

バイトが休みの日は、レストランの手伝いに入ることもある。

厨房にはまだ入れなくても、カウンター内でドリンクは作れるようになった。

「じゃあ、僕の分も、お願いしていいですか？」

「何にしますか？」

「ホットの紅茶をストレートでお願いします」

「少しお待ちください」

ティーバッグを使っているから、難しいことはないけれど、先にカップを温めて、できるだけ丁寧に淹れる。お湯の温度やティーバッグを取り出すタイミング、些細なことで香りが変わる。

自分の分も紅茶を淹れて、窓側のテーブルに並べる。

横山さんと向かい合って座る。

「ご相談って、なんでしょうか？」わたしから聞く。

「ここの今後のことなんです」

「……今後？」

相談を重ね、住むことになったけれど、ここは役所とは違う。あくまでも、横山さんの家族のお店であり、住む家なのだ。わたしや雪下くんが住みつづけたいと希望したところで、それができなくなってしまうことはある。

「少しずつですが、住人を増やしていこうと考えています」

「あっ、そっちなんですね」

「……そっち？」横山さんは、首をかしげる。

「なくなってしまうのかなって、一瞬考えました」

「そっちではないです」少しだけ笑う。

「良かったです」

「雪下くんと真野さんに住んでもらって、父も母も僕も、やっていけるのではないかと思えるようになりました」

「はい」

「ただ、誰でもいいというわけではないです。なので、いきなり何人も増えるわけではありません。部屋の数も、そんなにないので。役所の人と相談して、ひとりひとり増えていくことになると思います。その時、もともと住む人たちが不快になるようなことは起きてほしくないので、気になることがあった場合、なんでも言ってください。住人は、両親と僕が一緒に住めると思える人で、真野さんと雪下くんも大丈夫と思える人で考えていきます」

「わかりました。わたしは、横山さんとお父さんとお母さんが決めた人であれば、問題ないと思います」

背の高い男性以外にも、苦手と感じてしまうタイプの人はいるけれど、そういう人は雪下くんや横山さんも、あまり好きではない人だと思う。

「真野さん」横山さんは、まっすぐにわたしを見る。「僕は同じ屋根の下で暮らしても、真野さんの家族ではないし、担当者でもないから、何かを厳しく言うつもりはありません。けれど、今の言い方は、良くないんじゃないでしょうか?」

「えっ?」

「僕と両親に気を遣わず、言いたいことは言ってください」

「あっ、そうですね」

みんなに任せれば大丈夫という信頼だけではなくて、自己主張して迷惑をかけない方がいいという気持ちもあった。無意識に自分を下げ、周りを優先させてしまう。これは、親切とか優しいとか言われた方がいいという価値観の中で生きてきて、身についてしまった悪いクセだ。わたしの人生なのだから、最優先するべきは、わたしなのだ。

「ここで暮らす人が決まったら、また相談させてください」

「決まる前に、相談しますよ。真野さんが少しでも引っ掛かりを覚える人を、ここの住人に決めることはありません」

「わかりました」

紅茶を飲み、気持ちを落ち着ける。

カップを温めてから淹れたため、まだ冷めていなかった。柑橘系の果物の入った紅茶で、爽やかな香りがする。

「それで、もうひとつ相談があるんです」

「なんでしょう?」カップを置く。

「今、レストランの手伝いに入ってもらったり、共用スペースの掃除をしてもらったりしています。それをちゃんと仕事にした方がいいのではないかと考えています」

「ああ、はい」

返事をしながら、自分がどうしたいのか考える。

自分も使う場所だから、掃除をしていただけだ。レストランの手伝いは、自分が疲れない範囲でしかやっていない。仕事ではないため、趣味のような気持ちで、好きにできた。

「人が増えた場合、掃除をする人としない人がわかれてくると思います。当番制にしたり、全員の義務にする気はありません。掃除やレストランの手伝いをする人には、それを仕事として、給料が出るようにする。そうした方が明確でいい」

「でも、仕事になると、気楽にできなくなります」考えながら、わたしは話す。「自分の気分次第でできるような、余裕は残しておきたいです。掃除に没頭することで、気分転換にもなるので。レストランの方は、お父さんとお母さんの許可をもらえた人だけができることで、仕事として責任を持つということでいいと思います。お手洗いとか、お客さんも使う部分の掃除は、その仕事のうちのひとつにする。応接室やお風呂場などの住居部分に関しては、使った人が掃除をするというぐらいで、いいのではないでしょうか。全てが仕事になると、それがプレッシャーになってしまうこともある。お互いの状況を見て手伝い合い、うまく回らない場合は住人同士で相談する」

「なるほど」

「仕事にして、給料をもらうことが自立に繋がる人もいると思うので、実際にどんな人が住むのかを見て、考えてもいい気がします」

話すうちに、頭の中のずっと眠っていた部分が目を覚ましていくような気分になった。

旅行代理店で、お客様のことを考え、旅行のプランについて相談していた時のことを思い出す。自分自身が国内や海外を旅行したくて、就いた仕事だった。けれど、いつからか、誰かのために調べて計画を立てて、それを喜んでもらえることに、仕事の楽しさを感じるようになった。

「真野さんには、ここをどのように運営していくか考えてもらって、それを仕事にした方がいいかもしれませんね」

「そうですねっ！」自分が思った以上の大きな声で、返事をしてしまう。

横山さんは、驚いた顔をした後で、声を上げて笑う。

その姿に、わたしも驚いてしまう。

いつも穏やかで、微笑んでいる姿の印象の強い人だけれど、笑い声を上げたところを初めて見た。

「あの、横山さんは、それでいいんですか？」

「どういうことですか？」笑うのをやめて、わたしを見る。

「ここに人が増えれば、横山さんの仕事も増えます。そしたら、横山さんの希望することはできなくなる。ここを出たいと考えたことはないのでしょうか？」

「うーん」困ったような顔をして、下を向く。

「ごめんなさい。わたしが聞いていいことではありませんでした。気にしないでください」

「いえ、大丈夫です」顔を上げる。「少しだけ、僕のことを話していいですか？　聞かないという権利も、真野さんにはあります」

正面に座り、横山さんはまっすぐにわたしを見ているけれど、目が合っていない気がした。

「聞きます」はっきりと伝える。

「レストランを利用するお客さんも、僕たち家族がここに住む理由は、両親にあるのだろうと考えていると思います。僕のことは、両親に振り回されるかわいそうな息子と見ている」

「……はい」うなずきにくいが、わたしもそう思っている。

「違うんです」横山さんは、小さく息を吐く。「ここに住むことになった理由は、僕にあります。小学生の時、酷いいじめに遭っていました。いじめと言うと、軽く聞こえてしまう。あれは、犯罪でした。同級生からの暴力ばかりではなくて、助けてくれた教師からの性的な加害行為もあった。身体が小さかったとかおとなしかったとか運動が苦手だったとか、加害に遭う理由にはなりません。でも、それらを理由に、暴力はつづく。四年生や五年生になると、大人とそれほど変わらない力がついてくる。プロレスごっこは、遊びなんかではない。子供だった僕は、どうすればいいのかわからなかった。自分で自分の身体を殺すよりも前に、心が死んでしまった。父は行列ができるようなケーキ屋のパティシエで、母は近所にあった洋食屋で料理人をしていました。ふたりとも、仕事もそれまでの人間関係も迷わず捨てて、僕と一緒にここに来てくれた。もともと両親も、心の強い人ではありませんでした。息子が傷つけられていると気づけなかったことで、自分たちの心を壊してしまった」

「……ごめんなさい」

街に来てから、たくさんの人の話を聞いてきた。明るく見える留美ちゃんも優しくて朗らかな香坂さんも子供みたいに純粋な雪下くんも、それぞれの過去を抱えている。住人ばかりではなくて、新川さんや店長にも、辛い経験はあった。常に、そのことを意識して暮らしてきたのに、横山さんのことを考えられていなかった。

「謝らないでください」

「……はい」泣きそうになってしまい、堪える。

香坂さんが車でアサイラムまで来てくれたから、久しぶりに運転した。前に運転してから二年半くらい経つ。忘れていることもあるだろうし、無理しないようにしようと思ったが、意外なほどスムーズに運転できた。最初は、恐怖心みたいなものがあったけれど、車が進みはじめてからは、特に問題を感じなかった。アサイラムの前の道を走り、バス通りに出て、団地の裏のドラッグストアまで行ってみた。隣に座る香坂さんからは「本当に、何年も運転してなかったの？」と聞かれた。

身体を使って憶えたことは、時間が経っても忘れないものなのだろう。

運転席に座ったら、感覚が蘇ってきた。湖までは、バス通りを進んで、山道を走っていくだけだ。珍しい標識や迷路みたいにつづく一方通行はない。雪下くんを乗せて、行って帰ってくるくらい、余裕でできそうだ。

去年、夏が終わるころに来た時は、湖にはわたしたちの他に誰もいなかった。

平日だから、今回もそんなに人はいないだろうと思ったが、そうでもなかった。ゴールデンウィークが近いし、暑すぎる夏よりもキャンプやバーベキューに合う季節なのだろう。混み合っているわけではないが、大学生くらいの友達同士の集まりや家族連れが何組かいた。遠足らしき小学生の集団もいる。

ボートからぼんやりと湖のほとりに集まる人たちを見る。

みんな楽しそうにしているが、大騒ぎするような人はいなくて、和やかな空気に包まれている。

教室をやっているみたいで、ひとり用のカヌーに乗った子供たちが湖を横切っていく。

留美ちゃんに「いつか、一緒に乗りましょう!」と言われた。あの時、その「いつか」は来ない気がして、はっきりうなずけなかった。先にいなくなるのは、わたしだと思っていた。

大人向けのカヌー教室は、土日や夏休み期間中しか開催していない。手漕ぎボートかスワンボートだったら乗れるということだったので、手漕ぎボートを選んだ。

大学生の時にサークルでバーベキューに行った時、友達と乗って以来だ。でも、漕げるだろうという自信があった。

雪下くんは「お父さんが漕いでくれて、子供のころに乗ったことはあるけど、自分で漕いだことはない」と不安そうにしていた。それでも、乗りたいかどうか聞いたら、「乗りたい!」とはっきり言ってくれた。

晴れていて、風もないし、カヌーに乗った子供たちが通り過ぎる時に小さな波が起こるくらいだ。それでも、雪下くんは少し怖いみたいだった。無理はさせないで、わたしが漕ぐことにした。ちゃんと漕げて、ボートはまっすぐに進んだ。岸から離れすぎると、戻れなくなりそうだから、他のボートやカヌーの邪魔にならない辺りで、止まる。前回の反省から、帽子をかぶってきたので、陽に当たっても眩しくない。雪下くんも、農作業の手伝いにいった時にもらったというキャップをかぶっている。

水は、碧(あお)く澄んでいる。

「何かいますかね?」雪下くんは、バランスを崩さないように気を付けつつ、湖の中をのぞきこむ。

「生き物、好き？」

「好きです。魚とか動物とか虫とか、植物も」

「今の生活は、楽しい？」

「とても」わたしの方を見て、笑顔で言い切る。

「……そうか」

笑った顔は、前ほど子供ではなくなった。三十歳を前にして、やっと精神的な成長をはじめたのだ。

「真野さんは、楽しいですか？」

「うーん」はっきり答えられず、悩んでしまう。

「楽しくないんですか？」

「楽しくないわけではないけど、何もできていないから」

穏やかに暮らせるようになった。でも、物足りなさを感じる気持ちが強くなってきた。多分、これはいいことなのだ。鈍ってしまっていた自分の感情が動くようになってきている。

街を出るタイミングなのかもしれないとも思うが、それは違うという気もしている。

この街で、自分にできることを考えてみたかった。

アサイラムの今後について、横山さんと話した時に、自分の心の奥が光り輝いていく感じがした。できれば、仕事として、本格的に関わってみたい。そして、いつか、新川さんや横山さんと同じことができる資格を取れるように、勉強がしたい。

「僕、街を出ます」雪下くんが言う。

「……」急に言われ、驚きすぎてしまい、声が出なかった。

「すぐにではないです。街を出ることを考えて、準備していこうと思っています」

「……どこへ行くの？」

「決めていません」首を横に振る。「それも、これから考えます」

「そう」

「農作業を手伝わせてもらって、自分にはできないことがあまりにも多いと、改めて気づきました。ずっと物流の仕事をしてきたから、力仕事はできます。だから、手伝い程度のことでは、重宝してもらえる。でも、実際に野菜や果物を育てていくことを考えたら、学校に通うことも必要なのだと思いました」

「そうだね」

応接室で、雪下くんは中学一年生の問題集から解いていた。中学校は卒業しているはずだが、ほとんど通っていなくて、理解しきれていない。順調に進んでいたのに、学年が上がるうちに手の止まる時間が増えていった。役所に相談すれば、教えてくれる人を紹介してもらえて、通信制の高校や高卒認定試験の案内もしてもらえる。でも、ただ勉強すればいいということではない。学校という場に行くことも、必要だと考えているのだろう。

十代の子たちと同じように通うことは難しくても、定時制とか受け入れてくれるところはある。

「家族と離れてから、この街でひとりで生きてきました。仕事をして、ひとりでごはんを食べて、生きていくことはできている。それで、充分だと思っていました。でも、今の僕のままでは、何か起こるたびに、人に迷惑をかけてしまう。誰かに助けてもらうばかりで、何もできない。真野さんにも、たくさん迷惑をかけてしまった」

「……迷惑?」

その時は「面倒くさいな」と感じてしまったような出来事はいくつかあったけれど、もうあまり憶えていない。

「学校に行って勉強をして、車の免許も取ります。その後、できれば、何かを育てるような仕事がしたいです」

目を輝かせ、雪下くんは話す。

この街で守られて生きてきて、良くも悪くも、世間を知らない。

街の外に出れば、新しく知ることも楽しいことも、たくさんあるだろう。けれど、それだけではない。自分の家族のこと、この街での生活のこと、事実を知ってしまう。雪下くんは、父親や母親のことを恨んでいないどころか、今でも「優しい両親」ぐらいに考えているのだと思う。毎日のように一緒にいても、彼の口からは、過去に対する怒りや悲しみがこぼれ落ちることもない。新川さんも他の担当者も、彼の心を守るために「事実」を語らせなかったのかもしれない。

性加害に遭った人の集まりでは、留美ちゃん以外にも、それまでの付き合いから離れたことによって、自分のされたことを自覚したと話す人がいた。売春は、みんながやっていることではない。レイプも、似たような話を大学内で聞くことはあったが、よく起こることなんかではなかった。たとえ、よく起こることだとしても、がまんして受け入れられることではない。

過去を理解したら、雪下くんは何もできないところへ、また戻ってしまうかもしれない。それでも、彼を止めることはできないのだ。

彼が「迷惑をかけてしまった」と考えている人たち、役所の人も一緒に働いてきた人も、雪下くんがこの街から出て、新しい人生を歩むことを願っている。

「そろそろ戻りましょうか？　お弁当、食べましょう」雪下くんが言う。

ふたりで湖に行くと話したら、横山さんのお父さんとお母さんがお弁当を用意してくれた。横山さんは「僕も、行きたいな」と言っていたが、今後のことを相談するために、役所に行かなければいけなかった。

「少しだけ漕いでみる？」

「うーん」迷っている顔で、雪下くんは首をかしげる。

「力あるから、できると思うよ」

「やってみます！」

岸に戻り、座る場所を交替する。

レンタルボートの係員のお姉さんから、雪下くんは漕ぎ方を教わる。

「行きます」雪下くんは手に力をこめて、オールを動かす。

「もうちょっと力抜いた方がいいかも」

「こうですか？」

ボートは岸から離れていく。

「そう、そう」

「できそうです」嬉しそうに言う。

「街を出るまでに、またどこかへ行こう」

「……はい」

「……どこか」

わたしが漕ぐよりも、ボートは安定して大きく進んでいく。

子供なんかではなくて、雪下くんは大人の男の人なのだ。

そのことを、わたしはいつから意識していたのだろう。


役所で相談して、横山さんとも話し、手伝わせてもらっている農家の人たちにもアドバイスをもらいながら、雪下くんは街を出る準備を進めていった。働きながら定時制の高校に通い、農業の勉強ができる大学に入るといいのではないかという話になった。誰もが心配しながらも、それは口に出さず、彼が街の外でもひとりで生きていける方法を考えた。

すぐにではなくて、実際に出ていくのは、ずっと先になるという考えでの相談だった。けれど、その日は、思っていたよりも早く来た。

雪下くんのおじいさんが亡くなったのだ。お父さんの方のおじいさんで、雪下くんは会ったこともなかったらしい。おじいさんの弁護士から役所に連絡があり、雪下くんに遺産が入った。資産家だったみたいで、遺産のうちの何割かでしかないという話だったが、かなりの額が振り込まれたようだ。同時に、手つかずになっていた、雪下くんの両親の遺産も入ってきた。合わせると、高校と大学に通う学費や生活費として、充分すぎる額になった。

相談しながらも、お金のことを理由に話が進まないのではないかと考えていた。街を出たら、支援は受けられない。でも、それがクリアになった。

それからは、進学先の高校を決め、アルバイトとして働かせてもらえる農家を紹介してもらい、住む場所も探していった。新しい環境に慣れるために、入学するよりも前から生活をはじめることにした。

夏の終わり、雪下くんは電車に乗り、ひとりで街を出ていった。

わたしは、駅のホームで後ろ姿を見送った。

❄

桜の花びらが風に舞う。

横山さんやアサイラムの住人たちと「お花見に行こうね」と話していたが、わたしは今年も無理そうだ。

役所での研修と勉強に追われている。

新川さんに相談したものの、最初は「やめた方がいいですよ」と止められただけだった。アサイラムの住人が増えたので、彼女たちを事務的にサポートする仕事だけしておいた方がいいと言われつづけた。住人の多くは、性加害に遭った女性だ。男性も受け入れるつもりだったが、エリアをわけられるほど広い家ではないため、複数人の男女が共に生活をすることは難しかった。雪下くんが出ていったことにより、男性を積極的に受け入れる必要もなくなった気がした。お父さんとお母さんはレストランの仕事をつづけていて、横山さんとわたしが住人の対応をしている。彼女たちと接するうちに、やはりちゃんと勉強したいという気持ちが強くなった。

街の外に出て、大学に通い直すことも考えたけれど、中途半端なところでアサイラムの仕事を投げ出すことになってしまう。どうにかできないか、書類の提出のみで定期的な面談が必要なくなってからも、新川さんに相談をつづけた。二年かけて、了承をもらい、去年の春から研修に参加できるようになった。

役所で面談の担当者になるためではなくて、横山さんと同じようにアサイラムで住人の相談に乗るためなので、研修に百パーセント参加するわけではない。そもそも、公務員ではないので、わたしは新川さんと同じ仕事はできないらしい。それでも、勉強しなくてはいけないことは、信じられないほどにある。研修中にも、たくさんの人の辛い経験を聞くことはあり、精神的にも疲弊した。

帰りのバスでは、明日までに読まないといけない資料があると思いながらも、ぼうっとしてしまう。

桜並木を通り、窓の外を眺めることで、数秒間だけのお花見をする。

座ったままで、窓の外にスマホを向け、写真を撮る。

その写真を送りたいと思い浮かぶ相手はいるけれど、彼が街を出てからは、一度も連絡を取っていない。今、どこで暮らし、何をしているのかも、知らなかった。

バスを降り、まっすぐに歩いていく。

山の向こうに陽は沈み、空は暗くなっている。

役所に交渉をして、街灯を増やしてもらった。前よりも少し明るくなった程度だが、先まで見通せるようになった。暗い道をひとりで歩くことには、今でも不安を覚える。何かあった場合、すぐに人を呼べるように、スマホを手に持ったままで歩く。

レストランは休みだけれど、アサイラムの門と正面玄関の明かりがついていた。

正面玄関から入る。

応接室に集まっているみたいで、話し声が聞こえた。今の住人は、十代半ばから四十代後半までいる。年齢差はあっても、みんなで仲良くしている。精神的に不安定になり、揉めることもあった。けれど、お互いさまという意識があるのか、揉めごとを引きずることはない。人のことを勝手に喋らない、探らないというルールは、必ず守るようにわたしと横山さんが監視している。大きな問題は起きずに生活できている。

「おかえりなさい」応接室から、ココアちゃんが出てくる。

ココアちゃんが中学校を卒業する一ヵ月ほど前、お母さんはどこかへ行ってしまい、音信不通になった。一時的に、アサイラムで預かることになり、そのまま住人になった。支援を受けて、ここから高校に通っている。

「ただいま」

「おかえり」もう一度言いながら、わたしに抱きついてくる。

距離感の難しい子だとは思うが、抱きしめ返す。誰かに応じてもらえた記憶が彼女の自己肯定に繋がればいい。他の人には、相手が女性でも男性でも、相手の許可なく触ってはいけないと伝えている。

「みんな、帰ってきてるよ。横山さんとお父さんとお母さんは、レストランにいる」ココアちゃんは、わたしから離れる。「外の明かり、消しちゃうね」

「お願い」

門と正面玄関の明かりはココアちゃんに任せ、わたしはお手洗いに行き、手を洗ってうがいをする。

学校にも行っていないし働いてもいない子たちに、洗濯や掃除を任せている。最初は、サボったりすることもあるけれど、そのうちに慣れていく。キレイにできるようになると、少しの汚れも気になるのか、マメに掃除をしてくれている。外でも働けると思えるようになった子には、役所やショッピングモールと連携して、就業の相談をしていく。

お手洗いから出て、ロビーに立つ。

外の明かりが消えているか確認してきたココアちゃんは、玄関から入ってきて、応接室に戻る。

住人が全員帰ってきたら、外の明かりを消す。

このルールは、最近決めたことになっている。雪下くんが出ていった後は、夜中ずっとつけたままだった。帰ってきてほしかったわけではない。帰れる家があることは、忘れないでもらいたかったのだ。でも、もうその必要もないのだろう。

お喋りに参加したいところだけれど、がまんして二階に上がり、一番奥の自分の部屋に入る。

机に向かい、今日の研修で配られた資料を広げる。

窓の外で、風が強く吹く。

庭の畑の様子を見るために、誰かが外へ出たようだ。

本書は書き下ろしです。

装画　イワクチコトハ
装丁　アルビレオ

畑野智美（はたの　ともみ）
1979年、東京都生まれ。2010年『国道沿いのファミレス』で第23回小説すばる新人賞を受賞し、デビュー。13年に『海の見える街』で、14年に『南部芸能事務所』で、吉川英治文学新人賞候補となる。ほかの著書に『夏のバスプール』『感情８号線』『タイムマシンでは、行けない明日』『家と庭』『消えない月』『大人になったら、』『水槽の中』『神さまを待っている』『若葉荘の暮らし』『ヨルノヒカリ』『世界のすべて』などがある。

アサイラム

2025年２月28日　初版発行

著者／畑野智美（はたのともみ）

発行者／山下直久

発行／株式会社KADOKAWA
〒102-8177　東京都千代田区富士見2-13-3
電話　0570-002-301（ナビダイヤル）

印刷所／旭印刷株式会社

製本所／本間製本株式会社

●お問い合わせ
https://www.kadokawa.co.jp/（「お問い合わせ」へお進みください）
※内容によっては、お答えできない場合があります。
※サポートは日本国内のみとさせていただきます。
※Japanese text only

定価はカバーに表示してあります。

ISBN 978-4-04-115807-4　C0093